문소리

문소리

최정순 장편소설

계간문예

작가의 말

영원히 청춘으로 살아갈 줄 알았습니다. 살다보니 사람은 누구나 공평하게 나이를 먹는다는 것을 이제야 알았습니다. 이렇게 빨리 늙을 줄 알았으면 시간을 좀 더 아끼면서 살았을 것을 하며 후회하고 있습니다. 제가 살아온 시대와 지금의 시대가 완전히 다른 세상이 되었습니다. 힘들게 하던 것들이 쉽게 할 수 있는 편리한 것들이 많아졌습니다. 보릿고개를 겪어보지 못한 지금 사람들이 이해하지 못할 일들이 많았습니다. 지금이 힘들고 어렵다고 하지만, 옛날 사람들이 겪은 고초와는 비교도 안 되지요. 어려운 시대를 잘 견디어 내고 오늘의 시대를 살아보니 아주 황홀하고 행복하기만 합니다.

앞으로 더 좋은 세상이 다가오면, 지금 사람들이 내가 살아온 시대에는 어쨌다고 미래의 젊은이들에게 또 말하겠지요. 날이 갈수록 좋은 세상이 되겠지요. 누구나 가장 어려웠던 지난날을 생각하면서 오늘을 살아간다면 비록 힘이 들지라도 언제나 행복할 수 있을 것이라는 생각이 듭니다. 물론 지금은 지금대로 남이 모르는 어려운 점도 많을 것입니다.

김익하 선생님과 정종명 선생님의 강의를 듣고 소설을 알게 되었고 글을 쓰게 되었습니다. 불행중 다행인지 코로나19로 집에 갇혀 있는 동안 글을 쓰게 되었지만, 다시 보면 볼수록 다시 고쳐 써야 하는 곳이 계속 눈에 띄었습니다. 지나간 사람들의 경험이 독자님들에게 도움이 되었으면 좋겠습니다. 옛날이나 지금이나 성실하게 사는 사람들은 노력한 만큼 마지막에는 인생의 보람을 느끼면서 살 수 있다고 생각합니다. 살면서 나만을 위해 남에게 고통을 주며 살지는 말아야 한다고 말하고 싶습니다. 지금은 많이 달라졌지만 남녀차별에 대해 생각하는 시간이 되었으면 하는 바람입니다. 서로 아끼고 사는 세상이 되기를 빌면서 글을 썼습니다.

 나이가 들면서 이웃들을 잘 만나 젊은 사람들이 저를 늙었다고 꺼려하지 않고 정말 친절하게 배려해 주어 즐거운 시간을 가질 수 있었습니다. 세상에는 착한 사람이 참 많았습니다. 그 분들에게 감사한 마음으로 인사드립니다.

 저는 복이 많아 아들과 딸과 사위와 며느리의 응원의 힘으로 글을 쓸 수 있었습니다. 감사하게도 그들은 무조건 저를 밀어주었습니다. 고마운 사람들입니다. 손자들은 글 쓰는 할머니를 좋아하여 만날 때마다 요즘 쓰는 작품은 어떠냐고 물어봐주면 보람과 행복을 느꼈습니다. 시간이 흐르면서 기억력이 떨어져 단어가 잘 생각나지 않는 것이 어려웠습니다. 좀 더 서두르지 못한 것을 후회하고 있습니다.

 이 글을 읽어주시는 모든 분께 감사드립니다.

2020년 여름

최정순

■ 목차

작가의 말 • 04

만남 • 10
약속 • 20
결혼 • 26
임신 • 32
아기 낳던 날 • 50
시어머니에게 쫓겨난 친정어머니 • 56
자살 • 72
아버지의 죽음 • 84
두 번째 자살 • 92
두 번째 임신 • 132
두 번째 아들 • 152

첫 번째 집 • 158

요로 결석 • 182

세 번째 자살 • 186

누가 여자는 참을 수 있다고 했나? • 200

두 번째 집 • 204

셋째 낳던 날 • 208

장사 • 252

세 번째 집 • 262

네 번째 집 • 268

마무리 • 272

만
남

만남

오후 여섯 시

선이는 서두르기 시작했다. 평소에는 여섯 시 삼십 분은 지나야 저녁밥을 먹었지만, 오늘은 밥을 급하게 먹고 치웠다. 식탁과 거실을 정리하고 나니 여섯 시 오십 분이다. 방에 들어가 문을 잠갔다. 일곱 시가 되니 긴장되고 몸이 굳어지기 시작하면서 숨소리조차 부담스러워졌다. 시계의 초침소리가 방바닥을 파는 굴착기 소리로 들렸다.

서두르다보니 깜박 잊고 물을 가지고 들어오지 않았다. 지금 나가면 들어오면서 그와 마주칠 수도 있다. 움직이지도 않고 앉아 숨을 죽이고 귀는 현관을 향해 열려 있었다. 그가 아침에 나가면서 친목계에 갔다 온다고 했다.

"술 많이 먹지 마?"
"술 안 먹어."
"방문 잠글 거야…."
"알았어."
그는 항상 그렇게 말했다. 그렇지만 그는 나가기만 하면, 술이 곤드레가 되어서 들어 왔다.

선이가 그를 처음 본 것은, 삼촌이 서울로 이사 오고 같은 동네에 살게 되면서 부터다. 그는 군대 갔다 와서 술장사하는 친구 어머니 댁에 드나들면서 먼발치에서 봤다. 선이는 그런 사람에게 관심이 없었다. 그러면서 얼마 지나지 않아 친구 누나가 옆집으로 이사 오면서 더 가까이 보게 되었다.
선이는 부잣집은 아니지만 부모의 사랑을 받고 동네 어른들까지 귀여워 해주어 세상의 어려움을 모르고 자랐다. 남의 집 딸들은 공장에도 가고 일도 잘하지만, 선이는 몸이 약하다고 어머니가 논이나 밭에서 하는 일과 거친 일을 시키지 않았다. 옆집 아줌마가 선이네 밭 품팔이를 하러 와서 말했다.
"딸을 저렇게 기르면 시집가서 잘 못 사는데."
걱정을 하는 것인지, 흉을 보는 것인지 몰랐다. 아줌마는 큰딸이 시집갔다 쫓겨 와서 친정에 있는데, 말을 함부로 한다고 생각했다. 선이는 힘든 일은 하지 않았지만, 방에 앉아 수도 놓고 뜨개질도 많이 했다. 동네 친구들이 모여서 수를 놓을 때면 선이를 바라보았다.

"우리야 농사꾼에게 시집 갈 테니 이런 것 필요 없지만, 선이는 시집을 잘 갈 테니까 많이 해도 되지 뭐."

친구들이 선이를 부러워하면서 말했다. 책상보, 상보, 양복 덮개, 책갈피, 많이도 했다. 뜨개질도 잘해서 스웨터와 원피스와 조끼 등, 여러 가지를 짰다.

선이는 토끼를 길렀다. 낫질도 제대로 못하면서 풀을 베어오면 토끼가 참 많이도 먹었다. 남들은 토끼장 청소를 잘하지 않아서인지 토끼가 잘 죽지만, 선이네 토끼는 잘 자라고 새끼도 많이 낳았다. 풀을 많이 먹이고 토끼장을 햇볕에 바짝 말리고 짚을 깔아 주어 보송보송하게 해 주어서 그런지, 한 마리도 죽지 않았다. 그때 토끼털 값이 비싸서 수입이 아주 괜찮았다. 토끼가 워낙 번식을 많이 해서 남들에게 분양 해 주었다. 새끼를 낳으면 반씩 나누기로 했다. 그러나 남들은 선이처럼 잘 기르지 못했다. 수입이 좋아지니까 토끼 도둑들이 밤에 잡아가기도 했다. 새끼를 낳고 열이틀이 지나면 눈을 떴다. 대청마루에 눈 뜬 새끼토끼들을 내어 놓으면, 팔짝팔짝 뛰어다니는 것이 정말 예뻤다. 동생이 없는 선이는 토끼를 기르면서 행복을 알았다.

선이는 양재학원에 가고 싶었다. 도시에 사는 삼촌에게 말했더니, 양재학원에 보내 준다고 오라고 했다. 돈을 마련해서 갔더니 잠시만 꾸어달라고 해서 꾸어주었다. 양재학원에 보내준다고 해서 갔는데, 한 달이 지나도 아무 말이 없다. 구박이 심했다. 밖에 나가 안집에서 기르는 병아리를 보고 있으면, 왜 거기에 가 있느냐고 하고, 누구와 만나서 이야기 하는 꼴도 못 봤다. 견디다 못해 양재학원 알아봤느냐고 물어봤더니, 알아보는 중이라고만 하고 돈도 주지 않았다. 할 수 없이 돈은 받지 못하고 양재학원에 등록도 못한 채, 선이는 그냥 집으로 왔다. 그 돈이 적은 돈이 아니었다. 다시는 삼촌 집에 가지 않을 것이라고 마음속으로 다짐했다.

그런데 삼촌이 서울로 전근간다고 같이 가자고 했다. 지난날을 생각해서 안 간다고 했더니, 서울 가면 시집도 잘 가게 된다면서, 숙모가 같이 가자고 꼬드기기 시작했다. 정말 시집을 잘 갈 수 있을까? 아니면 기술을 배울 수 있을까, 마음속으로 기대를 하고 서울에 따라갔다. 삼촌네는 회사에서 마련한 집이라는데, 여러 집이 함께 살고 화장실도 공동화장실을 같이 썼다. 삼촌은 월급보다 부수입이 많아서 나갔다 오면 돈이 쏟아졌다. 숙모는 그 돈을 어쩌지 못하고 이자놀이를 한다면서, 남들에게 주고는 하나도 받지 못했다. 선이가 가지고 간 돈도 어떻게 냄새를 잘 맡는지, 잠깐 쓰고 준다고 했다. 먼저 떼인 돈을 생각해서 주고 싶지 않지만, 금방 준다고 하고는 역시 그 이후로 말이 없었다. 삼촌이 들어올 때는 많은 것들을 사가지고 왔다. 다락에 먹을 것이 쌓였다. 숙모는 남들에게도 잘 주었다. 그러면서 노인만 보면 돈을 주고, 아기들을 보면 돈을 주니 돈 받고 싫어할 사람이 없었다. 숙모는 아주 좋은 사람이라고 소문이 났다. 숙모는 많은 돈을 얻어서 남을 주고는 홀랑 떼이기를 몇 번하고 삼촌이 벌어오는 돈은 이자로 다 나갔다. 아이들을 봐주지만 용돈은 주지도 않으면서, 선이가 돈 가지고 있는 꼴을 보면 다 뺏고, 선이는 제 돈을 제 마음대로 쓸 수 없었다. 하루는 아이들을 선이에게 맡겨 놓고 둘이 극장에 갔다. 밤 열두 시가 다 되어 왔다. 등에 업은 아이도 손잡은 아이도 엄마에게 가자고 울어대어 아기와 네 살짜리만 먹이고 선이는 밥을 먹지 못했다. 나중에 남한테 들으니 자기들은 갈비를 먹고 왔다고 자랑하더라고 했다. 삼촌이 숙모에게 선이도 극장에 갈 돈을 주라고 하니까 '예' 대답은 했다. 그러나 선이는 숙모에게서 십 원 한 장 받은 적 없다. 질투가 많아서 누가 선이에게 예쁘다고 하면, 삼촌에게 말도 아닌 거짓말로 일러바쳐서 그날은 삼촌에게 죽게 혼나는 날이었다. 아니라고 해 봤자, 삼촌은 선이 말은 무시하고 숙모 말만 듣고 야단쳤다. 너무 억울함을 참자니 꽉 다문 입술이 떨렸다.

"입술도 잘 떠네. 나도 해볼까? 나는 안 되는데."

분하고 자존심이 상해 입을 앙다물지만, 미련한 입술은 떠는 것을 멈추지 않는데, 숙모는 고소하고 재미가 있는지, 조롱하는 얼굴로 입술을 쳐다보고 자리를 비켜주지 않고 빈정대기만 했다. 이 상태로 밖에 나갈 수도 없다. 무엇을 줄 때도, 숙모는 그냥 주는 것이 아니라 집어던졌다.

이웃에 그의 친구 누나가 이사 오면서 숙모를 꼬드기기 시작했다. 자기 동생 친구가 취직했는데, 아주 좋은 사람이라고 달콤하게 말한 모양이다. 그는 동네에 색시 두고 술장사 하는 친구 어머니 집에 기거하고 있었고, 외숙모와 큰형과 이모와 육촌 형이 한 동네에 사는데, 동네에 싸움 잘하기로 소문 나 있었다. 숙모가 선이에게 그 사람에게 시집가라고 했다. 선이는 싫다고 했다. 선이는 작은 도시에서 제일 부자라는 굉장한 부잣집아주머니가 며느리 삼겠다고 하는데,

팔남매의 맏이라 마음 약한 선이는 감당할 수 없다고 가지 않았다. 집안 어른들이 점잖고 인품 있는 분들이라는 말을 들어 아는 집안이지만, 몸과 마음이 약해서 죄송하지만 거절했다. 그 댁에서는 선이가 몸은 약해도 심성이 착해서 맏며느리감이라고 찍어놨다고 들었다.

그런 댁도 싫다고 했는데, 동네에서 싸움 잘하는 집이라고 소문이 나 있고, 돈이 없어 친구 어머니 집에 신세를 지는 사람에게 시집가라고 했다. 숙모는 선이에게 뭐가 그리 잘 났다고 큰 아들도 아니고 작은 아들인데 싫다고 하느냐면서 날마다 들볶기 시작했다. 견디기 힘들어 죽고 싶었다. 고향에 가면 숙모의 거짓말에 전에도 억울한 일이 있었는데, 또 무슨 말로 힘들게 할 지 모른다. 삼촌과 숙모 말에 의하면, 선이는 시골 촌뜨기에다 못생겨서 시집 갈 데가 없다고 했다. 숙모들은 시집올 때는 바짝 말랐는데 시집오고는, 웬 밥을 그렇게 많이 먹는지 몇 달 만에 금방 살이 쪄서 걷기도 힘들 정도로 뒤뚱뒤뚱 오리궁둥이를 하고 다니면서, 부잣집 맏며느리 감이라고 했다. 그리고 선이가 살이 없어 못 났다고 흉을 봤다. 좋은 혼처가 있었지만, 만나지도 못 하게 방해를 했다. 가난하고 어머니는 바보 같아 보이는데, 그도 똑똑해 보이지 않고 마음에 들지 않았다. 하루는 그 댁에서 금반지 하나와 시계를 사왔다고 숙모가 받아서 보여줬다. 선이가 결혼 승낙을 한 적이 없는데, 본인 허락도 없이 결혼패물을 사올 수 있는지 알 수 없어, 선이는 할 수 없이 그를 만나기로 했다. 다방에서 그를 만났다.

"안녕하세요. 처음 인사하게 되네요."

"네. 그러네요."

"어쩔 수 없이 제 사정을 말씀드려야 되겠네요. 저는 어떤 사람과 오래전부터 사귀는 사람이 있습니다. 그 사람 형이 결혼을 하지 않아 형 먼저 결혼해야 한다고 해서 기다리고 있는 중이라 다른 사람과는 결혼 할 수 없습니다. 그런데 제 허락도 받지 않고 패물을 가져왔더라구요. 제 책임이 아닙니다. 오늘 만나고 가셔서 마음에 들지 않는다고 해주십시오. 부탁합니다."

"남자가 있다는 소리 못 들었는데요?"

"물론 못 들으셨겠지요. 그것이 사실입니다. 시끄럽지 않도록 아무 말씀 마시고 싫다고만 해 주시면 고맙겠습니다."

"그러죠, 전 원래 입이 무거운 사람이라 절대로 말하지 않습니다."

"고맙습니다."

그렇게 끝내고 집으로 왔다. 조금 있더니 그 댁에서 숙모더러 오라고 하고 난리가 났다. 그는 그렇게 당돌한 여자인 줄 몰랐다고 하더란다. 그게 문제가 아니었다. 삼촌이 선이를 잡아 죽일 듯이 말했다. 선이를, 죽을죄를 지은 사람처럼 취급했다.

"난 그 집으로 시집가느니 죽어버릴 꺼야."

"뭐야, 죽어라. 겨우 삼촌에게 하는 소리가 그 따위야."

이제는 밖에도 나가지 못하게 하고 선이의 모든 것을 뺏어버렸다. 옷도 없고 나갈 수도 없게 하고 날마다 볶아댔다.

"얘, 선이야. 니가 나를 위해서 희생해주면 안되냐. 제발 그렇게 해다오? 내가 이렇게 사정한다."

세상에 그럴 수는 없다. 동생 같은 조카딸에게 삼촌을 위해서 희생해 달라고 했다. 기막혔다. 그의 이모부가 삼촌 회사의 부장이었다. 그렇다고 혼인을 하지 않는다고 삼촌이 그 회사를 못 다니지는 않는다. 껄끄럽기는 하겠지만, 얼마나 출세를 하게 되는지는 모르겠다. 삼촌과 숙모가 날마다 볶아대어 견디기 힘들었다.

약
속

약속

　어느 날, 삼촌이 출근하자 숙모는 아이들을 데리고 친구네 간다고 나갔다. 선이는 오랜만에 한가로운 시간이 되었다. 숙모가 무슨 좋은 물이라고 마셔보라고 해서 마셨는데, 잠이 와서 잤나보다. 느낌이 이상해서 눈을 떠보니 그가 선이를 껴안고 있고 옷이 벗겨져 있었다. 놀라서 소리를 지르려고 하니 입을 틀어막았다. 누가 문을 열어주었는지, 어떻게 들어왔는지, 알 수가 없다. 왜 선이는 잠을 잤는지도 모른다. 그는 옷을 입고 나가면서 비웃는 얼굴로 선이를 바라봤다.
　숙모가 들어오면서 선이 옷을 사왔다.
　"옷이 너무 이뻐서 비싼데도 샀는데, 맞을라나 모르겠네."
　옷 한 번 사주지 않던 숙모가 무슨 일인지 알 수 없는 일이었다.

꾸어간 돈도 갚지 않는 숙모가 웬 일인지 모르겠다.

하늘이 무너진 것 같았다. 세상이 싫어졌다. 그런 사람에게 더럽게 당하고 시집가느니 차라리 죽고만 싶었다. 가슴으로 울면서 시골에 갔다. 시골에 가면서 차에 뛰어들고 싶었다. 밥도 먹고 싶지 않아 골방에 처박혀 있었다. 며칠이 되지 않아 삼촌이 데리러 왔다. 삼촌이 선이가 시골에 온 사이에 그 집에 가서 혼인하자고 했단다. 그 집에서는 이제는 빚이 많아 빚 갚고 내년에 하자고 했다고 한다. 왜 하필 그 집이어야 하는지, 선이가 병신도 아닌데, 그 사람이 얼마나 마음에 들어서 조카가 싫다는데, 그 댁에서는 빚이 있어 내년에 하자는데, 어째서 선이를 그 집에 가야만 하는지, 삼촌은 서둘렀다. 삼촌이 별별 좋은 말로 달래다 안 되면, 제발 자기를 봐서 희생해 달라고 사정을 했다. 남자는 다 거기서 거기고 장남도 아니니까 시어머니도 모시지 않고, 돈도 잘 벌고 얼마나 좋으냐고 쉬지 않고 사정했다. 삼촌을 위하는 것은 좋지만 왜 하필 싫다는 사람에게 가라고 하는지 견뎌낼 수 없이 볶아댔다. 서울에 가자는데 싫다고 했다. 죽고만 싶은 것을 늙은 부모 앞에서 죽을 수도 없어 가슴을 치며 참고 있는 중이었다. 선이 아버지는 중풍이 들어 정신이 없었고, 어머니는 삼촌의 감언이설에 속으면서 선이가 싫다고 하니까, 마음에는 내키지 않지만 말을 못하고 있었다.

선이는 큰 아들도 아니고 돈도 잘 번다는 소리도 듣기 싫었다. 도망갈 데도 없는 선이는 죽지도 못하고 죽으러 가는 마음으로 어쩔 수 없이 삼촌 말을 듣기로 했다. '그래 못난 내가 내 인생 버리고 죽었다고 생각하고 삼촌 인생 좋아진다면 희생하자.' 마음을 먹으니 말도 못하고 울지도 못했는데, 눈물이 쏟아졌다.

"그 집은 알다시피 싸움 잘하기로 소문 난 집이잖아요. 그 집에서 내게 억울한 소리하면 삼촌과 숙모가 그 집에서 하는 소리를 믿지 않고 내가 당하고 있다고 생각할 수 있어요?"

"그럼. 알고말고…."

"그럼. 그러엄, 당연하지, 내가 보증할게. 내가 믿지…."

삼촌이 그러겠다고 말하고, 숙모가 따라 말하면서 뭐가 그렇게 좋은지 선이 말에 보증한다고 몇 번을 다짐하는 말을 했다. 죽는 마음으로 삼촌을 따라왔다. 이튿날 동네방네 소문이 났다. 잠을 못자고 몸이 아파서 약을 사러 약방에 갔다.

"어떻게 그런 집으로 시집을 가요? 삼촌이 팔아먹은 거네요. 이 동네서 모르는 사람이 어디 있어요. 착하기만 한 줄 알았더니 숙모도 믿을 수가 없네요. 아이참, 이 소리 들어가면 나는 죽어요. 선이 씨가 안타까워서 하는 소리에요."

동네 사람을 만났다. 만나는 사람마다 삼촌과 숙모가 그런 사람인 줄 몰랐다고 했다. 내가 말하지 않아도 다들 착하게만 본 숙모를 좋지 않게 말했다. 선이는 알지도 못하는데, 숙모는 다른 총각들이 선이와 혼인 이야기를 하면 싫다고 말했다고 했다. 숙모 말을 들으면 선이는 아주 남자들이 다 싫어하는 여자였다. 그런데 왜? 이모네 집에서 선을 보일 사람이 있다고 사람을 시켜 오라고 하니까 못 가게 했나?

"바빠 죽겠는데 어디를 간다고 그래. 하필 이렇게 바쁠 때, 제 욕심만 차리고 어디 간다고?"

아무것도 바쁜 것이 없는데 부잣집에서 혼인 말이 들어오니, 성질을 내고 신경질을 부렸다.

"나 안 간다."

데리러 온 사람은 그냥 갔다. 실컷 부려먹고 용돈도 주지 않으면서 선이 마음대로 할 수 있는 것은 아무것도 없었다. 가고 싶은 양재학원도 못 가게 했다. 옥천에 있는 친구가 자기 집에 다녀가라고 해서 바람도 쏘일 겸, 가려고 했더니 가지 못 하게 했다. 숙모는 선이가 말하지 않은 것을 거짓말로 삼촌에게, 시골 어머니에게 일러바쳐 이유 없이 혼나는 일이 한두 번이 아니었다. 억울해서 미칠 지경이었다.

선이는 어디고 도망가고 싶었다. 마음 약한 선이는 도망가지 못하고 약혼식을 하게 되었다. 화장품을 사다 준다는데, 그것도 본인이 오지 못하고 형수가 들고 왔다.

마음에 드는 것은 하나도 없다. 빚이 많아 내년에 해야 한다고 하는 것을 삼촌이 올해 해야 한다고 하고, 결혼식 비용이 없다고 하니 삼촌이 쓸 것이고, 사글세 보증금도 삼촌이 주었다. 더러운 쓰레기를 버리는 것인지 도대체 알 수가 없다.

장롱을 삼촌과 사러 갔다. 좋은 것을 사고 싶지도 않았다.

"미안하다. 지금이라도 파혼했으면 좋겠다. 내가, 니 숙모 말만 듣고 그랬다. 후회한다. 죽을 때까지 나를 원망해라…."

"……."

파혼시켜 주면 좋겠다. 죽어도 그 사람은 싫다. 죽고 싶은 마음뿐이다. 후회한다는 저 말도 진심인지 모르겠다. 파혼하지 왜 못하나? 무슨 소리를 하는지 모르겠다. 선이는 울고 있었다. 삼촌이 손수건으로 눈물을 닦아주면서 껴안아 주었다.

결혼

결혼

신부화장을 하라고 하는데 다 귀찮았다. 결혼식을 하는데, 하객들이 왜 신부가 전만 못하냐고 하는 소리가 들렸다. 온양온천으로 신혼여행을 가면서 그를 쳐다보기도 싫었다. 외사촌 오빠가 호텔 사장에게 편지를 써주었다. 서울역에서 기차를 탔는데, 밖에 미군들이 빨간 두루마기를 입은 선이를 보고 환성을 지르며 창을 두드렸다. 선이는 그들이 그러는 것이 그에게 미안하게 생각되었다. 온양온천역에 내렸는데, 이발소에서 옮은 기계충 탈모로 머리가 다 빠진 그에게 아이들이 신랑이 머리가 다 빠졌다고 놀렸다. 선이는 그러지 않아도 싫은 사람인데 창피했다. 기차에서 뛰어내리고 싶었고, 온양온천에 도착해서도 어디로 도망갈 수 없을까? 생각만 드는데, 호텔로 가는 것이 아니라 여관으로 갔다. 눈이 펄펄 내리는데 마음에 드는 사람과 같이 걷는다면, 얼마나 좋을까? 선이는 마음속으로 펑펑 울고 있었다. 여관에 들어가서 목욕하고 나오더니, 선이에게 목욕하라고 한다. 그 다음에 하는 소리가 가관이다.

"언제부터 나를 좋아했어요?"

"……"

"나는 처음 만났을 때 하늘에서 선녀가 내려왔나 했어요. 그때부터 좋았는데 군대 갔다 와서 보니 아직 그냥 있더라구요."

이런 미친놈을 봤나. 내가 싫다고 했고 강제로 결혼한 것을 알면서 언제부터 좋아했느냐고? 기가 막혔다. 그에게 또 당했다. 자고 나서 싱글벙글 기분이 좋은 것 같더니 세수하고 나서 얼굴색이 변했다. 자기는 좋은데, 왜? 좋아하지 않느냐고 성질을 부리고 술을 먹었다. 미안한 것 같아 술을 따라 주었다.

친정에 갔다. 새신랑을 단다고 하지만 겁이 많아 발바닥 때리는 것을 싫다고 해서 그것도 하지 않았다. 말을 시키면 말이나 잘하면 선이의 자존심이 덜 상할 텐데, 말도 잘 할 줄 모르고 엉뚱한 소리를 해서 창피했다. 사람들이 노래를 시켰다.

"과부에게 장가가나~~♪ 처녀에게 장가가나 마찬가지야~~~♪."

이런 노래도 있나? 노래도 못하면서 꽥꽥 소리쳤다. 마찬가지인데, 왜? 처녀에게 장가들었나? 그 꼴에 처녀에게 장가들고 싶었나 보다. 이튿날 동네 집안 조카뻘 되는 사람에게 바람피운 이야기를 자랑으로 했단다. 동네에서 얌전하다고 소문나고 자존심 강한 선이에게 이게 무슨 망신인가.

결혼 27

선이는 이왕 죽지도 못하고 이렇게 되었으니 열심히 살아야겠다고 마음먹었다. 그는 큰형네 갔다 오더니, 결혼식 때 입은 옷을 월부로 했으니 갚아야 하고, 빚 오만 원과 타먹은 곗돈 오만 원은 우리가 갚고, 사만 원은 큰형이 갚고 타먹을 곗돈 오만 원은 큰형이 탄다고 했단다. 어머니와 큰형과 형수와 누나, 외숙모와 사촌들의 옷을 외상으로 샀기 때문에 우리가 갚아야 한다고 했다. 그 사람들 옷은 비싼 옷으로 했고 그의 옷은 순모가 아닌 합섬섬유라서 보푸라기가 일어났다. 곗돈은 다 같이 내야 한단다. 웬 빚이 그렇게 많은가? 사글세 보증금도 삼촌이 냈고 결혼식장의 비용도 선이네 집에서 냈으며 군대 갔다 와서 취직한지 일 년이 되었다면서, 빚은 우리더러 다 갚으라고 하는데, 그는 왜 아무 소리도 없이 오는가? 빚을 다 갚으면 큰형네 빚까지 갚으라고 했단다. 그는 그것을 당연한 것처럼 말했다.

선이가 아무도 몰래 가지고 온 돈을 합쳐서 전세로 돌려야겠다고 했더니, 그는 선이가 가지고 온 돈을 없애버려야 한다고 하고, 사글세 보증금도 없애버려야 한다고 했다. 큰형네 집에 가서 선이에게 돈이 있다고 말하니 빌려달라고 하더란다. 선이가 안 된다고 했더니 성질을 부리면서 큰형이 갚는다는데, 빌려주어야 한다고 선이가 뺏기지 않으려고 하는 것을 기어이 뺏기고 말았다. 결혼하고 열흘도 되지 않아서 시집 식구들이 날마다 찾아오고 시어머니는 그 작은 방에서 자고 갔다. 선이는 그의 얼굴을 쳐다보기도 싫은데, 그 짓은 날마다 했다. 그는 얼마동안은 일찍 들어왔다. 그는 격일제 근무라 버스 타고 집에 오면 아침 아홉시에 들어왔다. 일찍 일어나 찌개를 하면 참맛이 있다. 같이 먹으려고 아홉시까지 기다려도 오지 않았다. 아침밥을 해 놓고 대문 밖에서 기다려도 오지 않았고 점심때도 오지 않았다. 조금조금 기다리다 찌개는 다 닳아서 짜게 되고, 그는 밤 열두시가 되어서 들어오기도 했다. 왜 이제 왔느냐고 하면 화투 치다 왔다고 하고, 기다렸다 같이 먹으려고 밥 먹지 않았다고 하면 당연한 것처럼 미리 먹으라고 하지 않고, 미안하다고도 하지 않았다. 이튿날 아침은 찌개를 다시 하지 않고 쫄아진 찌개에 물을 부어 끓였다.

"찌개가 왜 이래?"

잔뜩 찡그린 얼굴로 밥만 먹고 선이를 쳐다보지도 않고 말없이 나갔다. 선이는 대문 밖에 나가 그가 골목길을 지나서 보이지 않을 때까지 섰다가 들어왔다. 그것이 예의인 줄 알았다.

임신

임신

선이가 임신을 했다. 입덧 때문에 냄새가 나서 밥을 먹을 수가 없고 토하기만 했다. 그는 반찬을 만들면, 맛도 보기 전에 신경질을 부렸다. 선이는 날마다 굶다보니 변비가 심해서 화장실을 들락날락만 하고, 열흘이 지나 변을 보려면 항문이 찢어졌다. 토할 것이 없으니 노란 위액만 토해내고 나면 어지러웠다. 선이가 밖에서 토하고 들어오면, 그는 요란 떤다며 신경질을 부렸다. 이른 봄이라 쌀쌀했지만, 선이가 속이 메슥거려 밖에서 한참 바람을 쏘이고 있으면, 들어오지 않는다고 그는 소리 질렀다. 며칠을 굶은 사람에게 먹을 것은 사다주지 않고, 방에 들어가면 그 짓을 할 뿐이었다. 다음날은 생선찌개를 하라고 하고 나갔다. 생선 사다가 찌개를 해주었다. 선이는 냄새 맡고 노란 위액을 너무 많이 토해서 움직일 수가 없었다. 꼴 보기 싫다고 아침에 나가더니 밤이 되어도 들어오지 않았다. 선이는 '내가 남편에게 잘못하고 있나 보다.' 하면서 어떻게 해야 하나 고민이 되었다. 밤 한 시에 들어와 외숙모가 사 주었다고 빈대떡과 상추를 선이 앞에 집어 던졌다. 낮이 되니 그의 큰형과 동서와 큰형의 친구들과 넷이 왔다. 밥을 하고 상을 차려주고 금방 토할 것 같아 밖에 나가 있었더니, 세 살 나이가 어린 손위 동서가 윗사람들이 왔는데, 밖에 나가 있다고 좋지 않은 말을 했다. 자기는 임신하면 그렇지 않은 모양이다.

일곱 번을 토하고 나니 그냥 누워 있고 싶었다. 열하루를 굶고 나니 돌아다니기가 힘들었다. 그가 시장에 같이 가자고 했다. 혹시라도 무엇을 사주겠지 하고 간신히 따라갔다. 수박도 있고, 자두도 있어서 침이 넘어가는데, 무엇을 사줄까 기다려도 자기 먹을 것만 쳐다보고 있었다. 할 수 없이 수박은 감히 말도 못하고 자두 두 개를 집었다. 배가 고파 하나를 깨물었다. 물만 마시고 오래도록 굶어서 앞이 흐릿하게 보이지도 않더니 눈이 떠지는 것 같았다.

"얌통머리 없는 것. 안집 애나 주지."

열흘을 넘게 굶은 임신한 선이가 자두 하나 먹었다고 얌통머리 없다는 소리를 듣고 눈물이 쏟아졌다.

"재수 없이 왜 울어?"

선이 어머니와 삼촌들은 숙모가 임신하면 크고 좋은 것만 골라서 주고 다칠까 염려하면서 상전 모시듯 했었다.

그렇게 날마다 괴로워하지만, 그는 선이가 먹고 싶어 하는 것을 사다주지 않고 밤에 잠자리만 요구했다. 결혼하고 두 번의 월급은 구경도 못했고, 큰형네 빚 갚고 고기 사다 주었다고 했다. 세 번째 월급을 타가지고 와서 병원에 가 보라고 하는데, 아주 고맙고 행복했다. 결혼하고 며칠 있다가 시어머니가 와서 보름쯤 있다가 가더니, 며칠 있다가 다시 시어머니를 모시고 왔다. 선이가 방 두 칸짜리 전세를 얻자고 할 때, 돈을 뺏어다 큰형네 주더니 결국은 콧구멍만한 방에서 세 사람이 살게 되었다. 돈 없이 쫓겨 다니는 시어머니가 불쌍했다. 시어머니는 처음에 오더니 다정하게 말했다.

"나는 네게 미안해서 입이 열 개라도 할 말이 없다."

시어머니는 미안한 줄을 아는 사람인 것 같았다. 처음에는 그렇게 말했지만 시어머니는 아들과 같이 반찬 타박을 했다. 싱겁다고 하고, 짜다고 하고, 조기나 게 같은 것을 사오지 않고, 이런 것을 누구 먹으라고 해놨느냐고 했다. 그는 돈은 주지도 않으면서, 선이가 굶어도 아무것도 사주지 않고, 어머니가 찹쌀떡을 좋아하니 사다드려라, 또 고기 사다 반찬 해드려라 했다. 힘이 들어 깜박하고 사오지 못하면, 사람을 무시했다고 잡아 죽일 듯이 욕했다. 시집 식구들은 자주 와서 방에 앉아 선이를 밥 시켜먹고 갔다. 결혼식에도 오지 않았던 작은형은 와서 돈을 얻어달라고 했다. 그는 빚을 얻어 작은형에게 주었다. 하루가 멀다 하고 작은 외삼촌이 오고, 이종사촌이 오고, 은행도 아닌데, 시집식구들은 빚 얻으러 오는 사람뿐이다. 시어머니는 모두 얻어다 주어야 한다고 했다. 큰형은 빚 갚으러 한 달에 한 번씩 가면, 자주 오지 않는다고 좋지 않은 말을 했다.

시어머니는 안집에 가서 밥상을 차려놓으면 앞에 앉아 반찬을 손으로 집어먹으면서 선이 험담을 한다고 안집 식모(가정부)가 말했다. 시어머니는 선이에게도 반찬 없으면 안집에 가서 먹으면 된다고 했다. 안집 할머니는 마루에 시어머니 자리를 펴 주라고 했지만, 차마 환갑노인에게 마루에서 자라고 할 수는 없었다.

봄이 되어 안집 아줌마와 식모와 쑥을 뜯었다. 돈이 없어 백 원을 빌려 찹쌀을 사다가 떡을 했다. 선이는 만들 때 간만 보고 다 만들고 치우고 나서 먹으려고 보니, 떡이 없다. 시어머니가 벌써 그릇째 다 싸가지고 이웃집으로 갔다. 입덧이 심하기 때문에 힘들게 만들었고, 다 만들고 편안하게 먹으려고 했다. 시어머니는 선이가 만드는 것을 쳐다보기만 했는데, 어떻게 며느리 먹을 것도 남기지 않고 남을 갖다 주는지 알 수 없다.

고추장을 담그는데, 시어머니는 아무 것도 할 줄 몰랐다. 선이도 처음 담가 보는 고추장이었다. 할 줄 모르면 아무 소리도 하지 않으면 좋으련만, 웬 말이 그렇게 많은지 모르겠다.

"고춧가루를 고것만 넣냐. 짜면 맛이 없다. 그런데 그건 왜 넣니?"

"네. 메주가루에요. 간 좀 보세요? 어때요, 짠가요?"

"너무 묽고 짜다. 고추장이 데직해야지 이걸 누가 먹냐."

"싱거우면 시어서 먹지 못 하구요? 햇볕을 쬐면 물이 쫄아들어요."

"짜서 고추장 버렸다. 소금을 넣지 말라니까. 시어매 말을 듣지 않고."

정말 고추장을 한 번도 담그지 않았나 보다. 짜지도 않았고 간이 배면 싱거워지고 싱거우면 변질된다. 살림을 어떻게 하고 살았는지 궁금하다. 무엇을 넣는 것도 모르고 어떻게 하는 것도 모르면서 말만 많았다. 지청구 들으면서 다 담그고 나니 힘들어서 누웠으면 좋겠는데, 그의 큰형이 빚 얻으러 온 이종사촌 동생에게 선이네집에 월급 탔다고 가라고 했다고 왔다. 마루에 앉아서 돈이 없어 어렵게 산다고 떠들어 창피해 죽겠다. 좁은 방에서 같이 자고 났는데, 그가 아프다고 하면서 나갔다. 시어머니는 화가 잔뜩 나 있다.

"급살 맞을 놈, 그깐 돈, 좀 주지 않고 주기 싫어 아프다는 거지."

저 양반이 그의 친어머니가 맞나? 의심이 갔다. 어떻게 친정 조카가 더 걱정이 되는지 모르겠다. 어제만 해도 선이가 시어머니 용돈을 드렸더니 조카를 주었다.

월급날이 되면 당장 큰형네로 고기 사가지고 가서 빚 갚고, 결혼 전에 부수입이 많다고 자랑하던 돈도 제대로 들여오지 않아 선이는 답답했다. 노란 위액을 토하다가 피를 토하고 이제는 코피까지 쏟는 것을 시어머니도 그도 봤지만, 닦아주지도 않으면서 관심도 없다. 선이는 먹지도 못하면서 시어머니가 있어 아침과 점심, 저녁을 새로 했다. 돈을 꾸어다 시어머니 옷을 비싼 것으로 사고 고무신도 샀다. 발이 너무 커서 이십이 문짜리가 없어 가게들을 찾아다니며 간신히 샀는데, 작다고 찢어서 꿰매 신는다고 했다. 시어머니는 쑥을 뜯어오더니 큰형네와 시외숙모네 갖다 주라고 해서 가서 물어봤더니, 싫다고 했다. 쑥은 날마다 뜯어와 산더미같이 많은데, 그럴 힘이 있으면 물이라도 길어주던지, 아들 작업복이라도 빨아 주었으면 좋겠다. 싫다는데, 쑥이 많으니 갖다 주지 않는다고 선이를 볶았다.

안집에서는 우물을 친다고 했는데, 그를 출근시키느라 밥해주고 나갔더니 안집 할머니가 우물을 다 치고는 할머니도 아줌마도 골이 나서 쳐다보지 않았다. 같은 여자이면서 선이가 고생하는 것을 보고도 그랬다. '내가 이집 머슴인가?' 혼자 중얼거렸다.

다음날 그는 기다려도 오지 않더니 이튿날 와서는 극장에 갔다가 여관에서 자고 왔다고 했다. 다음날도 그 다음날도 친구 집에 갔다 왔다고 하고, 늦게 와서는 핑계가 많다. 미친 듯이 밤일을 하던 그가 이제는 뜸해졌다. 선이는 임신하고 그 일을 하고 우물에서 물을 퍼서 작업복을 빨려면 밑이 빠져나가는 것 같이 아파서 돌바닥에 철퍼덕 주저앉아 빨래하는 것이 끔찍했다. 친정에서는 일을 많이 하지 않았고, 더구나 작업복은 한 번도 빨아본 적이 없어서 너무 힘들었다. 그는 노는 날에 극장에는 가도 절대로 물을 퍼주지 않았다.

아침 일찍 동서가 그의 큰형 생일이라고 시어머니를 모시고 갔다. 선이도 그가 오면 같이 가려고 기다렸지만, 그는 혼자 큰형네 갔다가 왔다고 늦게 와서 가지 못했다.

넉 달하고 열사흘이 되니 태동이 시작됐다. 그가 아프다고 해서 닭을 사다가 지네를 넣고 끓이면서 냄새가 고약해 수도 없이 토했다. 그에게는 새로 밥을 해주고, 선이는 귀찮아서 데우지 않고 찬밥을 먹고는 소화가 안 되어 배가 아팠다. 이웃집 아줌마가 소개 해 주어 개를 잡아 나누는데, 그에게 주려고 선이도 개다리 하나를 샀다. 냄새가 너무 나서 토하는 것을 보고, 이웃집 아줌마가 씻어서 솥에 넣어 주었다. 냄새가 역겨워 계속 토하면서 끓여 놨다. 큰형을 줘야 한다고 고기를 뜯으라고 하더니, 도시락 통에 한 가득 담아서 큰형을 갖다 주었다. 그가 가슴이 불룩 나와 있고 많이 아프다고 해서 약으로 해주는 것인데 큰형을 갖다 주었다.

그는 어디다 쓰는지 돈을 들여오지 않고 물어보면, 대답도 하지 않았다. 뱃속에서는 아기가 불쑥불쑥 찼다. 배가 나오고 맞는 옷이 없으니 임부복도 사고 싶고, 딸기도 먹고 싶고, 신 과일도 먹고 싶었다. 남들은 몇 달만 고생하고 나중에는 괜찮다고 하는데, 선이는 계속 지긋지긋하게 입덧을 했다. 그는 선이가 먹고 싶은 것을 사주려는 마음이 아예 없다. 그는 머리맡에 칼을 놓고 잤다. 무슨 남자가 저렇게 마음이 약할까? 선이는 먹기만 하면 체하니까 밥 먹는 것이 두려웠다. 변비가 심해서 화장실에 들락날락하다가 열흘쯤 되면, 항문이 찢어져서 돌덩이 같은 것이 조금 나왔다. 그는 밥상을 간신히 들어다 놓으면 찡그린 얼굴로 반찬을 할 줄 모른다고 하면서 타박했다. 돈도 없는데 날마다 바꿔가면서 반찬을 해 놓았지만, 그는 숟가락을 들기도 전에 찌푸린 얼굴로 타박부터 했다. 반찬을 할 줄 몰라 쫓겨나게 생겼다. 그래도 그는 고봉으로 푼 밥을 다 먹었다.

"나는 반찬도 할 줄 모르고, 당신 비위도 못 맞춰드리는 부족한 여자이고 아주 쓸모없는 여자라 미안해요."

대꾸도 없다.

"후회하나요?"

들은 척도 하지 않았다. 결혼 전에 선이가 반찬을 하면 맛있게 한다고 들었는데, 결혼하고는 잘한다는 소리를 듣지 못했다. 속이 상해서 밖에 나가 바람을 쏘이고 있었더니 소리를 질렀다.
"안 자?"
방에 들어왔더니 옷을 벗긴다. 하지 말라고 했더니 벗겨 놓고 옆으로 누웠다. 뒤끝이 무서워서 할 수 없이 그 옆으로 갔다. 아침에 일어나 열심히 차린 상을 보고 투정을 부리면서 밥을 먹었다. 안집 아저씨는 식성이 꽹장히 까다롭다고 들었는데, 선이가 담근 김치를 주었더니 아주 맛있다고 다른 사람은 맛도 보지 못했다고 했다. 반찬을 못한다고 볶아대면서 시어머니와 그는 웬 밥을 그렇게 많이 먹나 모르겠다. 시어머니는 선이가 시집오면서 해온 밥사발이 보통 공기 밥의 두 개는 들어갈 것 같은데, 고봉으로 밥을 퍼 주면 공기 밥 하나는 위로 올라갈 것 같다. 그것을 다 먹었다. 아무 일도 하지 않으면서, 그 많은 밥을 다 먹을 수 있는지 알 수 없다. 선이는 잘 먹을 때도 한 공기를 다 먹지 못했다. 맛이 없어도 그렇게 많이 먹을 수 있나 보다. 찌개도 한 냄비 하면 다 먹는다. 시어머니는 생선도 뼈만 남기고 다 먹는다. 아니 뼈도 다 빨아먹는다. 이해할 수 없다. 어떤 때는 무엇이 마음에 들지 않으면 먹다만 밥사발에 숟가락으로 탕탕 치면서 욕했다.
"이걸 먹으라고 갖다 놨니. 너나 처먹어라…."
밥사발을 집어 던졌다. 선이는 죽을죄를 지은 죄인이 되었다. 다리가 후들후들 떨려서 일어날 기운도 없지만, 고개도 들지 못하고 상을 치워야 했다.
비가 억수같이 쏟아지는 날, 동서 생일이라고 아침 일찍 선이에게 같이 가자고 하는데, 배가 불러 입고 갈 옷이 없다고 했더니, 그가 벌컥 소리를 질렀다.

"남편이 가자고 하면 무조건 따라나설 일이지, 남편을 우습게 여기는 거지?"

그는 고기를 사가지고 간다고 나갔다. 선이는 결혼할 때, 가지고 온 옷을 뜯어서 다시 꿰매어 입고 버스를 탔다. 비는 하늘에 구멍이 뚫렸는지, 무섭게 퍼부어서 물에 잠긴 안양천에 미루나무가 보일 듯 말듯하고, 버스도 천천히 기어서 갔다. 버스에서 내려 화장품 가게에 들어가 영양크림과 코티분을 사가지고 갔다. 비를 맞아서 그런지, 배까지 아프다. 그의 큰형이 갈비를 짝으로 사왔다는 소문을 들었다. 한 쪽에서 손님들이 갈비를 먹는 것이 보였다. 침이 넘어갔다.

"왜, 이제 와? 어제 와서 일 좀 도와줘야지. 명월이 아버지는 그런 동서 싫어해."

비도 오고 힘든데 뭣 하러 왔느냐고 할 줄 알았다. 심부름만 시키고 임신부에게 갈비 한쪽 주지 않아 설움만 받고 왔다.

그가 집에 있는 날은 꼼짝하지 않고, 책도 보지 않고, 숨소리도 죽이고 잠자는 그의 옆에 누워 있었다. 신문이나 책을 보면 부스럭거린다고 해서, 그가 있으면 신문도 보지 못했다. 그는 왼종일 말 한마디 없이 있다가 상을 차려놓으면 반찬 타박이나 했다. 한숨 자고는 친구 집에 간다고 나갔다가 늦게 들어와서 누구네 갔다 왔다고도 않고, 싱글벙글 했다. 다음 날에는 시어머니와 시이모와 같이 극장에 갔다 왔다고 늦게 들어왔다. 선이는 몸이 불어서 입을 옷이 없는데, 선이만 빼고 잘 쓰고 다녔다. 그곳은 월급보다 부수입이 더 많아서 부수입으로 생활 하는 곳이라고 자랑하더니, 부수입이 줄었다고 했다. 선이는 과일이 먹고 싶지만, 사먹을 수 있는 여유를 주지 않았다. 그러다보니 먹지 못해 어지러워 걷기조차 힘들었다. 선이는 어려서 밥은 조금 먹고 군것질을 하고 살았는데, 결혼하고는 먹을 것이 없다. 그는 선이가 먹고 싶어 하는 것을 사다주지 않고, 자기가 먹고 싶은 것만 사오라고 했다. 선이는 나야 굶어도 되지만 하늘같은 그의 상 차릴 것이 걱정되었다. 그는 아기에게는 관심이 없고, 오직 선이를 성의 도구로만 보이는 것 같았다. 그러면서 별 듣도 보도 못한 짓을, 선이에게 하라고 했다. 정말 싫지만 하라는 대로 다 했다. 선이는 사람이 아니고 그의 몸종일 뿐이다. 몸종도 먹여 놓고 부려먹는 것인데, 굶기고 그의 어머니와 이모와 외숙모, 큰형과 형수를 위하고 그들이 시키는 것은 다 들어주어야 했다.

 그는 날마다 늦게 들어오고 선이는 움직이기도 힘들었다. 그의 생일이 되니 시집 식구들이 찾아와서 아무도 심부름은 하지 않고 먹고 가면서 시어머니를 잘 모시라고 했다.

 뱃속의 아기는 일곱 달이 되었는데, 월급을 만 칠천 사백 원 받아서 큰 형에게 만 오천 원 주고, 친구 꾸어주고, 백 원을 선이에게 주었다. 당장 먹을 쌀도 없는데, 시어머니는 동네 사람들에게 살림을 할 줄 몰라 돈은 쓰면 생기는데, 쓰지 않는다고 흉을 보고 다닌다고 했다. 시어머니가 천 원만 달라고 했다. 동서는 옷 몇 벌을 사 입으면서, 시동생에게 빚이라고 뺏고도 모자라 꾸어달라고 하고 월급을 통째로 뺏어갔다. 임신한 선이에게는 주지 않고 반찬 타박만 하고 볶아대면서 동서에게는 그렇게 관대한지 모르겠다. 몸도 마음도 너무 힘들어 한 달만, 아니 열흘만이라도 어디 가서 아무 생각하지 않고 쉬었다 오고 싶었다. 그는 집에 돈이 없는 줄 알면서 무조건 선이를 볶아대고 날마다 생기는 돈은 어디다 쓰는지, 가져오지 않았다. 준다고 해도 생활비로는 턱없이 부족했다. 아침에 들어올 사람이 밤늦게 술이 취해 들어와서 신경질만 부렸다.

그러더니 다리 다쳤다고 회사에 나가지 않았다. 큰형이 이사한다고 하는데, 빨래하고 갔더니 늦었다고 꾸지람 들으면서 심부름 하고, 쏟아지는 비를 맞고 와서 감기가 들고, 먹은 것은 체해서 밤새 앓았다.

아버지가 아프다고 하는데, 선이는 아버지가 보고 싶지만 임신한 몸으로 어떻게 가야 하나 걱정되었다. 돈을 써야 할 곳은 참 많다. 고추도 사야하고 깨도 사야하고, 그의 양복도 결혼식 때 싸구려 양복을 사 입어서 순모양복으로 사 주고 싶다. 아버지를 보러가야 하는데 돈이 없다. 배가 나와서 입을 옷이 없는데 임부복도 없다. 돈을 꾸어가지고 오랜만에 친정에 갔다. 선이는 기차타고 버스 갈아타고 또 한 시간을 걸어서 갔건만, 정신이 없어진 아버지는 삼촌을 기다리다 딸만 왔다고 속았다고 울었다. 배는 아프고 고프기도 한데 아버지는 선이를 반가워하지 않았다. 이튿날 삼촌이 내려 왔다. 선이가 고추를 사려고 하니까 고추는 나중에 사고 삼촌의 고구마를 들어다 달라고 했다. 선이가 아기 낳을 날이 얼마 남지 않았는데, 자기 아내는 임신하면 왕비 모시듯 하면서, 가난뱅이에게 시집 보내놓고 돈도 꾸어가고 주지 않으면서, 선이를 부려먹으려고만 했다. 아기는 뱃속에서 날마다 발길로 차서 너무 아파 잠을 못 잤다. 정말 견딜 수 없이 아프면서도 추석을 지내고 그가 집에 있는 날을 골라서 연락하고 서울에 왔지만, 그는 마중 나오지 않았다. 동네 아주머니들이 선이에게 감도 주고 깨도 그냥 주었다. 정말 빈틈없는 여자다운 여자였다고 칭찬했다. 보따리를 많이 가지고 오느라고 무거웠지만, 동서에게 깨도 한 됫박 주고 떡도 주고 감도 주면서 적게 주었다고 할까봐 걱정되었다. 힘들어서 삼촌 집에서 자려고 했다. 피곤해서 일찍 자고 싶은데, 밤 열한 시가 되어도 그는 들어오지 않았다. 밤중에 동서가 불러서 나갔더니, 큰형과 그는 술에 취해 있고, 큰형이 남들과 싸워서 말리다 파출소까지 끌려가 돈을 주고 풀려났다고 했다. 경찰이 물을 뿌려서 꼭 비 맞은 생쥐 꼴이다. 동서는 그가 큰형에게 술을 너무 많이 사주어 술김에 남과 싸웠다고 선이에게 욕을 바락바락 퍼부으면서 죄인 취급했다. 시어머니는 그에게 형을 자주 술 사주라고 하더니 이 꼴은 무엇인가? 월급은 몇 달 째 큰형이 뺏어가고, 다리 다쳐서 회사에 나가지 못해 집에는 돈이 없다.

　시어머니는 시집 간 딸과 사돈을 데리고 안집에 가서 돈을 꾸어달라고 했다. 벌써 두 번째다. 정말 선이 입장이 말이 아니다. 시어머니는 동서가 내쫓아서 선이네 집으로 왔다고 했다. 참 딱하고 불쌍해서 모시기로 했다. 김장 하려고 항아리를 사려고 하니 오십 원이 부족해서 사지 못하는데 항아리 장사가 빈정거렸다.

　"돈도 없는 것이 이쁜 항아리는 보이나봐. 값은 왜 물어봐?"

　돈 없는 죄인이라 욕먹고도 참아야 했다. 여기가도 저기가도 선이는 구박덩어리가 되었다.

 선이 생일이 되었다. 동서와 시누이가 올 것을 생각해서, 놋그릇을 닦고 그들이 오면 먹을 것을 차렸다. 동서 생일에 미리 와서 일하지 않았다고 했었고, 첫 생일이니 꼭 올 것이라고 믿었는데, 아무도 오지 않았다. 남편이 극장가자고 해서 고맙게 생각했지만, 선이를 위해서가 아니고 핑계 김에 자기가 보고 싶어서 간 것이었다. 암표만 팔아서 그냥 왔지만 정말 선이를 위해서라면, 단 한 번이라도 맛있는 것을 사주면 좋겠다고 생각했다. 화를 내고 나가서 한참 있다 오더니 어디 갔다 왔는지, 통조림을 사다 주어서 선이를 위해서 사다 준 것이라 고맙게 생각했다. 밤에는 아파서 앓는 소리를 해서 그에게 미안했다.

 이튿날 친구들이 술 취한 그를 업고 와서 방에 눕혀놓고 갔다. 동네 약국을 다니면서 약을 사다 입에 넣어주고, 숟가락으로 물을 입에 떠 넣어주었다. 깨어나더니 소리 내어 울었다.

 "어려서부터 보태주는 사람은 없고 뜯어먹으려는 사람밖에 내게는 없어, 이모는 기다릴 일이지, 돈 빨리 보내라고 편지하고 어머닌 이모네 돈 안 준다고 하니, 어머니부터 잘못된 양반이여. 장남도 엄연히 있는데 스무 살도 안 되어 부모님 생활비 대주고 외숙모네 한 달에 연탄 육십 장씩 사주었고 나도 할 만큼 했는데, 좋게 원만하게 살려고 무진 애를 썼건만, 날마다 잘못한다고 욕만 하고 매형이고 뭐고 형들은 뭣 하는 것들이여…."

 꺽꺽 울면서 별 소리를 다하는데 시끄럽고 창피해서 달래느라 애를 먹었다. 밤새 잠을 못자고 새벽 참에 일어나 몸은 몹시 아픈데, 소고기 사고, 북어 사고, 계란도 사서 술국을 끓여주었다. 큰형과 술 먹으면서 다투었다고 그를 업고 온 친구들이 말했다.

이제 아기 날 달이 다 돼 가면서 사야 할 것들이 많다. 빚은 진작 다 갚았는데, 큰형은 먼저 월급을 뺏어가고 갚기는커녕, 또 월급을 뺏어간 모양이다. 월급날인데 몇 푼 들여오지 않았다. 그의 이모에게 돈을 부치라고 해서 부치고 외상으로 산 연탄 값 주고 그의 누나 딸 돌이라고 밥그릇 사다주고 나니 돈이 한 푼도 없다.

하기는 시골 숙모는 보리밥을 섞어 먹으니 쌀밥만 먹는 선이는 행복한 여자인 것이다. 시집의 여자들은 학교는 문 앞에도 가지 않았고, 글을 읽을 줄 모르는 사람들이었다. 정상적인 결혼생활을 하는 사람도 많지 않았다. 시아버지도 바람을 피웠고, 시어머니도 정실이 아니고 호적에도 없다고 했다. 동서들도 첫 번째 여자가 아니고 결혼도 하지 않고 사는 여자들이었다. 시어머니뿐 아니라 그도 욕을 너무 잘하고 동서와 시누이들과 그의 형들도 상스러운 말을 참 잘했다. 자랑할 것은, 욕 잘하고, 싸움 잘하고, 바람피우는 것 말고는 없다. 그런 일들이 그에게는 자랑이 되는 모양이다. 선이는 친정에서 그런 것을 몰랐기에 설마했다. 시어머니는 욕하는 것이 자랑이고, 시아버지가 월급 타 오면, 다음 달에 또 타 올 것이기에 막 쓰고 쌀 꾸어온 바가지가 부뚜막을 꽉 채워서 월급타면 빚 갚기 바빴다고 자랑했다.

큰형에게 월급을 통째로 뺏기고 나니, 돈이 없어 쌀과 연탄을 배달시키지 못 했는데, 쌀과 연탄파동이 났다. 할 수 없이 임질도 하지 않던 임신 아홉 달이 된 선이는, 쌀을 사서 머리에 이고 산꼭대기 집에 왔다. 줄을 서서 연탄 몇 개씩 사서 함석함지박에 담아 머리에 이어서 날랐다. 왜 그렇게 무거운지, 이럴 때는 가늘고 긴 목이 더 힘들었다. 동서와 시누이와 선이숙모는 목이 굵고 짧은데 선이만 목이 가늘고 길다. 산꼭대기에 일곱 번을 이어 날랐더니 움직일 수가 없다. 죽을 지경인 몸으로 빨래도 하고 남편 구두도 닦아 놨다. 밤새 앓고 잠을 자지 못했는데, 배가 아프게 뛰던 뱃속의 아기도 움직이지 않았다. 큰형이 돈을 뺏어가지 않았으면 이 고생은 하지 않아도 되었다. 그는 방에 누워 있지 않으면, 극장에 가면서 연탄 한 장도 들어다 주지 않았다. 아침밥을 하고 도시락도 쌌다. 선이는 밥을 먹을 수가 없었다.

열 달이 되었다. 비가 쏟아지는데 작은형과 시누이 남편이 돈을 빌리러 왔다. 선이네 오는 시집 사람들은 돈 빌리러 오는 사람뿐이다. 작은형은 부모도 모시지 않고 결혼식 때도 오지 않았는데 무슨 면목으로 동생에게 돈을 빌리러 오는 지, 알 수 없다. 정말 싫은 사람과 강제로 결혼했지만, 빚 갚으면서 열심히 살려고 했더니 너무 했다. 안집 할머니가, 임신부가 있는데 저녁에 찾아오는 남자들은 몰상식한 사람들이라고 했다. 집에는 돈이 없어 살 수 없는데, 시어머니와 같이 반찬 타박을 하고 선이를 볶아대면서 작은형에게 기어이 사채를 빌려다 주었다. 작은형은 시어머니를 모셔간다고 하더니 모셔가지도 않고, 시어머니는 선이를 볶았다. 아기 낳을 날짜는 다가오고 돈은 한 푼도 없는데, 그가 조카딸 명월이를 데리고 왔다. 서울에 이모들도 살고 고모도 살고 친척들이 살건만 시어머니가 데려오라 했다고 데리고 왔다. 이튿날 명월이가 동네 아이를 때렸다고 아이 어머니가 아이를 데리고 왔다. 얼굴에 상처가 있고 피가 흘렀다. 죄송하다고 사죄하고 안집에서 돈을 꾸어 치료비를 물어줬다. 시어머니는 명월이 옷을 사주고 맛있는 것들을 사주라고 했다.

"너무하네요?"

"조카딸 데려온 것을 가지고 말도 많다. 당연히 할머니에게 왔는데 작은엄마가 뭐하는 거야? 정말 싸가지가 없다."

그는 소리를 질렀다. 선이는 '내가 잘못한 것인가?' 하고 참았다. 동네 아이 치료비를 물어주고 두레박으로 물을 퍼서 명월이가 똥을 싼 요강을 씻으면서 '이게 내 팔자인가.' 한탄했다. 세상이 귀찮아졌다. 그는 힘든 선이를 부려먹으면서 신경질을 부렸다. 시집에서는 동서가 임신했는데 아들이 아닐 것 같아서 유산 시키는데, 밥해주지 않았다고, 아이를 선이에게 맡겨 놓고도 큰형과 동서와 시외숙모와 시누이가 선이를 욕하더라고 그가 말했다. 동서가 시어머니와 명월이를 데리고 갔다. 선이는 '그동안을 참지 못하고 싫어했나?' 하면서 미안하게 생각했다. 오천 원만 있어도 속상하지 않겠다. 작은형이 와서 이천 팔백 원 쓰고 만원을, 사채를 얻어주었다고 했다. 동서가 천 원을 주는데, 받지 않았다고 했다.

"왜? 집에 돈이 없는데 받아오지."

말했다고 그는 화를 냈다. 선이는 미안하다고 사과했다. 뭐가 잘못했는지 모른다. 선이는 그가 착해서 남을 위하는 것이라고 생각했다. 선이를 보살펴 줄 사람은 없다. 소리라도 마음껏 질러 봤으면 좋겠다고 생각했다. 며칠 있으면 아기를 낳을 것인데, 어쩌면 먹고 죽을 돈도 없다. 고구마가 먹고 싶지만, 돈이 없어 못 샀다. 쌀과 연탄도 이어서 오느라 병이 났는데, 지금 다시 쌀도 연탄도 없다. 아무도 보살펴 줄 사람이 없으니 병원에 가서 아기를 낳았으면 좋겠다고 했다. 그는 화를 벌컥 냈다.

"뭐야! 이 여자 좀 봐, 남들도 집에서 아이 낳고 살아. 뭐가 그렇게 잘났다고, 보자보자 하니 별지랄 다하네."

"남들은 산바라지 할 사람이 있잖아요?"

이제 정말 며칠 남지 않았는데, 날마다 들여오는 부수입이 없다고 가불해서 쓰고 남은 돈이라며 사백 원을 주었다. 왜? 어째서? 선이에게 돈이 하나도 없게 하는지, 돈을 어디다 쓰고 들여오지 않는지 알 수 없다. 지금까지 기저귀를 장만하지 못해서 사러갔더니 돈이 적어서 그냥 왔다. 선이가 친정어머니가 왔으면 좋겠다고 편지를 했다. 그는 걱정이 되지 않는지, 날마다 어디를 다녀오는지 늦게 들어왔다.

선이 어머니가 왔다. 기저귀를 사오고 아기에게 필요한 것들을 어머니가 사주었다. 선이는 어머니가 와서 마음이 놓였지만, 작은 삼촌과 숙모의 어머니를 빌려 쓰는 것 같아 바쁜 분을 빨리 아기 낳는 것만 보고 보내드려야 한다는 생각이었다. 선이 어머니는 당장 오면서 금방 낳지 않으니, 조급해 해서 불안했다. 숙모들은 선이 어머니가 아기 낳기 전과 아기를 낳으면 산모를 아끼는 마음에서 한 달 이상씩 산바라지를 해주었다.

아기 낳던 날

아기 낳던 날

저녁 먹고 여덟 시가 되었는데 느닷없이 아래에서 물이 주르륵 흘렀다. 급하게 연탄을 갈고 들어왔는데, 배가 살살 아프기 시작했다. 어머니에게 말했더니 양수가 터졌다고 했다. 전기불이 없어 촛불을 켜놓고 앉았다 누웠다 했다. 점점 아프기 시작하더니, 잠이 들려고 하면, 몹시 아파 몸부림을 치고는 했다. 집주인 아저씨가 듣지 않게 하고 싶었다. 그가 없을 때 아기를 낳고 싶었다. 그는 날마다 "나 없을 때 낳아라." 노래했다. 하기는 그가 집에 있어봤자 심부름도 하지 않고 성질이나 부릴 것이라 집에 없는 것이 나았다. 선이는 어머니가 잠을 자게 하기 위해서 불을 끄고 소리를 지르지 못하고 좁은 방에서 앉았다 일어났다 하면서, 얼굴에는 땀이 비 오듯 해서 입은 옷이 흠뻑 젖었다. 어머니가 잠에서 깼다.

"너도 나처럼 소리를 지르지 못하는구나. 니 숙모들은 집이 떠나가게 소리를 질렀는데…."

그렇게 밤을 꼴딱 샜다. 아기는 나올 것 같으면서 나오지 않고 아프기만 했다. 어머니가 보다 못해 안집에 가서 의사를 불러달라고 했다. 아줌마는 조용하니까 이제 시작이라고 말했다고 했다. 의사가 오지 않고 간호사가 왔다. 간호사가 아니고 간호조무사일 것이다. 아기가 금방 나오지 않는다고 기계로 꺼내야 한다고 의사를 부르러 간 사이에 간호사가 두 손으로 찢어서 아기가 나왔다. 얼마나 아팠는지 말할 수가 없었다.

아들을 낳았다. 아기를 낳고 나니 너무 추워서 사시나무 떨듯 했다. 간호사가 참으라고 하면서, 참을성이 없는 것처럼 말하고, 이불을 덮어주지 않았다. 간호사는 아래가 조금 찢어졌다고 하면서, 첫애는 다 찢어지는 것이고 그냥 두면 아무는 것이라고, 꿰매줄 필요 없다고 했다. 안집 아줌마가 꿰매주라고 하니까, 간호사가 안 해도 된다고 하더란다. 선이는 간호사가 첫애는 다 그렇다고 해서 남도 다 그런 줄 알고 아무것도 몰라서, 간호사가 하라는 대로 했다. 이천 원을 달라고 하는데, 집에 돈이 천오백 원 뿐이었다. 아파서 정신이 없다가 삼일이 되어 너무 아파서 봤더니, 항문 있는 데까지 다 찢어졌다. 그 간호사가 나와 무슨 원한이 있어 첫애는 다 그런 것이라고 했나? 선이는 울기만 했다. 어머니가 찾아가니까 의사가 주사나 놔 주라고 하더란다.

세 번을 찾아가고 의사가 오지 않고 간호사가 와서 퉁퉁 부은 곳을 마취도 하지 않고 열 두 바늘을 꿰맸다. 선이는 온몸이 목욕한 것처럼 땀으로 젖었고 입을 앙다물어서 입에서 피가 났다. 의사는 약값만 받으라고 하고 간호사는 돈타령만 했다. 집에는 돈이 한 푼도 없었다. 월급타서 준다고 하니, 간호사가 그럼 내일은 오지 않는다고 했다. 그 간호사는 선이를 죽이려고 온 저승사자 같았다. 그런 고문은 없었다. 며칠이 지나도록 온몸이 아프고 아래는 계속 아프지만, 그가 누워있다고 욕할 것 같아 청소를 했다. 너무 아파서 월급타면 병원에 가봐야겠다고 했더니, 그의 얼굴 표정이 싸늘해지면서 선이를 죄인 취급했다. 아파도 그의 앞에서는 아픈 척을 할 수 없다. 그가 어머니는 이제 가야 하는 것 아니냐고 했다. 선이는 어머니가 가면 병신이 될 것만 같았다. 날씨는 갑자기 추워졌고, 선이 어머니는 늙은 양반이 쉴 새 없이 일하고 쓰레기통처럼 찌꺼기만 먹었다. 그는 언제나 기분 나쁜 얼굴을 하고 선이 어머니가 만든 반찬을 트집 잡았다. 선이 어머니는 반찬을 맛있게 해서 동네에서 잔치가 있으면 모셔 가는 분이다.

선이는 삼촌과 숙모에게 미안하고 어머니에게도 죄송하기만 한데, 그의 눈치가 좋지 않으니 괴롭기만 했다. 엿새째 되었는데 하나도 나아지지는 않고 더 아픈 것 같아 살고 싶지 않았다. 그는 아버지가 되었건만, 아들이었으면 좋겠다고 하더니 아들을 낳았는데도, 아기를 바라보지도 않았다. 젖은 물젖이라 그런지 흘러나오는데, 그는 그것을 보더니 정나미가 뚝 떨어지는 눈치다. 밤에는 좁은 방에서 아파 죽겠는데, 별짓을 다 시켰다. 그리고 제대로 못한다고 화를 냈다.

선이는 울고만 싶었다. 그는 자기 어머니를 모셔 온다고 했다. 친정 어머니가 가고 시어머니가 오면 선이는 정말 병신이 될 것만 같다. 시어머니는 선이 어머니보다 나이가 많이 적은데, 아무것도 하지 않고 늙었다고 가만히 앉아서 선이를 괴롭히는 것을 알면서, 선이를 죽이려고 작정한 사람 같다.

시어머니에게 쫓겨난 친정어머니

시어머니에게 쫓겨난 친정어머니

　일주일 째 되는 날. 선이 어머니는 김장을 해주고 가려고 아랫동네 밭에 가서 배추를 샀다. 배추도 많이 샀고 무도 한 접이 넘었다. 소금도 사고 파와 갓과 미나리를 샀다. 그것들을 산꼭대기 집에 칠십 노인이 혼자 다 머리에 이어 날랐다. 남들이 나비라고 별명을 만들어 주었다. 그는 한 포기도 들어다주지 않고 고맙다거나 미안해 하지도 않았다. 오히려 노인에게 신경질을 부렸다. 항아리나 묻어달라고 했더니, 일찍 들어오지 않았다. 선이 어머니는 쉴 새 없이 일하고, 찌증거리고 다니는 사위 눈치를 봐야했다. 딸인 선이는 친정어머니에게 죄스럽기만 했다. 아마 이 집을 자기 돈으로 얻은 집이라면, 얼마나 더 큰소리칠까? 싶다. 아기는 뱃속에서 발길로 차서 날마다 아파서 울고 살았는데, 나와서도 밤새 울어서 선이는 정말 힘들었다. 시끄럽다고만 하지, 그는 한 번도 안아주지도 않고 날마다 싸운 얼굴 표정이다. 선이는 그가 친정어머니의 수고를 알아주었으면 좋겠다고 생각했다. 늦게 와서는 찌개 잘못했다고 탓해서, 속이 상해 밥이 넘어가지 않았지만, 선이는 어머니와 그에게 웃어가면서 쓸데없는 이야기를 하면서 분위기를 살리려고 애썼다. 그러고 있는데 시누이와 동서, 그의 큰형과 시어머니가 오고 조금 있더니, 삼촌이 왔다. 선이 어머니는 그 사람들 밥을 해주고, 그들은 젊은 사람들이 가만히 앉아 얻어먹었다. 그들은 선이 어머니에게 무어라고 말했는지, 선이 어머니가 간다고 하니까 시누이가 얼른 대답했다.

"그럼요. 어서 가셔야죠. 여기는 시어머니를 모셔야 하지요?"

선이는 앞이 캄캄했다. 남에게 보이기 힘든 곳을 어머니가 약을 발라주었고, 아기 목욕도 시켜주고 기저귀도 어머니가 빨아주었다. 선이는 부엌에 가서 울었다. 그것을 본 삼촌이 말했다.

"남의 사생활에 간섭은 하지 않지만, 조카의 건강이 좋지 않으니 아무리 바쁜 분이라도 조금 더 돌보고 가셨으면 좋겠어요."

동서가 얼른 맞받았다.

"여기는 시어머니가 계시고 사부인은 바쁜 분이니까 어서 가셔야지요."

그가 들어오더니 선이 어머니에게 핀잔스럽게 가라고 했다.

"장모님은 가세요. 뭐 하러 여기 계세요. 어머니도 오셨으니 어서 가세요."

삼촌이 그에게 간곡히 말했다.

"선이를 부탁하네. 자네만 믿네."

그는 선이 어머니에게 재차 싸늘하게 말했다.

"장모님은 가세요?"

그는 선이 어머니에게 편안한 말 한마디 하지 않았다. 선이 어머니는 딸을 위해서 일만 실컷 하고 좋은 소리 한마디 듣지 못했다. 안집에서 산모 주라고 소고기를 사왔는데, 선이 어머니는 산모에게는 소고기가 좋지 않다고 사위만 끓여 주었다.

그는 선이 어머니 드시라고 떡 하나, 과일 한 개 사오지 않았다. 시어머니에게는 무엇을 사다 드리라 해서 깜박 잊고 그날 사오지 않으면, 선이를 죽일 듯이 욕했지만, 선이 어머니에게는 빵 한 조각 사오지 않았고 반찬 타박이나 하고 언제나 죄인 다루듯 했다. 선이는 미안해 할까봐 시어머니를 달랬다. 아기 낳고 일주일 만에, 순산하지도 않아서 아직 몸이 낫지도 않았는데, 그가 얻은 방도 아니면서 선이 어머니는 시집 식구들에게 쫓겨났다. 시누이와 동서가 시어머니를 모시고 왔다고 했지만, 며칠 전부터 그가 시어머니를 모셔온다고 했었다. 아프고 속이 상해서 일을 하지 않으려고 했지만, 죽을힘을 다해 일을 했다. 선이 어머니는 딸과 외손자와 사위 시중 다 들어주시고 밥도 참참이 갖다 주셨다. 깔끔한 선이 어머니는 그릇들을 반들반들하게 닦아 놓았다. 정말 고생 많이 하고 가셨다. 그는 선이 어머니에게 고생했다는 말 한마디 하지 않았다.

선이는 움직일 수 없었다. 시어머니는 무엇을 해준다고 하더니 더러워서 볼 수가 없다. 행주로 부뚜막을 닦고 빨지 않고 다시 사발을 닦았다. 도저히 쳐다볼 수가 없었다. 선이 어머니가 김장을 해주고 가려 했지만, 배추를 절이고 무를 씻어놓고 그냥 가셨다. 이튿날 김장을 한다는데, 시어머니는 아무것도 할 줄을 모르고, 선이가 일어났지만 너무 아팠다. 동서는 오지 않고 시누이가 와서 그가 미워서 오지 않으려고 했지만, 산모를 봐서 왔다고 했다. 이웃집 아줌마가 시집 식구들이 못되어서 오지 않으려고 했지만, 산모가 불쌍해서 왔다고 했다. 시누이는 제대로 씻지도 않고 아무렇게나 했다. 심술부리려고 온 사람같이 더러워서 못 보겠다. 선이는 김장을 하고는 온몸이 아프고 배탈이 났는지, 화장실만 들락거렸다.

시어머니는 저녁에 밥을 해준다고 쌀을 씻기는 했는지, 일지도 않았는지, 죽도 아니고 밥도 아닌 것이 돌이 씹히고 익지도 않았다. 쌀이 익지 않아 먹지 못한 것을 이불속에 묻어놓더니, 푹 썩어서 청국장도 아니고 냄새는 고약해서 먹을 수가 없다. 선이 어머니에게 트집 잡던 그는, 말 한 마디 없이 그 밥을 먹었다. 선이는 사는 것이 정말 싫어졌다. 온몸이 불덩이처럼 열이 나고 아파 죽겠는데, 선이는 왜 그들이 불쌍하게 생각되는지 모르겠다.

두 주가 되는 날, 형 둘이 왔다. 작은형은 빌려간 돈은 가져오지 않고, 큰형도 그의 월급을 타는 날 기다렸다가 다 뺏어가고는, 그에게 조금만 주었다고 했다. 작은형이 그에게 십만 원만 보태달라고 했다. 십만 원이면, 굉장히 큰돈이다. 안 집 아줌마네 집이 땅도 넓은데, 몇 년 전에 십 칠 만원에 샀다고 했다. 좋은 쌀 한 말 값이 삼백 육십 원이니까 어마어마한 돈이다. 산지에서는 쌀 한가마 값이 삼천 원이라고 들었다. 아마 그에게 그만한 돈을 받을 권리가 있는가 보다.

"제수씨 뭐가 잘못 되어서 몸이 안 좋다구요?"

큰형이 선이에게 말을 하고는, 작은형에게 여기서 자라고 하고 갔다. 코딱지만한 방에 시어머니와 네 식구도 불편한데, 아기 낳고 아파하는 제수와 같이 자라고 하고 갔다. 작은형은 그 방에서 자고 가려고 앉아 있다. 사람으로 보이지 않고 악마같이 보였다. 선이는 춥고 아픈 몸으로 덜덜 떨면서 밖으로 나와서 무조건 걸었다. 죽을 것 같이 아픈데, 슬프기만 했다. 얼마를 걷다가 너무 아파 길에 앉아 있다가 그래도 아기 생각이 나서 집에 들어왔더니, 그가 때려죽일 것 같은 얼굴로 손을 들었다 났다 했다. 시어머니는 머리끝까지 화가 나서 마구 소리를 지르며 욕했다.

"그까짓 젖꼭지 안 보이려고 시아주버니를 내 쫓아? 못된 년."

시어머니는 지금까지 욕 한 번 듣지 않던 며느리에게 본데없는 년이라면서 듣기 힘든 욕을 하셨다. 시어머니와 그 아들들 정말 염치도 없고 말도 통하지 않았다. 시어머니는 날마다 이웃집에 가서 며느리 욕을 해대서 창피해서 살 수가 없다. 할 수 없이 무조건 시어머니에게 잘못 했다고 빌었다.

"잘못했다고 할 짓을 왜 하니?"

"예. 잘못했습니다."

도대체 말이 통하지 않았다. 무엇을 잘못 했는지 모르겠다. 시어머니는 선이가 착하다고 무시하는 것인지, 다른 사람에게 당한 것을 선이에게 푸는 것인지 알 수 없다. 불쌍한 마음이 싹 가셨다. 똑똑하지 못하고 미련한 남편과 인간의 탈을 쓴 짐승 같은 시집 식구들과 결혼한 것이 한스러울 뿐이다.

김치 담그던 날도 이웃집 아줌마가 무를 항아리에 넣으면서 사흘 있다 물을 부으라고 하고 갔다. 선이는 일을 많이 하지 않았어도 그 정도는 알고 있는데, 시어머니는 나이를 먹었어도 아무것도 할 줄 모르는 것 같다. 시어머니는 김치를 담그지 않았으니 힘이 들지 않았을 것이다. 동치미를 한 번 자기가 직접 담그고 싶었는지, 힘들어 누워 있는 선이에게 소금 살 돈을 달라고 해서 며칠 있다가 물을 붓는 것이라고 했다. 그랬더니 밖에 나가서 동네가 시끄럽게 '어른 말을 듣지 않는다' 고 소리소리 질러서 창피해서 이불을 푹 쓰고 누워버렸다. 시어머니는 이웃집 아줌마에게 가서 돈을 꾸어서 소금을 사다가 물을 부었다. 그래놓고 걱정이 되는 모양이었다.

"너무 짜면 어쩌지?"

"괜찮아요. 짜면 짠 대로 먹지요."

그 동치미는 짠지도 아니고 동치미도 아니고 먹을 수 없어 시어머니도 그도 먹지 않아 버리고 말았다. 선이 어머니가 산 밑에서 머리에 이고 온 무인데 아까워도 다 버렸다. 김치는 식구가 많은 시누이가 김치가 떨어졌다고 봄이 되기 전에 그 많은 것을 다 퍼 갔다.

시어머니는 봄내 쑥을 뜯어다 놓은 것을 떡 해 오라고 볶아댔다. 견디다 못해서, 쑥 한 솥을 삶고, 찹쌀 한 말을 씻어서 이고 방앗간에 갔다. 방앗간에서는 날이 추워서 쑥이 방아에 물으면 얼어서 떨어지지 않는다고 못해준다고 했다. 떡을 안 해가지고 가면, 거짓말이라고 날마다 볶아댈 것이라 울었다. 선이가 시어머니에게 혼난다고 하면서 우는 것을 본 방앗간 주인이 누렇게 뜨고 퉁퉁 부은 선이 얼굴을 보더니 산모인 것 같은데, 할 수 없다고 산모가 불쌍해서 해준다고 했다. 떡 하는 동안 선이는 추워서 덜덜 떨었다. 찹쌀 한말 불린 것과 쑥도 그 만큼 삶은 것이라 굉장히 무거웠다. 시어머니는 자기가 하지 못하면서, 왜 산모인 며느리를 고생시키는지 모르겠다. 방앗간 아줌마는 웬 쑥이 이렇게 많으냐고 떡을 하면서도 욕을 해대서 추우면서도 욕만 실컷 먹었지만, 그래도 방앗간 아줌마가 고마웠다. 조금만 하고 싶지만, 시어머니가 잔치를 할 것처럼 쌀 두 말은 해야 한다고 해서 어쩔 수 없이 많이 하는 것이었다. 간신히 집에 오니 아기는 안 아주지도 않았는지, 똥을 싸놓고 잠들었는데, 똥을 치워주지도 않고 얼마나 울었는지 얼굴이 사람 꼴이 아니다. 산모 걱정하는 말은 없고 늦게 왔다고 꾸지람만 했다. 그에게 말했더니 노인이니까 그러려니 하라고 했다. 야단치지 않아 선이는 고마워서 화가 풀렸다. 그런데 선이 친정어머니는 시어머니보다 나이가 훨씬 더 많은데도, 실컷 부려먹고 노인으로 생각지 않고 종처럼 취급하고, 좋은 것 하나 사다주지 않고 투정만 했나? 선이 어머니가 만든 산초기름 갖다 먹으라고 하니, 시어머니는 그런 것은 어른인 자기가 먹어야 한다고 했다.

아기 낳은 지, 두주 반이 되었다. 그는 곗돈을 타러가더니 오지 않았다. 선이는 체했는지 밤새 설사하고 잠을 못 잤더니, 너무 힘이 들어 아기와 나가서 따로 살고 싶었다. 그는 저녁에 들어오지 않고 이튿날 와서는 오만 원 곗돈을 타서 삼만 원 술 먹고 외숙모네서 잤다고, 이만 원 주면서 시어머니에게 비싼 옷을 사드리라고 했다.

시어머니는 삼칠일이라고 밥을 해 놓고 기도하라고 했다. 삼칠일은 알면서, 부정 탄다고 삼칠일 전에 외부 사람을 들이지 않는 것을 모르나 보다. 어디서 밥해 놓는다는 소리는 들었나 보다. 선이는 이제 불쌍하게 생각했던 마음이 없어졌다.

숙모와 시외숙모가 왔다. 숙모는 그 꼴을 보고 위로의 말 한마디 없었다. 선이는 친정도 시집도 없다. 곗날 그가 시외숙모네서 자고 왔다고 했는데, 그날 그는 시외숙모네 오지 않았다고 시외숙모가 말했다. 그 많은 돈을 다 어디다 쓰고 집에 오지 않았나? 날마다 벌어오는 돈도 수입이 줄었다고 내놓지 않고 밥을 해 놓고 기다리면, 늦게 오거나 들어오지 않았다. 선이는 집에서 시어머니 욕만 들어야 했다.

한 달이 지나서 시외숙모네 가지 않았다고 하더라고 했더니, 여관에서 잤다고 했다. 그럼 그 많은 돈을 어떤 여자를 주고 날마다 무슨 짓을 하기에 수입이 줄었다고 돈을 가져오지 않는가? 그는 무슨 죄를 졌기에 조서를 쓰라고 한다고 다른 직장을 알아봐야겠다고 했다. 꾸어간 돈을 달라고 했다고 큰형이 때려서 큰형과 말을 하지 않는다고 해서, 그래도 말하고 지내라고 했다. 그런데 조카딸이 아프다고 한다고 자기가 입원시켜야 한다고 했다. 집에는 돈을 들여오지 않으면서 큰형이 있는데, 제 아들은 쳐다보지도 않으면서, 조카딸 입원시켜야 한다고 하니, 알 수 없는 사람이다. 형들과 친척들에게는 아주 착한 사람이라 돈 모아가며 살기는 다 틀렸다. 배가 아파 밥도 먹지 못하고 화장실만 들락날락 하는데, 시어머니는 부엌에서 좋은 것은 저 혼자 다 처먹는다고 했다.

그는 확실히 아기를 싫어했다. 선이는 남의 자식을 낳은 것도 아닌데, 그의 눈치가 보여서 그가 보는 데서는 아기를 예뻐할 수도 없었다. 시어머니는 자기가 꿰매지도 못하면서 옷을 다 뜯어버렸다. 선이를 골탕 먹이려고 그러는 모양이다. 입지도 못할 옷을 안집 할머니 방에 가지고 가서 다리미질을 하니까, 할머니가 저고리 하나를 해주었다. 시어머니는 선이가 말을 잘하지 않는다고 욕을 하더니 밤중에 '아이고 아이고' 소리 높여 곡을 했다. 어쩌라는 것인지 선이는 밤에도 잠을 편하게 잘 수 없다. 날만 밝으면 이웃집에 가서 선이 흉을 본다는 말이 들렸다. 선이는 친정 친척이 결혼식에 왔었기에 가야 하는데, 못 갔다.

시어머니가 생선을 사오라고 해서, 시장에 나갔다가 오니 아기가 보이지 않았다. 아기 어디 있느냐고 해도 대답을 하지 않아서 이불을 열어보니, 이불 속에서 얼굴이 빨갛게 익어 죽기 직전이었다. 아기는 울지도 못했다. 솜이불을 두껍게 해서 선이가 들기도 힘이 드는데, 그 밑에 넣어서 죽이려고 했다. 시어머니가 무섭기만 했다. 선이는 그들이 언제 아기도 죽이고 선이도 죽일지 모른다는 생각이 들었다. 불안하기만 했다. 선이는 자기가 좋아서 한 결혼이니 설마 내가 오해하는 것이겠지, 배신하지 않을 것이라고 믿고 싶었다. 그는 꿰맨 아래가 아물기도 전에 그 짓을 했다. 하고 싶지 않은데 어쩔 수 없이 하면서 시어머니가 좁은 방에 있으니 아프기도 하지만 정말 불편해도 바람피우지 말라고 당하고 살았다. 선이는 그와 그 짓을 하고 나면 아파서 병원에 가고 싶지만, 시어머니가 아기를 봐주지 않으니 병원에 갈 수 없다. 남들처럼 아기 아버지가 아기를 봐주면 얼마나 좋을까? 부엌에서 설거지 하느라 덜그럭 거리면 성질부린다고 하니까 정말 조심스럽다.

시어머니 털 속치마를 짜 드렸다. 남편 바지도 맞추었다. 선이는 결혼하고 살면서 옷을 사 입지 못했고, 먹고 싶은 것을 먹어본 적도 없다. 친정에서는 몸이 약하다고 어머니가 보약을 자주 해 주셨지만, 결혼하고는 아기 낳고도 보약은 그만두고 마음 편하게 밥도 제대로 먹지 못했다. 시어머니 용돈 주고 생각하니, 선이에게 좋은 말 한마디 없으니 잘하고 싶은 생각이 없어졌다. 아파서 설거지도 못하고 화장실만 드나들면서 누워 있는데, 시어머니는 안집에 가서 식모에게 새우젓과 꼴뚜기 젓갈을 얻어왔다. 왜 저런 짓을 하는지 이해가 되지 않지만 선이가 하지 말라고 하면, 그 이후의 욕을 감당 할 수 없어 참았다.

그는 시어머니가 있건 말건 무조건 할 짓을 했다. 선이는 안 된다고 하면서 불안하게 억지로 당했지만, 다음날 시어머니의 잔소리가 기가 막히다. 날마다 시아버지 바람피운 이야기를 하면서 욕을 하던 양반이 웬 딴 소리다.

"나도 젊어서는 사랑 받고 살았는데. 어떤 년은 복도 많다."

한 달이 지났다. 시어머니 진갑이라고 시누이와 동서가 아이들을 데리고 왔다. 날씨가 몹시 추웠지만 떡 하러 선이가 방앗간 간 사이에 시누이 아들이 아기 얼굴을 쥐어뜯어서 피투성이다. 아무리 제 아비가 사랑하지 않는 아기지만 속이 상해 울고만 싶었다. 어른들이 방에 앉아서 아기를 피투성이가 되도록 쥐어뜯으면 울었을 텐데, 그 지경으로 만들어 놨다. 그때야 시누이가 어쩌느냐고 했다. 아기에게 젖 먹이려고 방에 들어왔더니, 동서가 일어나 같이 거드는 척 하니까, 시누이가 주인이 할 일을 손님이 한다고 했다. 선이가 할 일을 그들이 도와주는 모양이다. 그들도 같은 자식이면서 왜 선이가 해야 하고, 그들은 앉아서 먹기만 해야 하는가? 돈을 보태준 것도 아니고 맨손으로 와서 먹기만 하고, 시집살이를 시키고 갔다. 산모가 고생했다는 말은 하지 않고 떡과 불고기와 잡채와 전 등, 여러 가지 했건만, 자기들끼리 알아서 싸가지고 가고는 선이 먹을 것은 남겨놓지 않았다. 큰형은 선이네 돈은 갚지 않으면서 구두 두 켤레를 샀다고 자랑했다. 이튿날 아침도 먹지 못하고 누워 있었더니, 시누이 남편이 아이들을 데리고 시어머니 내의를 사가지고 왔다. 시누이 남편도 아침에 와서 그 좁은 방에서 저녁 늦게 까지 있다가 갔다. 시어머니와 그가 애썼다고 했다. 그 말 한마디에 모든 아픔과 어려움이 없어지고 보람까지 느꼈다. 작은형은 사채까지 얻어가고 갚지 않아서인지 오지 않았다. 하기는 이익이 없으니 오지 않았나 보다. 선이가 당신은 착한데 주위 사람들이 욕심이 많다고 했다.

  아기 낳고 속을 많이 썩고 먹지도 못하고 고생해서 그런지 먹기만 하면 체했다. 아랫집에 오동나무를 치기에 조금만 달라고 했더니 아저씨가 금방 알아차렸다.

"아기 낳고 체했군요."

아저씨가 오동나무를 한아름 주었다. 그것을 큰 솥에 넣고 삶아 먹었다.

"아니 애 낳고 나면 먹고 돌아서면 배고픈데 그런 것을 왜 먹니? 참 너도 답답하다."

시어머니는 장손 큰 며느리라지만, 남편 직장 따라 다니면서 시부모 모시지 않고 살았으니 아무것도 모르나 보다. 아기 낳고 밥해주는 사람이 잠깐 어디 간 사이에 볶은 콩이 먹고 싶어 콩을 볶아 먹었다고 했다. 그때도 밥을 많이 먹은 모양이다. 시어머니는 아기 낳고 산바라지 하는 사람이 있었지만, 선이에게는 산바라지를 하지 못하게 했다.

전세방이 나왔다고 하는데, 팔만 원이라고 했다. 돈이 부족한데 방을 하나는 놓지 않는다고 했다. 그가 곗돈을 쓰지 않았고 선이가 친정에서 가져온 돈을 큰형에게 주지 않았으면, 월급을 큰형이 석 달씩이나 뺏어가지 않았으면, 작은형이 사채를 얻어가지 않았어도, 전세방 두 칸짜리 얻고도 남을 텐데, 아무도 미안해하지 않았다. 선이는 아직까지 남의 집에 전세를 살아보지 않았다. 시어머니는 말썽만 부렸다. 기저귀를 빨아주지 않으면서, 날마다 빨아준다고만 말했다. 그런데 뭘 하려고, 물을 뜨다가 두레박을 빠뜨려서 춥기는 한데, 두 시간 동안 꼬박 서서 두레박을 건지고는 오히려 시어머니가 미안해 할까봐 위로해 드렸다.

시어머니가 마을 간 뒤에 그가 하는 말이 곗돈 탄 날, 비어홀에 갔었다고 했다. 술을 먹고 색시에게 여관으로 가자고 했는데, 나오지 않아 여관에 가서 여자 하나 구해달라고 했더니, 없다고 해서 혼자 잤다고 했다. 며칠 전에는 초상집에 간다고 돈을 가지고 가더니 새벽 다섯 시가 되어서 택시비 가지고 나오라고 했었다. 그날도 색시더러 가자고 했더니, 생리중이라고 해서 키스만 하고 혼자 여관에 있다가 그냥 왔다고 했다. 선이가 눈물을 흘리고 있으니까, 물끄러미 쳐다보더니 화났느냐고 해서 아니라고 했다. 결혼하고 임신하면서부터 일 년도 되기 전에 오입을 하고 다녔다. 서로 내키는 대로 하고 살자고 했더니, 싱글싱글 웃기만 했다.

　선이는 다른 남자와 살고 싶지는 않지만, 너무들 한다고 생각했다. 얼굴도 보기 싫은 사람과 마음을 잡고 좋아하려고 노력하는 여자에게, 그는 싫다는 사람과 억지로 결혼하고서 이렇게 할 수는 없다. 선이는 다른 남자를 쳐다보는 것만으로도 그에게 죄를 짓는 것 같아 제대로 남의 남자를 쳐다보지도 않았다. 돈도 없고 무식하고 집안도 마음에 들지 않은데다 특별히 잘난 것도 아니면서 착실하게만 살아준다면, 선이는 그를 믿고 살려고 했었다.

　시어머니는 큰 아들과 며느리에게 아주 심하게 당했다고 해서, 불쌍해서 선이가 모시기로 했다. 그는 날마다 늦게 들어오고 돈도 가져오지 않았다. 선이가 돈을 벌었으면 좋겠는데, 아기도 봐주지 못하니 차라리 시어머니는 없는 것이 더 났다. 부잣집에 가풍 좋고 학벌 좋은데 장남이라고 가지 않았는데, 지금 이 꼴이 무엇인가. 시어머니가 시외숙모네 집으로 갔다. 오랜만에 둘의 시간이 되었다고 했더니, 사흘 만에 다시 왔다. 오기가 바쁘게 아들과 둘이서 볶아대기 시작했다. 너무 볶이다 보니 정신이 없어 금방 들은 말도 기억하지 못했다.

시어머니가 저고리 동정을 달아달라고 했는데, 깜박 잊고 못 달았다. 화가 머리끝까지 오른 시어머니는 그 저고리 못 입어서 감기 들었다고 했다. 왜 다른 저고리를 입으면 안 되나? 아침 일찍 약을 사 가지고 와서 시어머니 주고 동정을 다는데 눈물이 쏟아졌다.

"시어매 감기 들게 해놓고 뻔뻔하고 낯짝도 좋다."
"어디다 눈물 찔찔 거리고 짜고 있어. 눈구멍을 찢어놓을라."

그가 같이 소리 지르고 욕을 했다. 예순이 넘은 여자가 저고리 동정도 달지 못하고 지금까지 자식 기르면서 어떻게 살았는지 모르겠다. 할 줄 아는 것이 없지만 아들교육은 잘 시켜서 아들은 어머니 말을 잘 들었다. 그는 오늘 놀이가기로 했다고 해서 밥 먹고 가라고 했더니, 배고픈 사람이나 처먹으라고 하면서 시어머니와 그가 문을 요란하게 '꽝' 닫고 나갔다. 두 시가 되어도 아무도 오지 않아 아기 업고 기차를 타고 삼촌네 갔다. 먹지도 못하고 속을 썩었더니 머리가 많이 아팠다. 삼촌이 너무 한다고 했다. 작은 삼촌도 듣더니 말도 안 된다고 했다. 선이 친정어머니는 시어머니보다 훨씬 나이가 더 많지만, 며느리 같은 동서들에게 옷을 꾀매달라고 시키지 않았다.

"그냥 와 버려라. 사람도 아닌 것들이다."
"……."

그러나 선이는 삼촌들 말도 믿을 수 없다. 집에 오면서 문도 열어

주지 않으면 어쩌나 했더니 안집 할머니가 반가워하면서 문을 열어주었다. 오지 않을 줄 알았다가 들어오니 안심이 되었는지 트집 잡기 시작했다.

이튿날이 아기 백일이다. 동서와 시누이가 올 줄 알았더니 아무도 오지 않았다. 시어머니는 이웃집에서 날마다 며느리 흉을 본다고 들렸다. 시어머니는 밥해 놓고 기다려도 오지 않더니 부엌에서 덜그럭거리는 소리가 났다. 밥과 국을 들고 들어왔다.

"내 자식이 번 것도 못 먹고 굶어죽게 생겼다."

소리 지르고 욕을 퍼붓는다. 밥을 한 상 차려다 드렸더니 보지도 않고 문을 부서져라 '꽝' 닫고 할머니 방으로 갔다. 그럴 때 할머니는 중간 입장에서 집으로 가라고 해야 하는데, 며느리에게 욕 하는 시어머니 말을 다 받아주니, 시어머니가 선이 흉을 보고 못되게 하는 것이다. 보통 사람과 다른, 이상한 사람들이라 칼 들고 선이를 죽인다고 할 것만 같다. 모두들 동네 사람들이 선이보고 욕하는 것 같다. 날마다 그렇게 불안한 날의 연속이다.

자살

자살

정월 보름날, 할머니에게 볼일이 있어 갔다가 아기가 울어 나왔더니, 시어머니가 아기도 안 보고 돌아다닌다고 소리를 질렀다. 그의 얼굴에서 죽일 것 같다고 생각한 순간, 선이의 뺨에서 불이 몇 번 일어난 것 같다. 휘청하다가 쓰러졌다. 날마다 이유 없이 당하다보니 억울해서 옷 입고 뛰쳐나갔다. 그는 붙잡지 않았고, 시어머니는 본데없는 년이라고 소리 질렀다. 나가서 약방마다 다니면서 수면제를 샀다. 집에 와보니 그는 쿨쿨 자고 있었다. 정말 살고 싶지 않았다. 세상에 태어나서 맞아본 기억이 없는 선이는 억울해서 참을 수 없었다. 약을 술과 함께 마셨다. 술 먹을 줄 모르는 선이는 그 큰 병의 반은 마신 것 같다. 많이 먹어야 죽을 것 같아서 억지로 마셨다. 속옷까지 갈아입고 따로 이불을 펴고 아기에게 젖을 먹였다. '그래 같이 죽자. 엄마 없이 너 혼자 이 집에서 살 수 없다.' 그는 약 먹는 것을 봤지만 빼앗지 않았다. 술을 먹는 줄 알았나 보다. 의사가 와서 무슨 주사인가를 놨다고 했다. 이튿날 저녁에 깨어났다. 문제는 선이가 깨어나고 부터다.

"왜 되지지 않았니. 되져버리지?"

그것도 시어머니와 그가 똑같이 하는 말이다.

"왜 살려놨어?"

"아이구! 니가 되지면 내가 무슨 소리를 들을라구."

정말 살기 싫다. 어떻게 하면 죽을 수 있나?

선이는 아기가 예뻐서 장난을 하지만 그것조차 허락하지 않았다.

"차려."

"차렷이 뭐여? 고추 달린 아들 낳았다구 유세 하는거여? 그깐 놈의 아들 낳으면 뭘혀. 며느리 좋은 일만 시키지."

아기는 선이가 낳은 첫 아들인데, 시어머니 마음에 들지 않은가 보다. 그도 아기를 싫어했다. 정말 사는 것이 지겹기만 하다.

"이제는 해 볼 것 다 해 봤으니 죽어도 되겠다."

"누가 죽지 못하게 말렸나? 죽어. 안 말려. 내가 보기 싫으면 나가?"

선이가 얻은 방에서 선이가 해온 이불과 요를 쓰면서 어떻게 저런 소리를 할 수 있는지 이해가 되지 않는다. 이 방에 그의 것은 아무것도 없다. 밥을 해다 놓고 먹을 수가 없어, 안 먹고 있으니 시어머니가 집에 있는 날. 밥도 편안하게 먹지 못하게 한다고 선이에게 욕을 퍼부었다. 선이에게는 밥 먹자고 한마디 없이 둘이서 맛있게 잘도 먹었다. 아기엄마가 몇 끼니를 굶은 사람인데, 맛있는 것을 시어머니 사다 드리라고 했다. 선이는 죽어도 걱정이 되지 않는 사람이다. 이튿날, 시누이와 시외숙모가 왔다. 며칠을 굶어서 현기증이 나서 일어날 수도 없는데, 맛있는 것들을 사다 밥해주라고 시어머니가 말했다. 인정사정이 없다. 시어머니는 할머니 집에서 이틀이 멀다고 무엇을 얻어오는지, 훔쳐 오는지 날마다 가져왔다.

시외숙모네 갔다가 밖에서 들으니, 안에서 하는 소리가 들렸다.

"아내는 다시 얻을 수 있지만 어머니는 한 분 뿐이다."

"맞아. 맞아. 맞는 말이야."

시이모부와 누가 그에게 하는 말이다. 시집 식구들은 그에게 그렇게 교육을 시키고 있었다. 그가 선이를 내쫓고 다시 얻고 싶은 마음은 아닐 것이라고 생각했지만, 그는 선이에게서 정이 나가고 있다. 오직 자기 어머니를 잘해 드리고 싶다는 생각뿐이다. 그것도 선이를 이용해서 자기 어머니에게 잘하고 싶은 모양이다. 그는 남에게는 나쁜 사람이 아니다. 이제는 정말 죽으려는지 선이는 어지러워서 돌아다닐 수가 없다. 시어머니는 조금만 아파도 약을 먹었다. 자기 친정 동생이 기침한다고 약을 사서 보내야겠다고 했다. 선이는 아파 죽겠는데, 아기도 기침을 해서 걱정이 되건만, 돈이 없어 병원에 못가고 있다. 선이는 소화불량과 현기증으로 지탱하기 힘이 들었다. 걱정하는 사람은 없고 들들 볶아 죽이려고 하는 사람뿐이다.

그가 큰형에게 맞아 반은 죽어 와서 약값만 많이 들고, 회사에 나가지 못하니 집에 돈이 없다. 시외숙모에게 말했더니, 돈을 7부에 얻어 줄 테니 쓰라고 했다. 남에게 들으니 이자가 6부인데 시외숙모가 선이에게 더 받으려고 하는 것이라고 했다. 큰돈은 빌려주지도 않을 것이고 적은 돈인데 꾸어주어도 되련만 그렇게 야박하다.

시어머니와 그는 날마다 선이를 달달 볶아댔다. 선이는 너무 말라서 오랜만에 만나는 사람은, 선이를 알아보지 못했다. 힘이 들어서 간신히 돌아다녔다. 그러다가 어지러워서 시집과 친정이 사는 동네에서, 아기를 안고 쓰러졌다. 시외숙모가 보고 원래 저런 여자라고 했다. 선이는 창피해서 얼른 일어나려고 했지만, 일어나기가 힘들었고 잡아 주는 사람도 없었다. 시어머니는 그 꼴을 보고도 큰 아들의 손녀인 명월이를 데리고 와서 돈 안준다고 욕을 하고 무슨 핑계를 잡아 야단만 쳤다. 날이면 날마다 시집과 동네방네 흉을 보고도 모자라 선이의 친정 삼촌네 집에 가서 알지도 못하는 거짓말로 흉을 보고 다녔다. 벌 받을 양반, 몸은 바짝 말라 간신히 다니는데, 약을 해주고 싶은 마음은 없고, 잡아 죽이고 싶은 모양이다. 아파도 돈이 없어 병원에 못 가는 것을 보고도, 쓰러지는 것을 보고도, 돈이 많은데 죽는 소리를 하느라고 그런다고, 남들에게 하고 다녔다. 천하에 저승에 가서도 벌 받을 양반이다. 젊은 여자를 이렇게 고생을 시키고도 양심이란 것은 티끌만큼도 없다. 이제는 더 이상 못 살 것 같다. 어지러워 돌아다닐 수가 없고 엉덩이에 살이 없어 뼈가 아파서 그냥 앉을 수가 없어 방석을 깔아야 앉을 수 있다. 소화도 안 돼서 밥을 먹을 수 없다. 오늘은 그가 자기 먹으려고 닭을 사오고, 형에게는 소고기를 사다 주었다고 했다. 선이가 죽으면 복이 그만이라 죽었고, 호강에 지쳐 죽었다고 하겠지, 생각하니 슬프기만 했다. 선이를 살리려고 하는 사람은 없다. 그는 자기 어머니와 형수와 조카딸 걱정만 했다. 선이에게는 종 취급도 하지 않았다. 종에게도 아프면 약을 사다줄 것이다. 말없는 착한 사람에게 신경과민으로 선이는 내가 잘못 생각하는 것인가도 해봤다. 선이는 계속 잘못한다는 소리만 듣다보니, 내가 잘못 해서 그런 것인가만 생각되었다. 어떻게 해야 잘하는 것인지도 모르겠다. 그냥 그가 선이를 잘못 만난 것만 같다. 그렇지만, 그도 남의 남편들처럼, 선이가 아프면 병원에 데리고 가고 보약도 해주고 살려주려고 했으면 좋겠다. 옷도 사주고 먹을 것도 사다주고 자상하고 알뜰한 남편을 바라는 것이 잘못된 생각인가? 하면서 슬퍼서 울었다. 결혼 하는 것은 서로 믿고 의지하고 어려울 때, 도와주는 것으로 알았는데, 잘못 알았나 보다. 동서는 임신을 하고도 밥 잘 먹고 살이 찌는데, 바짝 마른 선이 앞에서 동서가 병원 간다고 남편 잘 못 만나 고생한다고 그가 말했다. 큰형과 동서가 돈을 뺏어가서 임신부가 연탄과 쌀을 머리에 이고 나르면서 고생했건만, 동서를 불쌍하게 생각했다. 결혼하지 않았으면, 이렇게 억울한 소리는 듣지 않았을까? 삼촌과 숙모도 똑 같았다. 아무도 모르는 곳으로 도망갔어야 했다. 용기 없는 선이는 그러지 못했다. 한마디도 좋은 소리는 듣지 못했다. 힘들어서 밤마다 하는 일도 몸이 아파 싫지만 바람피울까봐 간신히 받아주었다. 몸이 약해지니 안 아픈 곳이 없다. 팔이 느닷없이 아파서 주무르는 것을 보고도 못 본 척, 눈 하나 깜짝하지 않았다. 또 가슴이 아파 신음하지만, 쳐다보지도 않는다. 엄살한다고 할까봐 언제나 꾹 참기만 하지만, 아파서 신음하게 되었다. 그는 한숨 자고는, 극장에 간다고 갔다.

선이는 아기와 앉아 거울에 비친 얼굴을 보니 한숨이 나왔다. 결혼하고 이십 킬로그램이 빠졌다. 원래 굵지도 않은 뼈에 살은 없고 가죽만 간신히 붙어 있을 뿐이다. 전에도 선이는 살이 뚱뚱하게 찐 적이 없었고 날씬한 여자라고 했었다.

시골에 가는데, 처녀 때 입었던 옷 줄여 입고 신발은 싸구려 신발을 사 신고, 좋은 옷을 사 입고 가는 동서와 시누이를 따라갔더니, 그들은 자기들 돈은 쓰지 않고 선이에게 가지고 간 돈을 다 쓰게 하고서는, 저만 해 입고 시어머니는 싸구려로 해주었다고 동네 사람들에게 말했다고 들었다. 왜 그렇게 거짓말을 하나? 따져보고 싶지만, 말도 안 되는 말을 하는 사람들에게 무슨 말을 하나.

하기는 숙모들도 선이보다 비싼 옷을 입고서 선이 보고 사람들이 멋있다고 하면 신경질을 부리고 트집을 잡았다. 선이는 남편이라도 편을 들어주면 위안이 되겠지만, 그 사람도 똑 같은 사람이다. 왜? 그들은 선이를 물어뜯고 피를 말려 죽이는 것이 재미가 있나 보다. 선이를 지렁이로 보고 소금을 뿌려 햇볕에서 몸을 뒤틀고 죽어가는 모습을 재미로 보는 모양이다. 정말 잔인한 사람들이다. 선이가, 아기가 아파 병원가려고 돈 꾸어달라고 한 날 딱 잡아떼더니 이튿날 시외숙모가 말하는데, 동서는 장롱을 사왔다고 했다.

시어머니가 시외숙모네 갔다. 시어머니가 언제 올지 모른다. 생각하면 치가 떨렸다. 월급 타고 용돈 드리러 가는데, 아기가 자는 것을 보고, 그가 잠깐 갔다 오면 되니까 데리고 가지 말자고 했다. 마음이 놓이지 않지만, 아기를 두고 기차 타고 갔다. 앉아서 세 시간이 지나도 일어나지 않아 가자고 졸랐다. 그가 조금만 더 있다 가자고 하면서 일어날 생각을 하지 않았다. 네 시간이 되니 선이는 안절부절 했다.

"아기가 깼을 텐데…."

"많이 울면 목소리가 좋아지지 뭘 그래…."

그는 아기가 깨어나서 울면, 전혀 안타깝다는 생각을 하지 않았다.

그가 무슨 생각을 했는지 아기를 더 못 낳겠다고 아들이든 딸이든 하나만 더 낳고, 그만두자고 했다. 딸 낳고 딴 소리 하면 어쩌느냐고 했더니, 절대로 그러지 않는다고 했다. 아들이면 무엇 하느냐고 결혼시키고 둘이서 더 마음 편하고 좋지 않느냐고 했다. 그가 닭을 사다 줄 테니 삶아 먹으라고 해서 고마워서 눈물이 나왔다. 선이는 어머니가 여름만 되면 인삼과 황기와 여러 가지 한약재를 넣고 닭을 몇 마리씩 해 주어서 귀찮다고 생각했었다. 그는 닭 사러 간다고 나가더니 그냥 들어왔다. 시누이 남편이 밥 사준다고 나오라고 해서 힘 들은데 따라가서 먹긴 했지만, 별로 좋은 인상이 아니어서 편한 밥을 먹지 못했다. 집에 와서 앉기도 전에 극장에 가자고 했다. 그는 극장을 좋아해서 가지만, 선이는 힘이 들어 먹을 것이나 잘 먹었으면 좋겠다. 그는 어머니를 모셔 와야겠다고 했다. 가슴이 답답하기 시작했다.

삼촌이 아들을 낳았다는 소식을 들었다. 선이는 자기가 아들을 낳은 것처럼 좋았다. 삼촌이 좋아할 생각과 숙모가 근심을 하지 않게 된 것이 참 잘 되었다고 정말 축하했다. 선이 친정의 대를 이을 아들을 낳았다. 숙모는 아주 장한 일을 했다. 친정어머니가 아기 옷을 산다고 같이 가자고 해서 아기를 보고 왔다.

그는 회사에 나가지 않고 극장에 갔다 오고, 형네 가자고 해서 갔더니, 동서와 그의 회사 이야기를 했다.

"뭔데요?"

선이가 물어봤다.

"당신은 알 필요 없어."

퉁명스럽게 말하고 동서와만 말했다. 어째서 남편의 회사 이야기를 선이는 알 필요가 없고 동서는 알아야 하는지 모르겠다. 철저하게 따돌림을 시켰다. 그가 그러는데 다른 사람이 누가 선이를 좋아하겠나? 동서는 소화가 안 된다고 계속 자랑처럼 말했다. 선이는 그런 소리 하면 안 되었다. 선이는 뼈만 남아 사람 같지도 않았다. 사람들은 처음에는 아기를 보고 아빠 닮아서 예쁘지 않다고 했다. 안 예뻐도 좋으니 머리는 그들을 닮지 말기를 바랐다.

그가 시어머니 꿈을 꾸었다고 했다. 말만 들어도 무섭다. 그는 선이에게서 멀어지고 있다. 동서 생일이 돌아왔다. 밥 먹으러 오라고 하는데, 작년 생각하면 가고 싶지 않지만, 또 무슨 소리를 들을지 몰라 화장품을 외상으로 사가지고 갔다. 큰형이 우리 아기 이름을 갈아야 한다고 했다.

"아이 이름을 바꿔야지 창피하게 현우가 뭐요. 남들이 흉보는 줄 몰라요?"

자기 딸 이름이나 잘 짓지, 기생 이름을 지어놓고 정말 창피한 줄을 모르고 있다. 무슨 일인지 밤이 되면 살을 닿는 것조차 싫어했다. 그가 오래 참을 수 있는 사람이 아니다. 생각해보니 언제인가 라디오를 듣다 말았다고 했다. 회사에 라디오가 있다는 소리를 들은 적이 없다. 이제 더 이상 더러운 꼴 보지 않고 살고 싶다. 몸은 힘이 들어서 죽을 것만 같다. 빚이라도 얻어서 흥신소에 알아봐야겠다. 그는 선이가 만삭이 되었을 때도 날마다 그 짓을 했다. 선이는 그때 그 짓을 하고는 아파서 빨래를 할 수 없어도 바람을 피울까봐 다 받아주었다. 그런데 시어머니가 오고 나서 변하기 시작했다. 모두가 시어머니와 큰형 때문이라고 생각되었다. 그는 자주 들어오지 않았고 돈도 갖고 오지 않았다. 그를 기다리다 누룽지를 끓여 죽지 않으려고 간신히 조금 먹고도 설사를 하고, 속은 메슥거리고 어지러워 돌아다닐 수가 없는데, 아기가 있으니 누울 수도 없다.

"당신 이상해요. 알아봐야겠어."

"뭐가? 미친년, 뒤만 밟아봐라, 죽여 버릴 거야. 그럼 니가 돈벌어와."

돈을 벌어서 선이를 얼마나 주었다고 큰 소리 치나. 참 뻔뻔스런 사람이다.

아버지가 돌아가실 것 같다고 하는데, 돈이 없어 그가 들어왔기에 삼천 원만 해달라고 하니 못 준다고 했다. 너무 한다고 했더니, 가만히 있는 사람에게 지랄이라고 하면서 죽일 듯이 욕을 퍼부었다. 선이는 밥도 먹지 못하고 잠도 못잔 상태에서 힘이 들어 잠이나 자야겠다고 수면제를 먹고 누웠다. 약기운으로 조금 누웠다가 밥도 먹지 못하고 비실비실 흥신소에 갔더니, 돈이 없어서 아무것도 못하겠다. 그냥 집에 와서 누웠더니 아기가 나가고 싶어 해서 아기를 업고 나갔다가 어디를 갔다 오는지, 남의 집 추녀 밑에서 그를 만났다. 집에 가라고 하면서 그는 회사에 간다고 하고 갔다. 저녁에 들어오겠지 했는데, 이튿날 아침에 들어왔다. 밥은 계속 먹지 못하고 몸은 아파서 일어나지 못하고 그냥 죽겠다. 몰래 우는데 그는 봤지만 모르는 척 달래 줄 마음이 없다. 그는 집에 오면 선이에게 반찬 타박을 하거나 욕을 하고 소리를 지르는 일 말고는 말을 하지 않았다. 동서와는 다정하게 말을 잘했다.

아버지의 죽음

아버지의 죽음

　아버지가 위급하다고 해서 친정에 가는데 돈을 한 푼도 주지 않아 할 수 없이 문간방 아줌마에게 빚을 얻어 가는데, 배웅도 해 주지 않았다. 택시 타고 가고 싶은데 나머지 돈은 삼촌을 주었다. 아버지는 의식이 없는 것인지, 선이라고 해도 고개를 끄덕만 할 뿐이다. 선이가 아버지 손을 잡았더니 다른 손을 선이 손위에 얹고 울 것만 같았다. 선이가 울고 어머니도 같이 울었다. 아버지는 수박 물과 찹쌀가루 미음을 조금씩 먹었다. 과자를 사다 드렸더니 잘 먹는데, 어머니가 똥 싼다고 주지 말라 했다. 그가 내려올 때 배웅이라도 해주었으면 더 있다 가고 싶은데, 그가 선이에게 골이 난 것 같아 앞으로 당할 일이 무서워 집에 가야겠다고 선이는 생각했다. 아버지에게 간다고 하니 '응' 소리만 할 뿐이다. 작별인사를 하고 울었다. 삼촌은 운다고 난리를 쳤다. 집에 왔지만 그는 마중도 나오지 않았고 잠깐 잠이 들었나 했는데, 새벽 네 시 반에 삼촌이 와서 아버지가 운명했다고 했다. 빚을 얻어 만원을 가지고 삼촌과 같이 갔다. 그렇게 금방 가실 줄 알았으면 부채질을 더 해 드릴 것을 날이 더우니까 아버지 있는 방에 있지 않고, 다른 방에 있으면 소리를 질러서 부채질을 해 드리면 가만히 있었는데, 내 몸도 아프고 아기도 봐주는 사람이 없고, 집에 빨리 오느라고 더 해드리지 못했다. 살아 계실 때, 고기도 사다 드리지 못하고 용돈도 자주 드리지 못한 것이 후회 되었다.

  집에 오면서 그에게 신신 당부했다. 동서에게 삼천 원 내 놓았다고 하라고 했지만, 와서 당장 동서를 찾아가 만원 주었다고 했다. 차표는 친정에서 사주었다. 당장 형과 동서가 돈도 많아, 처갓집에는 돈도 많이 준다고 선이에게 말했다. 시집의 비밀은 선이에게 절대로 말하지 않으면서, 왜 선이의 비밀은 당장 동서에게 일러바치는지 알다가도 모를 일이다. 또 앞으로 시집 식구들에게 친정에 돈 많이 주었다고 당할 것이 걱정되었다. 세상에 저런 바보도 있나? 도저히 이해가 되지 않았다. 선이는 시집 이야기도 못했다. 둘이서 한 말을 모두 동서에게 일러바쳐서 그들에게 말도 못하게 당했다. 선이는 그가 내 남편이 맞나? 의심이 되었다. 그는 집에 와서 한숨 자고 나면 아기를 안아주지도 않고 극장으로 달려갔다가 와서도 나갈 데가 없네! 안절부절 하다가 미친 사람처럼 또 나갔다. 선이가 아파하면, 아기 봐주고 잠이라도 잠깐 자게 해주면 좋겠다.

아버지의 죽음 85

형네가 선이네 동네로 이사 왔다. 그는 형네 이사하는 곳에 가서 이삿짐 날라주고 도배해주고 병이 나서 회사에도 나가지 못했다. 동서는 자기는 하지 않고 돈 주고 하는 것은 아까워서, 자기 남편은 시키지 않고 시동생만 시켰다. 이튿날, 힘이 들어 일은 나가지 못하면서 아기에게 시끄럽다고 말도 못하게 하고 누워 있다 일어나기에 물었다.

"좀 어때요?"

"……."

대꾸가 없다.

"벙어리야, 그렇게 말없이 나가버리면 나는 하루 종일 기분 나빠요."

선이에게는 할 말이 없는지 그냥 나가버렸다.

내일이 그와 만나고 두 번째 그의 생일이다. 큰형과 동서와 사촌들도 생일에 굉장히 차려먹는데, 선이 수중에는 돈이 없다. 집안에 비누와 치약도 떨어졌다. 당장 된장찌개도 끓일 수 없다. 어디 가서 돈을 꾸어서 국이라도 끓여주나? 걱정하는데 삼촌이 고기를 사오고 형네서 과일을 사왔다. 고마웠지만 그런 것 사서 보내고 또 무슨 트집을 잡을까 걱정이 앞섰다. 그리고 삼일 후에 작은형이 오더니, 사만 오천 원을 큰형과 둘이서 마련해 달라고 했다. 정말 낯짝도 뻔뻔하다. 그 어머니에 그 아들들. 그 때 돈을 얻어가면서 몇 달 후에 준다더니, 그 돈은 갚지도 않고 또 얻어달라고 왔다. 얼마를 해 주었는지 알 수 없다. 천 원 가불했다고 육백 오십 원을 주었다. 점심 먹고 배가 몹시 아프다. 조금 있더니 너무 심하게 아파 데굴데굴 굴렀다. 아기는 울면서 선이를 잡고 있는데 신문만 보고 있다.

"아기 좀 안아줘요?"

그는 아기를 안더니 이 분인지 삼 분인지 안고 있다가 내려놓고 나갔다. 사이다라도 먹으면 나을까 싶은데, 사다 달라고 못했다. 삼촌들은 숙모가 아프면 당장에 밤중에라도 병원에 데리고 갔다. 이렇게 아픈데 병원에 데리고 가지, 아마 약 사러 갔나보다, 하고는 얼마를 뒹굴고 아기는 울다 잠이 들었다. 몇 시간을 뒹굴고 조금 덜 한 것 같아서 저녁 반찬걸이를 사기 위해서 아기를 업고 할머니같이 잔뜩 구부리고 한 손은 배를 잡고 한 손은 등의 포대기를 잡고 나가는데, 저쪽에서 그가 걸음을 건들거리면서 오고 있다.

"어디 갔다 와요?"

"극장에…."

믿을 수가 없다. 저것도 한 가정의 가장이란 말인가? 젖먹이 아기를 데리고 아내가 아프다고 데굴데굴 뒹굴고 있는데, 극장에 가서 몇 시간을 영화구경하는 남편이 이 세상에 있을까?

하기는 다른 여자를 데려오지 않고 혼자 들어오는 그가 고맙다고 생각되었다. 공연히 그를 의심하면 선이 마음만 아플 것이니 다른 생각하지 말자고 생각했다.

"나는 아직까지 당신 무릎에 앉아보지 않은 것이 서운하네요. 진작 다른 여자들이 앉았었겠지."

그는 못 들은 척했다. 선이는 어떻게 하면 그에게 예쁘게 보이나

만 생각해 봤다. 끼가 없는 선이는 남자가 여자를 사랑하게 하는 기법을 모른다. 그냥 정성을 다해서 그가 하라는 대로 하면 잘하는 것으로만 알았다. 힘들어도 아침에 밥을 정성껏 해다 바쳤고, 그가 일어나기 전에 화장을 했고, 흐트러짐이 없이 깨끗하게 정돈했다. 구두도 반들반들 닦아서 문 앞에 놓았다. 그가 출근하면 보이지 않을 때까지 대문 앞에 서 있었다. 그것이 예의라고 생각했다. 그렇지만 그의 마음은 멀리 가고 있었다.

그가 아래가 왜 그런지 가렵다고 했다. 선이는 몹쓸 병을 옮을 까봐 걱정이 되고 불안했다. 아기가 넘어져서 울어도 달래주지 않는 그가 의심스럽다. 저 사람이 정말 아기의 아버지라는 말인가? 하루 종일 말을 하지 않고 밥만 먹고 극장에 갔다가 와서도 어디를 가는지 갔다 오고, 선이에게는 집 지키는 개 취급도 하지 않았다. 게다가 시집 식구들은 돈을 빌려가고 갚지도 않고 다시 빌리러 오는 사람들뿐이었다. 그의 고모부가 돈을 부쳐달라고 했단다. 거기도 먼저 빌려간 돈도 갚지 않고 또 빌려 달라고 했다. 아마도 그에게서 돈을 빌려 가면 갚지 않아도 되는 돈인가 보다. 선이는 구십 원짜리 신발도 사 신지 못하고 떨어진 신짝을 끌고 다니고 있다. 시어머니가 왔다. 상주가 절을 하건만 정말 본데없는 사람들이라 말로도 인사를 할 줄 모른다. 시어머니가 무엇을 핑계 잡아 괴롭힐까 겁이 났다. 그가 나가고 나니 시어머니가 천 원을 당장 달라고 했다. 빚을 얻어 썼다고 달라고 했다. 다른 며느리에게는 무서워서 달라고 못하고 선이에게만 달라고 했다. 시어머니 눈에는 선이가 밀레 송장같이 말라 있는 것이 보이지 않나보다. 선이는, 시어머니가 오면 선이를 독살 할 것만 같은 망상증을 가지고 있다. 저승사자 같이 보였다. 정말 그런 마음을 품었는지는 몰라도 시어머니에게 죽고 싶지 않다. 아기도 죽이려고 했던 것을 봤기에 보기만 해도 무섭다. 그가 정말 이상해서 약방에 가서 물어보니 성병일 것 같다고 했다. 그는 절대로 그런 일이 없다고 했다. 몇 달 전에 있었던 것도 잠복성이 있어서 나중에 그럴 수 있다고 했다. 용서할 수가 없다.

그를 죽이고 선이도 죽고 싶었다.

두 번째 자살

두 번째 자살

아침 일찍 시어머니가 오시더니 다짜고짜 돈 내 놓으라고 했다. 정말 선이는 돈이 한 푼도 없었다. 그가 들어오더니 병원을 간다고 하기에 시어머니가 무서워서 같이 가자고 했다. 병원에서 간호사가 그의 물건을 쥐고 이리 만지고 저리 만지니까. 뭐가 그렇게 좋은지 실실 웃었다. 성병은 아니라고 했다. 천만다행이다. 집에 돌아오니 시어머니가 얼굴에 독기를 뿜고 기다리고 있었다.
"이년이 돈 달라고 하니까 돈도 안 주고 서방을 따라 나가. 그때 쑥떡 해오라 했더니, 너는 왜 하나도 처먹지 않았니. 그리고 너는 기집 버릇을 고치도록 해라."
그는 미친 사람처럼 때렸다. 피를 토하는 선이를 보면서 시어머니가 악을 썼다.

"저런 년은 때려 죽여야 한다."

얼굴은 말할 것도 없고 허리와 가슴과 다리까지 정신없이 때렸다. 방은 피투성이지만 닦지도 않고 그는 누워 있다가 나가더니 밤중에 들어와서 아기 목에 다리를 얹어놓더니 죽여 버린다고 했다. 저것이 제 아비가 맞나? 왜 말렸는지, 선이는 그것을 모르겠다.

자기들이 아기에게 무엇을 해 주었기에 아기를 죽이려고 하나? 시어머니도 아기를 죽이려고 하고, 그도 아기를 죽이려고 했다. 선이는 혼자서 울었다. '내 부모가 날 낳아 스물다섯 살까지 몸에 흉터 하나 없이 고이 길러서 이렇게 맞고 살라고 길렀던가?'

"슬퍼 할 것도 없어, 시어머니를 우습게 아는 년, 세상이 바뀌 됐으니 내일이면 나가고 들어오지 않을 것이니 걱정할 것 없어."

선이는 그때까지 물도 마시지 않았다. 선이는 이튿날 기어이 다시 약을 먹었다. 살기 싫었다. 자식도 죽이려고 하는 사람과 살 수 없었다. 집에는 아기만 있었다. 옆방 아줌마가 지나다가 방을 들여다보니 선이는 잠이 들어 깨워도 일어나지 않고, 아기는 울고 있어서 의사를 불러와 토하게 하고 주사를 놓고 깨어났다고 했다. 죽는 것도 마음대로 되는 것이 아니었다. 그는 극장에 갔다가 들어왔다. 아줌마가 삼촌에게 연락해서 왔다. 삼촌이 와서 어떻게 할 것이냐고 하니까 그는 이혼하자고 하면 하자는 대로 하겠다고 했다. 밤이 되었다. 선이는 이혼을 당할까봐 겁이 나서 그가 이불도 덮지 않고 자는데 덮어주었다. 아침에 일어나니 밥을 할 수가 없어 어떻게 하느냐고 아침 걱정을 했다. 선이는 먹지도 못했는데, 그는 선이 걱정은 하지 않았다.
"어떻게 할 건가요. 나를 데리고 살 건가요?"

그는 아무 말도 하지 않고 회사에 갔다. 숙모가 오더니 방안이 피투성이인 것을 보고 울었다. 선이는 울지 않았다. 시집 식구들이 왔다가 갔다. 회사가 가까워서 다른 때는 점심을 먹으러 왔지만, 점심시간에 그는 오지 않았다. 낮에도 들여다보지 않았고 늦은 밤에는 집에 들어와서 자도 되는데, 그는 들어오지 않았다. 한 집에 사는 사람들도 다 알게 되었다. 안집 남자가 시어머니에게 잘못하고 남편에게 못되게 하는 여자는 맞아야 한다는 소리도 들렸다. 남들이 보기에 선이는 맞아야 하는 사람인가 보다. 그와 이제는 갈라서고 말 것인가 보다. 두 번 다시 이렇게 맞으면 병신이 될 것이다. 병신이 되면 이렇게 짐승같은 냉정한 사람들에게 얼마나 당하겠나? 혼자 울었다. 아비 없는 자식을 만들지 않기 위해 살려고 했지만, 악마에게 당해서 병신이 되느니 둘이 살겠다. 아기를 누구에게 맡기고 돈을 벌 수 있단 말이냐. 선이는 날마다 잘못 한다는 소리만 듣다보니, 정말 잘못하는 것만 같이 생각이 되고 기가 죽었다. 그들을 이해하려고만 노력하다 보니 아주 바보가 되었다. 맞아서 몸이 만신창이가 되었건만, 이혼 당하면 세상에 얼굴을 들고 다닐 수 없는 것이라고 생각되어 같이 살기를 바라고 있다. 죽더라도 이혼당하고 죽으면 안 된다는 생각 뿐이다. 정말 한심스럽다. 결혼 하고 두 해도 되지 않았지만 남편과 시집 식구들이 무섭기만 했다. 얼마나 맞았는지 귀가 너무 아프고 가슴 허리 등 전신이 쑤시고 아팠다. 얼굴과 몸이 푸릇푸릇하고 퉁퉁 부어서 정말 보기 흉하다. 그는 쳐다보지도 않았다. 그에게는 많이 누워있어서 몸이 아픈가 보라고 했다. 이혼을 하고 어디 들어갈 데가 있을까? 빼빼 말라서 옛날의 얼굴은 아니지만 가꾸고 나가면 괜찮을까? 삼촌과 숙모가 못났다고 했지만, 사람들이 예쁘다고 했었다. 목욕탕에 가면 얼굴이 예쁜데, 피부까지 곱다고 어디 한 번 만져보기라도 하자고 했다. 그런 소리 들으면 숙모는 당장에, 못난 것이 남들에게 예쁜 척 한다고 했다. 남들이 예쁘다고 해서 선이는 예쁜 줄만 알고 살았다. 인간도 아닌 사람들에게 당하느니 이혼하고 아기와 살았으면 좋겠다. 아기 봐줄 사람이 없다. 그는 들어오지 않았고 선이는 먹지 못해 몸이 말라 가죽만 남은 팔뚝을 보고, 아기를 보고 날이 밝도록 울었다.

그가 늦게 월급을 타가지고 왔다. 밥은 먹었느냐고 묻지도 않았다. 말하기가 참 어렵지만 단단히 마음먹고 울면서 말했다.

"어머니가 우리 집에 다시 오시지 못하게 하고 다시는 때리는 일이 없던지, 아니면 오십 만원만 줘요. 나도 살아야 하니까?"

말없이 눈을 감고 있다. 선이는 그냥 살자고 하기를 바랐다. 그렇게 많이 맞고 죽으려고 약을 먹고는, 아주 정신이 돌았나 보다. 얼마가 지나서 말을 했다.

"멀리 이사 갑시다."

"이사 가면 형과 동서가 모시고 올 텐데요?"

"몰래 가면 되지."

그렇게 해결이 나고 있는데 삼촌과 숙모가 왔다.

삼촌이 그럴 줄은 몰랐다고 했다. 숙모가 울면서 세상에 저렇게 말랐는데 어디를 때리느냐고 누구를 믿고 시집왔는데, 그렇게 몰인정 할 수가 있느냐고 했다. 때린 경위를 말하라고 하니까 자기 어머니 편을 들어서 말했다. 선이는 말을 하지 않았다. 삼촌이 다시는 때리지 않는다고 약속하라고 하니까, 그는 대답 하지 않았다. 숙모가 먹을 것을 사다주라고 하니까, 그 말을 듣고 복숭아 통조림과 과자 등, 몇 가지 사왔다. 며칠을 굶었었기에 먹을 수가 없지만, 사다준 것이 고마워서 억지로 물만 마셨다. 너무 많이 맞아서 온몸이 아픈데도, 안타깝게도 미련한 선이는 마음이 풀어졌다. 시외숙모가 숙모에게 와서 말하는데, 때린 것이 잘못이라고 하니, 시어머니는 더 맞아야 한다고 했단다. 돈 달라고 한 것은 그의 외사촌 형이 아파서 굿을 하는데, 보태 주려고 했단다. 미련해서 며느리보다 조카가 더 가깝다고 생각하고, 며느리를 죽이면, 자기의 인생이 편할 것이라 생각했나 보다. 며느리는 피 한 방울 섞이지 않았지만 조카는 피가 섞여 있다. 고향 사람들이 물건을 팔러 와서 시어머니가 아주 미련한 사람이었는데 괜찮으냐고 말했다. 그도 자기 어머니가 미련하다고 동네에 소문났었다고 말한 적이 있었다. 작은 시외숙모가 며느리와 사이가 좋지 않아 싸웠다고, 선이네 집에 와서 며칠 쉬고 갔다. 전에 시외숙모가 대꾸한다고 손위 시누이인 선이 시어머니가 방망이로 입을 때려서 이가 부러지고 얼마동안 밥을 먹을 수 없었다면서 독한 양반이라고 했다.

생각만 해도 소름이 끼쳤다. 어서 몸이 회복해야 하는데, 밥을 먹을 수 없다. 몸도 마음도 아프고 게다가 창피해서 사람을 만나기가 싫다. 시어머니가 다시 선이네 집에 오지 않았으면 좋겠다. 그 양반이 선이에게 무엇을 해주었다고, 그 양반 때문에 선이가 죽어야만 하는가? 발버둥치고 살려고 했지만, 다 죽어가는 선이에게서 빼앗아가려는 사람뿐인데, 악마같은 인간들과 대결하면서 산다는 것이 정말 감당하기 힘들다. 무식하고 본데가 없어 배울 것이 없다. 허리까지 아파서 허리를 밟아달라고 했지만, 그는 못들은 척이다. 밤에는 시어머니가 식칼을 들고 죽일 것 같은 환상으로 잠을 이루지 못하다가 잠이 들면 무서운 꿈으로 헛소리를 하다가 깨었다.

시외숙모가 시어머니 대신 사과하러 왔다고 하면서 망령들어서 그러니 이해하라고 하면서, 말도 안 되는 소리를 했다. 돌아가신 시할머니가 일 년 안에 데려간다고 했다고, 점잖게 늘어놓다가 선이가 다시는 시어머니 모실 수 없다고 했더니, 그러면 이 시집에서 살지 말라고 했다. 시어머니의 잘못을 대신 빌러 왔다고 하더니, 혼을 내주러 온 것인지 모르겠다. 큰형은 외사촌 형 병문안 가지 않는다고 선이에게 말했다. 밥을 먹으면 체해서 아파 하지만 그는 무엇을 먹게 해주지도 않았다.

그는 선이에게 외사촌 형, 병문안 가자고 해서 이것저것 사가지고 갔다. 시외숙모는 삼촌네 가서 사과하러 왔다고 하고는 선이를 욕하더라고 했다. 선이는 아파서 밥도 먹지 못하는데, 그는 술을 많이 먹어 머리가 아프다고 해서 문간방 아줌마에게 돈을 꾸어 약을 사다 주었다. 밤이 되니 그가 선이에게 미안하다고 했다.

기온이 올라가면서 봄이 된 것을 입에서 먼저 알려주고 있다. 지난해 가을 김치가 조금 남았지만, 밥이 먹기 싫어서, 새로 나온 푸성귀가 있으면 먹을 수 있을까. 하고 점심을 먹지 못하고, 천천히 공덕시장을 나갔다. 찬바람이 쌀쌀하다. 스웨터를 하나 더 걸치고 나올 것을 하면서 둘러보는데, 선이 앞에서 냉이를 흥정하는 여자가 고향 친구 영순이 같기도 하고, 아닌 것 같기도 하다. 설마 영순이가 여기 올 리는 없다고 생각하며 돌아서는데, 그 여자가 선이에게 말을 건다.

"혹시, 선이 아니니?"

선이는 못 들은 척하고 돌아서는데 쫓아 왔다.

"······."

"선이야. 너 선이지?"

할 수 없이 영순이를 바라봤다.

"영순이…?. 니가 여기는 어떻게….”

"어. 나 공덕동에 살아. 너는?"

"요 밑에…."

"반갑다. 우리 자주 만나자."

영순이가 저희 집에 가자고 하는데, 바쁘다고 그냥 헤어지면서 다음에 만나기로 했다. 선이는 영순이를 만나고 싶지 않았다. 그렇게 헤어지고 공덕시장을 가지 않았다. 헤어지고 한 달은 지났을 즈음, 다시 공덕시장을 갔다가 영순이를 만났다.

"공덕시장에 잘 나오지 않나 봐? 시장에 오면 혹시 너를 만날까?

하고 찾아봤지만 못 봤어."

"그랬어?"

"우리 남편이 여기 공덕 초등학교에 다녀. 네 신랑은 뭐해. 너 서울로 시집왔다고 하던데."

"회사에 다녀. 너는 남편이 잘해 주나보다. 얼굴이 좋아졌다."

"남편은 잘해주는데, 시동생이 끄떡하면 술 먹고 와서 행패를 부리는 걸, 남편이 말리기는 하지만 이건 이틀이 멀다하고 그 지랄이니. 이제는 징글징글하다. 너는 시동생은 없지?"

"글쎄. 시동생은 없는데 시아주버니가 있지."

"시아주버니야 제수에게 어려워하고 잘해주지."

만나고 싶지 않지만 어쩔 수 없이 시장을 같이 보게 되니, 자주 만나게 되었다. 영순이는 식구도 많고 딸들이 많아서 초등학교에 같이 다니다가 중간에 그만 두었다. 그 동네는 당장 밥 먹고 살기가 어려워서 여자는 초등학교도 다니지 못한 아이들이 많았고, 조금 자라면 공장에 가서 일해서 가족을 돌봐야 했다. 영순이는 초등학교 선생님에게 시집갔다. 동네 친구들이 선이는 높은 학교도 다니고 옷도 잘 입고, 부모님의 사랑과 동네 어른들의 귀여움을 듬뿍 받고 아쉬움 없이 살아서 부러워했다. 지금, 선이는 행색이 초라해서 누구 만나는 것을 꺼리고 살았다. 원래 선이는 얌전하고 말이 없었다.

"선이야 너 어디 아프니? 왜 이렇게 말랐어. 몰라봤잖아."

"몸이 약해서 그래."

"정말 너는 고생을 모르고 살아서 몸이 약했었지."

그렇게 영순이를 만나서 선이의 생활이 노출되기 시작했다. 말하기 싫은 것들이 한 꺼풀씩 벗겨졌다. 그런 것들이 선이는 정말 싫었다.

영순이는 어려서 선이의 모든 것이 부러웠다. 선이는 영순이 할 수 없는 것을 다 가질 수 있는 사람 같았다. 좋은 옷을 입고 다녔고 영순이가 다니지 못하는 높은 학교까지 다니고 있었다. 선이가 교복 입고 다니는 것이 탐났다. 어려서 같이 학교 다닐 때에도 선생님들이 공부 잘한다고 선이만 예뻐하는 것 같았고, 동네 사람들도 선이는 공부 잘한다고 소문이 났었다.

"선이야. 나는 니가 어렸을 때 정말 부러웠다. 선생님들도 너만 이뻐하고 남학생들도 너만 좋아하더라."

"그랬어…. 그때는 선생님들이 나를 참 귀여워했지."

영순이는 선이의 변한 모습에 놀랐다. 말도 잘하지 않고 거만하고 도도했던 선이가 무슨 사연이 있었기에, 저렇게 변했을까 궁금했다.

1967년 7월 21일 오늘, 미국에서 우주인이 달나라에 간다고 텔레비전에서 생중계를 한다고 했다. 지구에서 달나라에 가는 세상이 되었다.

재미없는 날들은 지구가 돌고 있으니 할 수 없이 날이 가고 달이 가고 있다. 죽지 않으려고 미숫가루를 외상으로 샀다. 그가 가불이라도 해오면 좋겠는데, 선이에게는 돈이 없다. 오늘이 선이가 결혼하고 두 번째 맞은 생일이지만 아무도 오는 사람도 없어 미수가루만 물에 타서 먹었다. 친정어머니가 보고 싶다. 그는 술 마시고 저녁 늦게 와서 누구와 싸웠다고 했다.

문간방 아줌마가 자기는 시어머니가 시집살이를 시키려고 해서 대판 싸웠더니, 다시는 그러지 않더라고 했다. 그런 집은 양심이 있는 집이니까 알아듣지만, 선이의 시집은 빼앗아가기만 하고 양심도 없는, 잡아 죽이려고만 하는 사람들이니 당할 재간이 없다. 계를 들어서 집을 사야겠다고 했더니, 염창이 싸다고 하기에 거기는 시집과 가까워서 안 된다고 하니까, 그까짓 돈 몇 푼 가져갔다고 앞으로 갚을 것인데, 누구를 도둑놈 취급한다고 말했다. 그럼 선이도 돈을 마음대로 써야겠다고 했더니, 누가 쓰지 말라 했느냐고 했다. 선이에게는 돈을 주지도 않으면서 큰소리 쳤다.

안집 아저씨가 여자는 맞아야 한다는 소리를 했다는 말에 가슴이 아파 잠을 잘 수 없어 수면제와 신경안정제를 섞어서 먹어도 잠이 오지 않아 어머니를 부르면서 울었다. 기다려도 잠이 오지 않아 한 알을 더 먹고 잠이 들었는지, 아침에 늦게 일어나 밥을 못하겠다고 했다. 약 먹은 것을 그때서 알고는 돌아눕더니 말없이 나갔다. 이제는 희망 같은 것도 없다. 계를 들으면 돈을 들여올까 했는데, 전에 계를 타서 여자들과 놀다 왔었다. 선이는 인생이 다 깨졌다고 아무렇게나 살고 돈 모을 생각도 할 필요 없다고 생각하니, 자식은 가르쳐야 하는데 걱정되었다. 그는 공부를 가르쳐야 한다는 생각은 아예 없는 사람 같았다. 밤 열두 시가 되었건만, 그는 들어오지 않았다. 몸이 부들부들 떨렸다. 그를 죽이고 나도 죽을까? 독하지 못한 선이가 어떻게 죽이나? 아기는? 아기는 죽어서는 안 된다. 그렇지만 이렇게는 살 수 없다. 선이는 마음이 안정되지 않고 안절부절 하고 가슴이 아파서 힘들다. 누구에게 물어보고 싶어도 앞집에 한 회사에 다니는 사람이 있어도, 그 집에도 그는 혼자 가고, 선이에게 인사도 시키지 않아서 물어볼 사람이 없다. 아는 사람을 물어물어 알아봤더니, 그는 회사에 나왔더라고 했다. 밤중에 술을 먹고 왔다. 선이는 말없이 울었다. 삼천 원을 가불해서 술 먹고 영화구경하고 왔다고 하면서 선이가 자기를 무시한다고 했다. 무슨 소리인지 뒤집어씌우기까지 했다. 약 먹는 상습범이라고 했다. 약을 먹은 줄 알았으면 살리려고 했어야 하지 않나? 잘못이라고 말할 수도 없다고 했다. 그런데 어떻게 열흘이 넘도록 손 한 번 잡아주지 않고, 살리려고 애쓰지도 않고 잠을 그렇게 잘 잘 수 있을까? 의심스럽다. 나가서 술도 먹고 극장에 갔다고 하는데, 극장에 갔는지 여자들과 놀았는지 알 수 없다. 그냥 그의 표현이 부족하다고 생각하면서 살아야겠다고 했지만, 속이 상하고 슬펐다. 그는 쉬는 날은 집에 있으면 좋으련만, 한숨 자고는 극장에 가지 않으면 큰형이 없는 날도 걱정되는지 동서를 만나러 갔다. 오늘도 큰형이 없는 날인데, 큰형네 간다고 가더니 오지 않고 선이가 잠깐 빨래하는 사이에 아기가 깨어 기어 나와 높은 마루에서 떨어졌다. 안집 아줌마는 아기 보지 않았다고 나무랐다. 그는 그렇게 선이와는 말도 하지 않고 집에 들어오면 잠만 자고 나갔다 와서는, 공연히 신경질을 부렸다.

"이렇게는 못 살겠네요. 우리 헤어져요."

"그래 새끼도 죽이고 헤어지자."

그는 부엌에 가서 칼을 가지고 오더니 아기 목에 대고 금방 찌를 것처럼 했다. 아기는 자지러지게 울었다. 선이는 놀라서 아니라고 빌었다. 그는 다시 그런 소리 하면 아이를 죽인다고 했다.

  사촌 시누이가 시집을 간다고 했다. 부조를 해야 하는데, 걱정이 되었다. 그는 선이에게 선이 숙모네 집에 가서 돈을 얻어오라고 했다. 그것은 싫다. 그는 자기 동기간에게는 돈을 주기만 하면서, 자기가 얻어 써야 하는 것은 선이 친정에서 얻어오라고 했다.

  선이는 친정에서 토끼 길러 모았던 돈을 오랜만에 조금 받았다. 그 돈을 받았다고 말하지 않았다. 그 돈은 함부로 쓰면 안 되었다. 구로동에 땅이 있는데, 몇 집이 나눠 사서 집을 짓자고 했다. 모두가 좋은 자리는 자기네가 차지하고 선이에게는 좋지 않은 곳을 주려고 했다. 그들은 남편들이 나왔지만, 선이는 혼자였다. 선이가 그를 데리고 가도 남들처럼 말할 수 있는 사람이 못되었다. 똑똑하기라도 하면 얼마나 좋으냐? 땅을 사지 못하고 말았더니, 쌀도 사고 연탄도 사고 당장 아쉬운 것들을 사고 나니 몇 만원 남지 않았다.

  시외숙모와 딸이 싸움판이 벌어졌는데, 모녀가 머리끄덩이를 잡고 싸웠다고 했다. 본데없는 집안이다. 선이는 아무 일 없는 것처럼 사랑하는 척 하고 지냈지만, 창피하고 더러운 것이 선이 몸에 배어 있는 것 같은 기분이다. 정말 배울 것이 없는 상스러운 사람들에게 인간대우를 못 받고 짐승 이하의 홀대를 받고 사는 것이 슬프다. 선이는 시어머니 말만 들어도 부들부들 떨리는데, 시어머니는 며느리를 구박하는 것이 어른 노릇을 하는 것으로 아는 모양이다. 그는 결코 잘한 짓이 아닌데도, 자기 어머니 편을 들어 선이를 죽이려고 때리고 자식까지 밟아 죽이려고 한 것을 생각하면, 소름이 돋고 치가 떨렸다. 살기도 힘들고 죽기도 쉽지 않고, 이혼도 할 수 없고, 이 노릇을 어찌 해야 옳으냐. 또 다시 이런 일이 없으리라는 계약도 없이 산다는 것이 두렵기만 했다.

선이는 몸에 흉터 하나 없이 고이 자라서 천재 났다고 학교에서 선생님들의 귀여움을 독차지 했으며 동네방네 소문이 났었다. 이웃집 아주머니들은 귀한 집 딸이라고 맛있는 것이 생기면 자기 자식보다도 먼저 갖다 주어서 먹었던 사람이었다. 삼촌 숙모의 질투심으로 동네에서 날마다 싸움이나 해서 동네 사람들이 그들과 말을 하지 않으려고 하는 친구네 집에 붙어사는, 가난한 사람에게 강제로 결혼시켰다. 설마 돈은 받지 않았겠지만 팔아먹었다고 소문이 났다. 그것도 모자라 숙모는 그 집과 한 통속이 되어 선이를 괴롭혔다. 결혼 전에 선이와 약속한 것은 잊었는지 그 버릇을 고치지 못했다. 시어머니는 젊어서 아기를 씻어 주지 않아 아들의 눈 주위에 파리가 알을 까서 구더기 천지였었다고, 얼굴 눈 주위에 흉터투성이라고 자랑인지, 교육인지 알 수 없는 말을 했다. 눈 주위가 마마를 앓았나? 무슨 흉인가 했었다. 남편 직장 따라 다니면서 젊은 여자가 자식 얼굴도 씻어 주지 않고 무엇을 하고 살았나? 도저히 이해할 수 없는 말들이다.

사촌시누이의 결혼식도 끝이 났다. 작은형은 헤어진 여자가 결혼식에 오게 했다고, 선이네 집에 와서 난리를 치고 가고, 그는 큰형과 싸움이 붙었다. 큰형이 하는 말이 동생에게 돈 꾸어가서 갚지 않았지만, 갚으면 될 것이라고 했다. 그래도 뺏어간 돈이 있는 줄은 아나보다. 그는 결혼 전에 큰형이 취직하는데 빚 얻어 주고 큰형이 주지 않아 자기가 다 갚았다고 했다. 그 뒤로도 선이가 아는 것만도 선이네 돈을 뺏어간 돈이 참 많았다. 그까짓 얼마 안 되는 돈을 가지고 그런다고 큰형이 나간다고 해서 붙잡아 앉혔다. 얼마 안 되는 돈이라고 말하지만, 선이는 굉장히 큰돈이었고 뺏어간 그 돈 때문에 산모가 고생도 정말 많이 했다. 나가게 둘 걸, 후회했다. 그 많은 돈을 가장 어려울 때 뺏어가고 오히려 큰 소리다. 큰형은 그를 사정없이 때렸고 선이는 무서워서 말도 못했다. 선이는 못된 집에서 배울 것은 없고, 자꾸 보고 듣다보면, 한 가지라도 배울까봐 걱정되었다. 자식을 기르면서 저런 것들을 배우면 어쩌나 정말 걱정되었다. 맹자 어머니가 자식 교육을 위해서 이사를 세 번 했다고 들었다. 이사가 아니라 시집과 인연을 끊어야 하는데, 이미 자식을 낳았으니 어찌해야 옳으냐. 선이는 친아비가 남의 아비보다 자식에게는 나을 것이라고 생각했다. 이웃집들이 선이를 보고 흉보는 것 같아 얼굴을 들 수가 없다. 하늘도 보기 싫고, 사람들 만나는 것도 부끄러워 나가기 싫다고 생각했더니 꿈에 선이가 삿갓을 쓰는 꿈을 꾸었다. 그의 매형들도 똑 같은 사람인데, 처음에는 그들은 아닐 것이라고 생각했다. 나이 먹었다고 다 본 받을 만 한 것은 아니었다. 선이는 시집 동네에 가면 또 무슨 트집을 잡을 까 겁을 잔뜩 먹고 회사 가까운 곳으로 이사 갔다. 동네 사람들은 숙모 말과 달리 선이가 너무 안타까워서 멀리 이사 가라고 말했다.

  이웃 동네 아주머니가 결혼 전에 며느리 삼고 싶다고 하니 아들이 아직 돈을 벌어놓은 것이 없어 남의 처녀 신세 망칠까봐 않는다고 했다고 말했었다. 아주머니가 강제로 시킬 것을 잘못했다고 아쉽다고 했다. 그러나 숙모가 있는 동네에서는 이간질을 해서 편안하게 살아가기 힘들 것이다. 큰형은 만나면 반갑게 대하지 않는다고 사람들에게 떠들고 다닌다고 들렸다.

  아기 돌이 되었다. 양력으로 하고 싶지만 또 시집 식구들이 무슨 트집을 잡고 괴롭힐지 몰라 음력으로 떡 한 말 하고 수수떡을 했다. 남들에게는 떡은 주고 돈을 받지 않았다. 떡 장사 하고 싶지 않았다. 시집 사람들은 모른 척 하지 않고 싸구려 옷이라도 사왔다. 선이 생일에는 얼굴 하나 보이지 않았기에 고마웠다. 시누이와 시누이 남편이 좁은 방에서 자고 갔다. 선이는 방이 비좁아 안집에 가서 잤다. 시집에서는 자기네들처럼 크게 아기 돌잔치 하지 않았다고 떼 지어 와서 혼을 내주어야 한다고 들렸다. 날마다 불안 속에서 살지만, 그는 한 번도 선이 편을 들어준 적 없다. 선이가 밥하러 나갔을 때, 아기가 깨어 울어도 아기는 안아 주지 않았다. 그가 나가는 것을 보고 어디 가느냐고 아기 좀 봐달라고 말하면 들은 척도 하지 않았다. 선이는 밤 일 조차 마음에 들지 않지만 그냥 참고 살고 있다.

  "나도 내 마음대로 살아야겠네요."

  "네까짓 것이 마음대로 해 봐라."

  "그럼 딴 소리 하지 마요?"

  "이게 어디서 말이 많아. 다리몽댕이 부러지기 전에 주둥이 닥쳐."

  선이는 착한 남편에게 못난 여자가 말을 함부로 하는 모양이다.

선이를 괴롭히려고 아예 작정했나? 여자들에게 세 번씩이나 자자고 꼬드겼는데 그녀들이 자지 않겠다는 말을 그것도 자랑이라 선이에게 말했나? 옷이라도 사 입고 싶지만 사 입으면 죽일 듯이 덤벼들까 봐 사 입지 못하겠다. 그는 밥만 시켜 먹고 집에 있고 싶지 않은 사람이다. 선이는 차라리 그가 집에 없는 것이 낫겠다고 생각했다. 집에 있으면 좋은 소리는 없고, 선이를 괴롭히는 말뿐이었다. 선이가 그에게 조금 일찍 들어오고 아기도 봐주면 좋겠다고 했지만, 그는 못 들은 척이다. 선이는 세상을 몰랐다. 남녀 관계는 더욱 몰랐다. 몇 년을 같이 살았지만, 선이는 그의 앞에서 부끄러워 옷을 갈아입지 못했다. 어쩔 수 없을 때는 뒤로 돌아서서 갈아입었다. 그는 집에 들어오면 밥 먹고 무조건 한숨 잤다. 아기가 잠을 자기에 물을 길으러 간 사이에 아기가 우는 소리가 나서 가보니, 아기가 장롱 밑에 옷이 걸려서 울지만, 그는 깨어 있으면서 못 들은 척하고 있다. 속이 상하지만 말을 하지 못했다. 말을 하면 더 시끄러워지니까 참았다. 이제는 일이 없어 돈을 가져오지 못한다고 했다. 또 어디다 쓰려고 주지 않으려고 하는 소리인지 모르겠다. 일이 없는데, 돈은 어디서 생겨서 극장에는 갈 수 있나? 선이에게 돈을 주지 않으려고 하는 소리가 속이 상했다. 그렇게 나쁜 사람과 살아야만 했다.

동서네 김장하는 것을 몰라서 가지 못했는데, 시외숙모와 시누이와 동서가 욕을 하더라는 말이 선이 귀에 들어왔다. 큰형은 남들과 싸워서 경찰서에 잡혀갔다고 했다. 그들은 자주 그렇게 남들과 싸움을 했다. 선이는 안집에서 배추를 판다고 해서 사주었더니 절여서 다

씻어주었다. 안집 아줌마 덕분에 김장을 했지만, 말하지 않고 혼자 했다고 시집에서 말들이 많았다고 했다. 언제 그렇게 도와주었다고 말들이 많다. 말해도 오지 않을 사람들이 핑계 잡아 욕하는 것이다. 그는 밤중에 김장 다하고 나니 들어와서 자기 어머니가 불쌍하다고 했다. 며칠 전에도 아무도 몰래 용돈을 드렸다고 해서 잘했다고 했다. 그는 늦게 들어와서 선이를 끌어안고 아기 얼굴에 선이 얼굴에 토하니 요 바닥이 엉망이 되고 냄새가 진동했다. 술 취해서 다른 여자 찾아가지 않고 집에 들어온 것이 고맙기만 했다. 선이는 한숨도 못 잤다. 이튿날 신문을 보기에 그의 뒤에서 그를 껴안았다. 그는 모른 척 했다. 선이가 삐진 척 해도 반응이 없더니 아기에게 말했다.

"니 엄마 삐졌다."

선이는 그가 들어오면 일거리가 많아도 하지 않고 그의 비위만 맞추어 주었다. 문을 바르자고 했지만, 그는 심부름도 해주지 않았다.

숙모가 털실을 팔아달라고 해서 팔아주려고 했다. 그가 싫어해서 하지 않으려고 했지만, 숙모가 같이 하자고 했다. 선이를 이용하려고 하는 것이다.

그에게 선이가 사랑한다고 해도 그는 아무 소리도 없어서, 나는 당신에게서 나를 좋아한다는 달콤한 소리를 들어본 적이 없다고 해도, 못 들은 척 하고 그냥 일어났다. 나는 아마 누구의 대용품 노릇을 하는 것 같다고 하면서 속이 상해 혼자 울 때도 있다고 했다.

"엄마 운다."

말하고 그는 나갔다. 저녁에 조기 찌개 해 놓고 기다려도 오지 않았다. 사람은 좋은데, 표현력이 없어서 그렇다고 애써 돌려 생각했다.
　시외숙모네 김장을 하러갔더니 일하러 온 아줌마가 아기는 어디 있느냐고 해서 한 집에 사는 아줌마에게 맡겼다고 했더니, 친할머니에게 맡기지 않았다고 했다. 그는 외숙모 비위를 맞추어 주는 사람이다. 시외숙모가, 지금 사람들은 아기 다칠까봐 늙은이에게 맡기지 않는다고 하면서 네 신랑도 그렇게 귀엽게 키웠다고 했다. 외사촌 시누이가 듣다가 무슨 생각으로 선이 편을 들으려고 그러는지 한 마디 했다.
　"그런데 어쨌단 말여."
　"그저 그렇단 말여."
　귀엽게 키워서 세수를 씻기지 않아 얼굴에 파리구더기가 득시글거리게 실어서 흉터투성이가 되었다는 말인가? 그렇게 사랑하는 아들이면 며느리에게는 잘못해도 되는 것인가? 시어머니는 자기 딸이 성질이 자기를 닮아서 시누이 시어머니에게 퍼부으면, 견디지 못한 시누이 시어머니가 기절을 한다고 했다. 그러면 식구들이 놀라서 안절부절 못하는 것을 봤다고 했다.
　"나도 그렇게 기절 한 번 해봤으면 좋겠다. 부럽다."
　"왜요?"
　"자식들이 놀라 쩔쩔매는 것이 부러워서, 나는 하고 싶어도 되지 않더라."
　말 같지 않아서 말문이 막혔다. 그만큼 속을 썩혀주고도 부족한가 보다. 그 시어머니는 살림 다 해주고 며느리 옷을 만들어 주는 사람이다. 그는 예식장에 간다고 나가더니 오지 않았다. 삼촌이 아프다고 해서 고기를 사다주고 급하게 왔건만, 그는 오지 않았다. 연탄을 갈아야 하는데 찌개가 식을까봐, 기다리다 불이 꺼질 것 같아 할 수 없이 갈고는, 그가 오면 방이 추울까봐 아궁이 구멍을 열어 놨다.

그가 들어오지 않는 날. 시어머니가 없을 때는, 추우면서도 아궁이 구멍을 불이 죽지 않을 만큼만 열어 놨다. 잠을 못자고 기다렸지만, 새벽 다섯 시에 들어왔는데 술 냄새가 지독하다. 놀음해서 돈을 많이 잃었다고 했다. 삼천 원을 잃었다고 하지만, 그의 말은 믿을 수가 없다. 그 보다도 더 많이 잃었을 수도 있고, 또 다른 데 쓰고서 하는 말일 수도 있다. 그가 말하는 것은 모두가 거짓말뿐이라 믿을 수 없다.

그는 선이에게 속이고 고생하는 것을 보는 재미로 사는 사람인 것 같다. 선이는 양말이 없어 사려고 했더니, 돈이 부족해서 못 샀다. 그가 더럽고 불결하게만 느껴졌다. 술이 취하면 무슨 트집을 잡을지 몰라 무섭기만 했다. 선이는 그런 것을 본 적이 없기에 알지 못하는 이야기다. 돈을 잃었다는 사람이 무슨 기분이 그렇게 좋은지 싱글벙글하고 있다.

시외숙모네 갔더니 동서네 가보라고 했다. 부부싸움을 얼마나 세게 했는지, 둘이 서로 욕을 퍼붓고 때리고 싸웠다고 했다. 어떻게 때리면서 부부가 싸우나? 남편이 아내를 때리는 것을 처음 겪어봤고, 여자가 남편을 때린다는 소리도 들어본 기억이 없다. 시어머니가 며느리에게 이년, 저년 한다는 소리도 들어본 적이 없고, 남편이 아내에게 이년, 저년 한다는 소리도 처음 들어봤다. 선이 아버지는 어머니와 나이 차이가 많은데도 막말 하는 것을 듣지 못했다. '이랬니, 저랬니.' 하는 소리도 들어본 적이 없다. 이 집에 와서 아내에게 말을 함부로 하는 것을 보고 참 못 배운 집이라고 생각했었다. 선이는 이상한 동네에 들어온 것만 같다. 그런데 동서네 부부 싸움 한 곳에는 선이가 왜 가야 하나?

　삼촌과 숙모가 과자를 사달라고 해서 과자와 과일을 사주었다. 다들 자기들은 실컷 쓰고는, 돈을 쓰지 못하고 고생하는 선이가 봉인지 뜯어먹으려고만 했다. 삼촌과 숙모도 만나기만 하면 돈타령이다. 동서가 딸을 낳았다고 했다. 아들을 낳았으면, 더욱 기가 살아서 선이를 볶을 것 같다. 아기 옷을 두 벌 사 주었다. 그가 선이에게 돈이 있는 것을 알아차렸다. 이제는 뺏기지 않을 것이다. 오늘은 그가 선이에게 잘하는 척했다. 무슨 일일까. 기분이 좋지 않아 회사에 가지 않았다면서, 시외숙모가 하는 말이 선이가 시어머니에게 잘 못한다면서, 자기 며느리는 참 잘한다고 하더란다. 그렇게 잘해서 얼마 전에 시외숙모가 자기 며느리와 머리끄덩이를 잡고 싸웠다는 소문이 났나? 딸과 싸웠다고 하더니 며느리와도 심하게 싸웠다고 들었다. 선이가 못 들은 줄 아나보다. 그는 나갔다 온다고 했다.

　"나가지 않은 날이 언제 있었나요?"

　그냥 말없이 나가기에 또 말했다.

　"정말 너무 하네요."

　그는 뒤도 돌아보지 않고 나갔다. 매번 그러는 것을 보고도 서운했다. 저녁밥은 먹으러 오겠지, 하고 대문을 열어놓고 기다렸지만 들어오지 않았다. 늦게 와서는 극장에 갔다는 둥, 거짓말뿐이다. 언제나 밥을 같이 먹으려고 기다리다 시간이 지나면 먹기 싫어졌다. 먼저 먹으라고 하지도 않고, 늦게 와서는 잠깐이라도 잠이 들어 대문을 늦게 열어주면 말이 많다.

"여편네가 남편이 들어오기 전에 자빠져 자는 건방진 년…."

늦은 밤에 과자를 사가지고 왔다. 웬일인가 했더니, 어머니는 자기가 모셔야 한다고 했다. 어머니가 아프다는데, 가보지 않았느냐고 시비를 걸더니 소리를 질렀다. 자기들이 잘못한 것은 모르고 무조건 시어머니는 선이가 모셔야 한다고 했다. 방을 하나 더 얻고 시어머니를, 식모를 두고 살게 하겠다고 했다. 진작 돈 모아서 그렇게 하지, 왜 선이 돈은 다 빼앗고 이제 와서 방을 두 개를 얻는다고 하나? 선이가 돈 있는 것을 알고 그 돈을 이용하려고 하나보다. 진작 선이 돈을 빼앗지 않고 조금만 잘했어도, 선이는 아마도 극진히 모셨을 것이다. 마음대로 하라고 했더니, 간섭 말라고 했다. 선이가 아프거나 아기가 아파서 잠을 못 자도, 극장이나 가고 여자나 만나러 가면서 제 어미는 끔찍하게 생각 했다. 동서는 실컷 쓰고 살면서 선이를 거지 취급 하는데도, 형수는 형을 잘 못 만나 불쌍하다고 했다. 한 숨 자고 나더니, 선이를 껴안고는 술을 먹어서 잘못했다고 했다. 어쩐 일인가 모르겠다. 선이는 그를 죽이고 싶어졌다. '내 인생은 완전히 망쳤다'고 했더니, 이제는 자기 어머니가 다시는 선이에게 그러지 않을 것이라고 했다. 안 그럴 사람이 지금도 동네방네 다니면서 며느리 흉을 보고 다니느냐. 기어이 언젠가는 또 시어머니를 모셔야 할지 모르겠다.

부잣집에 가풍 좋은 댁에서 선이를 탐냈지만 형제가 많다고 건방지게 싫다고 해서 벌을 받나보다. 그 댁에 갔으면 시부모에게 대우받고 식모도 있고, 점원들이 많아 안방마님 소리 들어가면서 살았을 것을 잘못했다. 이 집은 동네에서 날마다 싸움질이나 하고 돈도 없고 무식한데도, 시어머니가 본데없는 것뿐만 아니라, 미련하기까지 한, 아주 못된 사람들이다. 무식하다고 못 된 사람이 되는 것이 아닌데, 이 집 사람들은 가정교육이 아주 잘못된 사람들이다. 선이도 이제는 시어머니와 같이 살기 싫어졌다. 말이 하나도 통하지 않고 보태주는 사람은 없고, 자기들은 돈을 흥청망청 쓰면서, 아끼고 살려고 하는 사람의 피를 쪽쪽 빨아먹어 죽이려고 하는 거머리 같은 그들을 도저히 알 수가 없다. 숙모에게 가서 살기 싫다고 했더니, 그렇게 당하고 어떻게 살겠느냐고 아기가 하나일 때, 더 낳기 전에 갈라서야지 큰일 났다고 했다. 그렇게 미련 한 줄은 몰랐다고 했다. 이런 말들이 진심인지 믿을 수 없다. 그러면서 삼촌에게는 어떻게 일러바치는지 선이가 잘못이라고 했다.

시누이 생일이 되었다. 밉지만 입을 막기 위해 화장품을 사가지고 가서 같이 차려주고 먹었다. 그들은 돈 없는 사람이 사주었건만, 고맙게 생각 하는지 모르겠다.

선이는 숙모와 고모가 계란을 팔아달라고 해서 세수도 못하고 아기 밥도 주지 못하고 가게에 가서 팔아주었다. 숙모와 고모는 당연한 것으로만 알고 있다. 숙모는 어제 김을 판다고 약수동에 가서 이만 원이 넘는 돈을 사기 당했다고 했다. 미련해서 그런지, 착해서 그런지, 돈놀이를 한다고 빚 얻어다 남에게 주고 홀랑 떼이기를 수도 없이 하고는, 돈 없다고 반찬도 사먹지 못하고 죽는 소리를 했다. 삼촌이 돈을 많이 벌어오고도 숙모 말이라면 다 들어주고 안타까워 해주니 큰 소리 치고 잘 살고 있다. 돈 어쨌느냐고 했다가 숙모가 울기만 하면, 삼촌은 숙모의 눈물만 보면 꼼짝 못하고 잘못했다고 달래주느라고 애를 썼다.

그가 늦으면 무슨 사고가 있는지 걱정되었다. 혹시 오늘이 약혼한 날이라고 선물을 사러갔을까? 내게 그렇게 좋은 일이 있을 리 없다. 사느니 죽느니 하는 소리나 하지 않으면 고마운 일이다. 그는 술을 먹느라고 늦었다고 했다. 아무 탈 없이 와 주어서 고마웠다. 그가 몸이 아프다고 해서 몸살 감기약을 사다주고 피로회복제도 사다주었다.

날이 추워서 아기와 방에서 나가지 못하고 있다가 동서네 갔더니, 큰형이 크리스마스라며 케이크를 사왔다고 얻어먹었다. 그 집은 누릴 것 누리고 살고 있다. 사고 싶은 것 다 사고 사는데, 선이네는 동서네 보다 반도 안 되는 수입에다 이리 떼이고 저리 떼이면서, 욕만 먹고 살고 있다. 잘하려고 노력해도 더 뜯어가지 못해 안달을 하고, 선이는 먹지도 입지도 못하고 허덕이기만 했다. 그는 어머니 걱정과 잘들 쓰고 사는 큰형과 동서만 생각하면서 선이의 고생은 보이지 않았다. 큰형은 돈을 잘 쓰고 살면서, 선이네 돈을 꾸어간다고 뺏어가고는 갚을 생각이 없다.

잘 먹지 못하고 추워서 그런지 몸이 아파하는데, 그는 약이나 사다주면 좋으련만, 아기가 있어 눕지도 못하는데, 고기 사다 찌개 하라고 했다. 할 수없이 아파서 기어가다시피 해서 찌개를 해주었다. 누가 아기를 잠깐만이라도 봐주었으면 좋겠다.

아침 일찍 작은 삼촌이 와서 삼촌을 위해 네가 희생하라면서 시골 논을 사달라고 했다. 큰 삼촌이 자기를 위해서 희생하라고 동네에서 소문난 못된 집에 배우지 못하고 빚만 있는 가난뱅이에게 강제로 시집보내더니, 작은 삼촌도 선이에게 희생하라고 했다. 사기 당해서 많은 빚을 졌다고 했다. 어쩌면 시집이나 친정이나 뜯어먹으려고 하는 사람뿐이다. 선이가 죽게 생겼을 때, 손잡아 주려는 사람은 없고 손윗사람들이 잘 먹고 잘 쓰고 어려워지면, 시집살이에 뼈만 남은 사람에게 뜯어먹으려고만 했다. 부모님의 땅도 삼촌이 사업 한다고 팔아먹고 얼마 남지 않았다.

선이는 병원에 갔더니 콩팥과 창자와 자궁이 부었다고 종합 진찰을 받으라고 했다. 그 꼴을 하고 시집에 제사 지내러 갔더니, 제사 지내는 꼴이라니 나이만 먹었지, 아는 것이 없어 절만 수도 없이 하고 있다. 김치전을 해서 제사상에 올려놓았으니 조상이 고춧가루가 들어간 김치를 보고 무서워서 잘 잡수셨는지 모르겠다. 아는 것도 없이 양반이라고 모두들 따라 하는 사람들이 한심스럽기만 했다. 선이는 말없이 구경만 했다. 말 한마디 실수할까 걱정 되었다. 아무 소리 하지 않아도 트집을 잡지 못해 안달하는 사람들이다. 그의 큰형과 형수, 누나와 외숙모, 이모와 이종사촌, 고종사촌까지 합세해서 눈에 쌍심지를 켜고 보고 있으니 선이는 늑대 굴에 들어간 토끼 같다.

선이는 몸이 아파서 간신히 일어나지만 일찍 들어와 아기나 봐주면 좋으련만, 그는 어디를 그렇게 다니는지 모르겠다. 말썽 많은 사람이라 늦게 오면 무슨 일이나 없나? 걱정이 많다. 늦게 와서 극장에 가자고 했다. 그냥 집에 있으면 안 되나? 세상 귀찮다. 몸이 나으면 장사나 했으면 좋겠다고 했더니 자기하고 헤어지고 장사하라면서, 여자는 살림이나 해야지 장사하면 사람 버린다고 했다. 요새 돈을 하나도 주지 않으면서, 자기 혼자 쓰고 다니면서 하는 소리다. 쌀 살 돈도 없는데, 극장이나 가자고 하고 반찬은 고기반찬이나 해달라고 하는 사람이다. 현기증이 나고 메슥거리고 머리가 아프고 배도 아프지만 그에게 말해봤자, 쇠귀에 경 읽기라 힘들다. 선이는 죽을병이 들었는지 몸이 바짝 말랐지만, 그가 해달라는 것은 다해 주었다. 그는 언제나 벌레 씹은 얼굴이다. 문간방 아줌마가 아프다고 하면, 남편이 당장 약을 사다주거나 병원을 데리고 간다고 했다. 선이는 그런 소리들을 때마다 속이 상했다. 숙모가 쌀이 왔다고 찾으러 가는데, 같이 가자고 했다. 아기는 어쩌라고, 자기네 아기는 대단하고 내 아기는 아무것도 아닌가. 심부름하면 쌀 한 톨도 줄 사람이 아니면서, 부려먹기만 하려고 했다. 숙모가 아기를 낳았을 때, 어머니가 다해주다가 아버지가 돌아가시게 생겼다고 해서 내려갔었다. 그때 선이는 집안일을 급하게 하고 일하는 아이가 있지만 나이가 어려서 잘하지 못해, 열시 전에 아기 업고 숙모네 가서 일을 도와주었다. 하루는 선이가 급하게 볼일이 있어 아기를 두고 집에 왔다가 갔더니, 아기 두고 갔다고 욕을 하고 난리였다. 선이가 자기 몸종으로 알았나? 외사촌 언니가 돈을 얻어달라고 했다. 도대체 선이가 은행 지점장이라도 되는가. 하나같이 왜들 그러나. 작업복을 기우고 있는데 동서가 오라고 해서 욕먹기 싫어 갔더니, 선이에게 심부름을 시키면서 아기에게 과자를 주었다. 그 집은 잘 먹고 잘 입고 살지만, 선이는 그렇게 쓸 돈이 없다. 선이가 돈을 벌고 싶지만, 아기를 봐 줄 사람도 없고 몸은 약하고 그는 돈 버는 것도 싫어하면서, 생활비를 제대로 주지 않아, 친정에서 가져온 돈을 쓰고 있다. 그는 작업복을 다 기우지 않았다고 했더니, 신경질을 부렸다. 극장에 가지 말고 작업복이나 새것을 사 입으면 좋으련만, 거지 근성이 있나, 왜 기어서 입고 사나?

선이에게 극장에 가자고 했다. 천 원을 가불했다더니, 그는 자기 돈은 쓰지 않고 선이에게 쓰라고 했다. 얼굴은 누가 할퀴었는지 손톱자국이 많이 있고, 얼굴도 화가 잔뜩 난 표정이다.

저녁을 먹으려고 하는데, 동서가 화상을 입었다고 해서 밥을 먹다 말고 뛰쳐나가는데, 선이는 아기 업고 쫓아가는데도, 그는 뒤도 돌아보지 않고 뛰어서 따라갈 수는 없고, 어디로 가는지 헤매었다. 밤 열두 시에 왔다. 그는 이튿날도 갔고 날마다 갔다. 동서와 외사촌 동서가 이 집구석은 식모살이나 하던 것들이라고 하면서, 못된 것들이라고 지긋지긋하다고 했다. 그는 집에 들어오면 죽을 끓이라고 해서 병원에 갖다 주었다. 그들이 했던 소리를 했더니, 자기 형수가 그런 소리를 했을 리가 없다면서, 선이에게 아가리를 찢어놓는다며 삼자대면하자고 했다. 무서워서 잘못했다고 했다. 동서가 이 집구석은 거지 새끼들뿐이라고 했지만, 무서워서 말 못 했다. 자기들은 공장에 다녀서 식모살이는 하지 않았다고 하는 말들인가 보다. 이사해야 한다고 해서 그러면 당신이 바람피우면 미행도 못하겠네 했더니, 만약 뒤를 밟으면 죽여 버린다고 했다.

　결혼 전, 큰형과 같이 살 때, 동서가 돈만 뺏고 무엇이 틀어졌는지, 밥도 주지 않아 쫓겨났다는 소리를 남에게서 들었지만, 그는 동서가 결혼을 잘못해서 고생한다고만 했지, 동서 나쁘다고는 한 번도 하지 않았다. 그는 큰형이 돈을 많이 쓰면 동서 걱정만 했다. 동서가 선이에게 욕을 하면 무조건 그는 동서 편만 들었다. 동서는 눈은 작지만 키가 크고 까만 얼굴에다 체격이 좋고 기운이 장사인데도, 아기 같이 보이나 보다. 삐쩍 말라 비실비실 한 선이와 비교가 된다. 선이는 이곳을 떠나서 멀리 도망가고 싶은데, 갈 곳이 없다. 오늘은 녹두죽을 쑤어 가지고 갔다. 그는 선이 숙모에게 돈을 꾸어가지고 자기 어머니를 택시타고 모시고 갔다 왔다고 했다. 선이는 아파 죽겠는데, 동서네 집에 가서 자자고 했다. 아파서 못 간다고 했더니, 화를 내고 방문을 '꽝' 닫고 갔다. 문 닫는 소리가 선이 가슴을 방망이로 치는 소리로 들렸다. 일곱 시에 깨워달라고 해서 가보니 큰형과 여럿이서 자고 있다. 다시 흰죽을 쑤어가지고 갔더니, 병원에 더 있겠다고 했다. 시외숙모는 선이에게 담요를 빨아다 주라고 했다. 정말 힘들었지만 할 수 없이 했다.

　시누이는 친정에서 이불을 해 주었다고 하려고, 남편 몰래 돈을 감추었다가 들켰다고, 선이가 빚을 얻어달라고 해서 빌려온 돈이라고 주면 받았다가 달라고 했다. 이상한 집 사람들이라 선이까지 거짓말이나 하는 사람으로 만들고 있다. 시어머니가 돈은 쓰면 생기는데, 돈 쓰지 않는다고 선이에게 욕을 하더니 딸을 이불 하나도 해주지 않고 큰 소리쳤다. 결혼식도 없이 살고 이불을 친정에서 해주는 것이니 선이가 결혼식도 시켜주고, 이불도 해주고 싶었다. 의논을 하고 싶었지만, 그는 집에 일찍 들어오지 않으니 말 할 시간이 없다. 늦으면 무슨 일이 있을까봐 걱정 되었다. 시누이 남편 눈치가 좋지 않다. 선이는 죄도 없이 별 오해를 다 받고 살고 있다. 그는 퇴원한 동서에게 밥해주고 오라고 해서 나는 못한다고 했더니, 화를 내고 소리 질러서 울고 있는데, 시누이 남편이 오니까 밥 하라고 했다. 그는 도와주지도 않으면서, 선이를 무쇠로 만든 사람으로 아는 것 같다. 밥 먹고 나가더니 큰형이 집에 없으면 동서에게 무엇을 해주려고 가는지, 동서를 만나고 와서 동서가 불쌍하다고 동서에게 잘해야 한다고 했다. 월급 타서 다 쓰고 큰형에게 뺏기고, 사채 얻어다 작은형 주고, 선이에게는 굶기고도 좋은 소리는 하지 않고 괴롭히는 소리만 했다. 그는 선이에게 과일 한 개 옷 한 벌 사 준 적 없지만 잔소리가 듣기 싫어 사 입지도 않았다.

 고향에서 수탉이 모이를 주면 먹지 않고 '꼬꼬꼬' 하고 암탉을 불러 먹이를 같이 먹는 것을 봤다. 그는 수탉만도 못하다. 삼촌은 숙모가 임신하면 제일 좋은 것만 사다가 삼촌은 먹지 않고, 숙모만 주는 것을 봤다. 그는 자기 어머니와 형수와 조카들을 챙기면서, 자기 자식에게 사주는 것은 아까워했다. 추석이 되어 시외숙모네 갔더니 추석빔들을 입고 좋아하니까 조카딸이 시무룩하게 쳐다보니 외사촌 시누이가 선이를 쳐다보고 말했다.
"너는 작은 엄마에게 옷 사 달라고 해라."
선이는 아들 하나 있는 것을 그들이 돈을 다 뺏어가서 추석빔을 못 사주고 있고, 자기들 밥그릇도 사 주었건만, 그렇게 말했다. 속이 상해 그에게 말했더니 또 핀잔만 들었다.
우리나라에 전쟁이 날 것 같다고 뒤숭숭하다. 차라리 하늘이 폭삭 내려 앉아 싹쓸이 죽어버렸으면 좋겠다. 세상이 귀찮아서 뉴스도 듣지 않고 살고 있다.
작업복을 사 입지 않고, 기어 달라고 해서 재봉틀 있는 숙모에게 갔더니, 시외숙모와 시어머니가 말했다고, 선이가 시집에 잘못한다고 삼촌이 자기에게 해가 될까봐 야단을 쳤다. 선이에게 그 집에 가라고 할 때, 그 집에서 무슨 소리를 해도 그 말 믿지 않기로 하고는, 삼촌과 숙모는 그 집 편만 드는지 모르겠다. 선이는 삼촌이라는 이유로 경우에 어긋난 말을 해도 참았다. 하나같이 선이의 돈을 뺏어 쓰고는 갚지 않으면서 미안해하는 사람은 없다.
선이가 아무리 고통스러워해도 지구는 쉬지 않고 돌아서 또 다시 설날이 되었다. 큰형은 시외숙모에게 삼천 원을 주었다. 시외숙모는 아주 흐뭇한 표정이다. 큰형은 선이네 돈은 뺏어가고 주지 않지만 외숙모에게는 아주 잘 했다. 그는 천 원을 주었다. 아주 초라해 보였다. 그는 큰형에게는 다 뺏기지만 외숙모에게는 큰형처럼 잘해주지 못하는 것 같다. 시외숙모는 큰형 말이라면 다 들어주었다.
안집 아줌마도 건넌방 아줌마도 앙고라 저고리가 유행이라고 해 입었는데, 선이도 입고 싶지만 시어머니만 해 드리고 선이는 못 해 입었다. 그에게 나도 앙고라 저고리 입고 싶다고 했더니 핀잔만 들었다.

"여편네가 집구석에 있으면서 누구 보여주려고 옷을 해 입어, 그냥 입던 것이나 입어."

선이는 시키지도 않는데, 시어머니에게는 유행하는 저고리를 해 드렸건만 고맙다고 하는 것이 아니라 선이는 옷을 해 입지 말라면서 자기 어머니에게는 이것도 저것도 사 드리라고 했다. 남들이 선이보고 왜 그렇게 늙었느냐고 했다. 선이는 숙모들이 들어오기 전에는 동네에서 제일 잘 입는 여자였다. 결혼 전에 동갑짜리들보다 더 어리게 보는 동안이라고 했는데, 이제는 남보다 더 늙었나 보다.

배가 몹시 아프고 밥을 먹지 못하고 화장실만 드나들다가 건넌방 아줌마에게 부탁해서 약을 사다 먹고도, 너무 아파서 아기를 업고 벌레처럼 기어 다니며 걸레를 빨고 방을 닦았다. 그가 꿈이 좋지 않다고 하면서 내가 죽으면 장가는 가지 않고 오입은 할 것이라고 했다. 그가 말하는 것은 모두 거짓말이니까, 진심으로 하는 소리인지 알 수 없다. 선이가 아프건 말건 하더니 죽을 것 같은 모양이다. 통조림과 사과 주스도 사오고 아기 먹으라고 과자도 사왔다. 박카스를 사다가 한 모금 먹더니 선이를 주었다. 그래도 아파서 배를 잡고 기어 다니면서 밥을 했다. 자기는 선이에게 돈 많이 쓴다고 말할 수는 없다고 했다. 동서는 이번에 병원에서 자기를 위해서 돈을 많이 쓰고도, 비싼 스웨터를 사 입더라고 했다. 선이가 시집 식구 치다꺼리만 하고 옷은 하나도 못해 입은 것을 아나 보다. 지독히도 앓았다. 약을 먹어도 낫지 않아 친화약국 약을 먹으면 낫는다고 하더라고 했지만, 그는 들은 척도 하지 않았다. 밤새 앓고 아침에 소변을 보면 피 빛깔인데, 그나마 잘 나오지도 않았다.

그가 하는 말이 회사에 가면 아기의 재롱이 생각난다고 했다. 어쩐 일인가? 이제 철이 들었나. 올해는 회사 사람들이 아들만 낳는다고 했다.

"아들 낳았잖아요? 또 낳고 싶어요? 뭐가 걱정이야. 아직 젊은데…."

"안 낳아도 돼. 우리 아들만 잘 키우면 되지 뭐."

살다보니, 웬일로 그런 말을 다 했다. 그 소리 들으니 선이는 남편이 믿음직스러워 보였다. 말만 그렇게 말하고 돈은 주지 않았다. 선이에게 무슨 숨길 일이 있어서 마음에도 없는 소리를 했나? 의심이 갔다. 결혼기념일이라고 선이가 선물을 샀다고 했다. '당신은 내게 무슨 선물을 줄 것인데?' 물었더니, 그날이 되면 주려고 한다고 해서 선이는 기분 좋았다. 그러더니 이모에게 돈을 보내주어서 선물 살 돈이 없다고 했다. 그러면 그렇지, 어쩐 일로 선물을 사 준다고 쉽게 말을 한다고 생각했다. 선이는 조금만 잘해도 감동을 받는데, 그는 선이를 손안에 넣고, 장난이나 치고 약만 올리고 있다. 몸은 낫지 않고 무엇을 먹기만 하면 체했다. 선이는 그가 나가면 시장 봐가지고 와서 정성들여 찌개를 끓이고 기다리는 마음이 행복했다.

오늘도 그와 같이 먹으려고 배가 고프지만 기다려도 들어오지 않았다. 선이는 실을 팔아서 약을 사러 가야 하는데, 오지는 않고 안절부절 하고 기다렸더니, 늦게 들어와서 밥 사 먹고 영화구경하고 왔다고 했다. 그제서 실을 팔러갔다가 오는데, 사촌시누이가 입덧이 났다고 먹을 것을 사다달라고 했다. 심부름하고 집에 오니 춥고 아파서 선이는 밥도 먹기 싫지만, 그의 밥은 새로 해야 했다. 몸이 아파 밤을 새우고 나면 힘이 들어서, 그가 점심 먹으러 들어오지 않았으면 좋겠다.

"점심 먹으러 올 것인가요?"

"그럼 와야지."

다른 사람들은 회사 식당에서 점심을 먹는다는데, 그는 선이가 아픈 것은 아랑곳 하지 않았다. 저녁도 해야 하는데, 점심은 먹지 않아도 아기가 잘 때 조금 잤으면 좋겠다. 아픈 몸으로 시장에 갔다 와서 찌개를 끓여놓고 기다려도 그는 오지 않았다. 밤에 들어와서 술집에 들렸다가 오느라고 늦었다고 했다. 술집여자가 종씨이고 잘못 빠져서 술을 판다고 하는데, 말이 이상하다. 종씨라고 해야 선이가 의심을 하지 않을 것이라고 생각하는지, 술집 색시라고 했다가 식모라고 했다가 무슨 소리인지, 횡설수설 했다. 선이는 아기가 잘 때, 잠도 못 자고 아픈 몸으로 그를 위해서 점심을 했건만, 먹으러 온다고 해 놓고는 부득이한 사정이 아니면 성의를 봐서라도 집에 들어와야 하는 것이 아닌가. 몸은 불덩이 같이 열이 나고 아파서 아무것도 싫고 병원에나 가봤으면 좋겠다, 인정사정없는 사람과 일생을 같이 하느니, 지긋지긋한 시집살이에서 해방을 하고 싶다. 나중에 자식과 잘 살아보겠다고 거지같이 하고 살아봤자, 남편이라는 그는 선이를 개 취급도 하지 않았다. 그나마 밤에 들어와서 고맙게 생각했다. 선이는 기침을 해서 그가 잠을 못 잘까봐 걱정 되었다.

　다음날, 일찍 들어올 것이냐고 물어봤을 때, 그런다고 대답하고는 술이 취해 늦게 들어와서는 잔뜩 찌등그린 얼굴로 왔다. 자기 어머니가 불쌍하다면서, 동서가 빨래도 해 주지 않는다고, 선이에게 며느리가 시어머니를 모시지 않으려고 한다고 불만을 털어놓았다. 선이는 그가 방을 얻어준 적도 없고, 치마 하나도 얻어 입어보지 못했다. 간신히 거지같이 구박 받으며 그가 먹다가 남은 찌꺼기나 먹고 살았다.

　안집에 윷놀이 가서 이야기를 했더니, 아줌마가 자기 친구 이야기를 했다. 어쩔 수 없이 시어머니를 모셨건만, 그 여자는 견디다 못해 병이 나서 죽고 말았다. 남편이 어머니 때문에 아내 죽이고 인생을 망쳤다고 통곡했다고 했다. 그 여자는 성격이 명랑했었고 시집에서 시어머니 모시는 공으로 대신 집을 사주고 동기간들이 돈을 모아서 주었다고 했다. 시어머니가 아무리 며느리 흉을 봐도 대꾸들을 하지 않았다고 했다. 선이는 억울한 소리에 견디지 못해 죽으려고 했을 때, 살려 놓고 시어머니와 그는 왜 죽지 않았느냐고 했으며, 제 어머니 편을 들어 때려죽이려고 하고 아기까지 죽이려 했었다. 시어머니는 다른 아들과 조카들까지 돈을 얻어주라고 하고, 동네방네 다니면서 돈을 쓰지 않는다고 흉보면서 볶아대어 도저히 살 수가 없다. 자기 어머니만 생각하는 효성은 좋지만, 억울한 선이 생각은 아예 하지 않았다. 선이는 무슨 죄가 많아서 배울 것이 하나도 없는 존경할 수 없는 사람을 위해서 희생해야 옳으냐. 자기 아들과 딸에게도 '급살 맞을 놈, 염병 할 놈, 급살 맞을 년' 이라고 하는 사람을 위해서 아까운 인생을 망쳐야 옳으냐. 그가 선이에게 목숨을 바쳐 위해주는 것도 아닌데, 그의 어머니를 위해서, 죽기보다 싫은 삶을 살아야 옳으냐. 그들은 당연히 시집을 왔으니, 자기들을 위해서 죽어야 한다고 생각하고 있다.

선이가 친정에서 가져온 여우목도리를 그가 왜 버렸는지 버렸기에 사고 싶어 시장에 같이 가서 만져 보지만, 그는 모른 척 했다. 선이는 친정에서 가져온 옷뿐이고 결혼해서 산 것은 하나도 없다. 선이는 거지가 되어서 오직 아픔을 이기고 밥을 하고, 그를 위해서 찌개를 끓이고, 욕만 먹고 참아야만 했다. 돈은 형들만큼 들여오지도 않으면서 그들에게 다 바쳐야만 하고 선이에게 시어머니를 모셔야 한다고 했다.

정월 대보름 전 날, 남들은 땅콩, 밤, 호두들을 사지만 선이에게는 돈이 없다. 결혼기념일이라고 하더니, 그는 들어오지 않아 기다리다 늦게 자리에 누웠다. 들어오면 추울까봐 이불을 깔아놨지만, 끝내 그는 들어오지 않았다. 오늘은 호주머니에 돈을 넣고 자는 날이지만, 어쩌면 동전 한 푼 없다. 잠깐 잠든 사이에 그가 여자와 자는 꿈을 꾸었다.

보름날, 가기 싫지만 시외숙모네 갔다. 동서는 화투치면서 선이가 와서 진다고 말하면서, 시어머니 때문에 남편과 싸웠다고 선이에게 화풀이를 했다. 선이는 죄 지은 사람처럼 불안하기만 했다.

그는 회사에 출근하는 날, 점심밥을 새로 지어놓게 하고는 들어오지 않아서 선이는 새 밥을 먹지 못했다. 그에게는 새로 밥을 해주고 데우기 귀찮아서 선이는 찬밥을 며칠씩 먹고는 체해서 고생했다. 늦게 들어오면 바람피우는 것보다도 누구와 싸울까봐, 걱정이 되었다. 늦게 와서 병문안을 갔다 왔다고 하거나 상가 집에 갔다 왔다고 핑계를 대지만, 싸우지 않고 온 것만 고맙게 생각했다. 모처럼 집에 있을 것인가 했더니 극장으로 갔다. 구경하고 오더니 시어머니 옷을 해 주어야 한다고 했다. 집에는 돈이 없지만, 그는 언제나 돈이 있고 선이에게는 옷을 사주고 싶어 하지 않았다. 결혼 할 때 선이는 부잣집에나 할 수 있는 비싼 이불과 한복들을 해왔건만 결혼해서는 아무것도 사 입은 것이 없다. 동서는 선이네 돈을 떼어먹으면서 유행하는 옷만 사 입었다.

시아버지 밀례를 해야 한다고 동서와 점쟁이에게 갔다. 밀례를 하면 자손들이 싸울 것이라고 했고, 큰형은 변덕스럽고, 선이는 남편의 콧구멍에 바람이 들어가는 꼴을 보게 된다고 했다. 오월과 유월에는, 남편이 술과 계집을 조심해야 하며, 부부싸움을 크게 할 것이라고 했다. 이별을 하느니 어쩌니 하는 말이 있을 것이라 했다.

이십 일은 시누이가 거짓말한 이자 날이다. 시누이 남편이 이자를 받으러 왔다. 별의별 속을 다 썩는다. 돈을 꾸러 몇 집에 갔지만, 꾸지 못했다. 왜 선이까지 끌어들여 곤란하게 만드나 모르겠다. 그의 작은형은 취직시켜 달라고 편지가 왔다고 했다. 그는 월급이 적어질 것이라고 하고 부수입은 어떻게 빼돌리는지 없다고 주지 않았다. 아기는 감기가 들어 가래가 끓고 기침을 하고 코가 심하게 나오건만, 그는 관심이 없고, 선이는 아기가 아파서 잠을 못 잤다.

친구 동생인 희자네 갔다. 남편이 훤칠하니 잘생기고 돈을 잘 번다고 했다. 부러웠다. 선이는 남편을 잘 못 만난 것이 아니라 내가 못난 것이라고 생각했다. 선이가 참 초라해 보였다. 선이가 아무리 열심히 살려고 해도 그이보다 더 버는 형에게 다 뺏기고 살고, 그들은 물 쓰듯 신나게 잘 쓰고 살았다. 그이도 날마다 극장가고 또 어디다 쓰는지, 선이는 주지 않으면서, 반찬은 비싼 것으로 하지 않는다고 투정하고 볶아 댔다. 어쩌다 그가 나가지 않고 집에 있더니, 어제 빨은 베갯잇을 빨지 않았다고 트집을 잡고, 전등이 나가서 촛불을 켰더니, 아기가 만져 꺼졌다고 선이에게 신경질을 부렸다. 어쩌지 못하고 선이는 앉았다 일어났다 밖에 나갔다 하면서 잠을 못 잤지만, 그는 돌아보지도 않고 자고는 아침밥을 먹고 나갔다. 점심 먹으러 그가 오지 않는다고 했기에 옆집에 갔는데, 친구들을 데리고 와서 밥하라고 했다. 느닷없이 쳐들어와서 급하게 반찬을 만들고 밥을 해서 주었다. 그가 밥 먹고 나간 뒤에 삼촌네 갔다. 시어머니가 와서 아들이 날마다 버는데, 선이가 돈을 주지 않는다고 돈을 꾸어달라고 해서 선이네 빚 얻어 쓰고 있다고 했더니, 공연히 빚 얻어 쓰는 척, 한다고 하면서 동서에게도 돈 좀 주지 않는다고 하더라고 했다. 고생하는 것이 시어머니에게는 보이지 않고 바짝 마른 며느리를 잡아먹지 못해 으르렁거렸다. 아픈 아기를 돈이 없어 병원에 못 가는데, 억울한 소리 그만 듣고 이곳을 탈출해서 이런 소리 듣지 않았으면 좋겠다.

 동서와 시누이도 날마다 둘이서 돈을 실컷 쓰면서 선이 욕만 한다고 들렸다. 그가 월급을 타 왔지만, 빚 갚고 반찬 사고 나니 육백 원 남았다. 쌀도 사야 되고 당장 국 끓여 먹을 냄비를 사야 했다. 이미 선이의 돈은 동난지가 한 참 되었다. 동서네 갔더니 동서 얼굴이 싸늘했다. 그가 회사에 가지 않았다고 하면서, 밤에 집에 오다가 큰형네 갔더니, 동서가 하는 말이 선이가 자기 집에 자주 오지 않는다고 하더라고 했다. 밀례도 해야 한다고 하는데, 돈은 어떻게 해야 하나 걱정 되었다. 남편 옷은 다 떨어졌는데, 거지꼴로 살았던 습관이 있어서인지 옷을 기어 입고도, 사 입을 생각을 하지 않았다. 어려서 옷이 거지같아서 고모네 집에 가서 창피를 당했다면서 돈을 모을 생각도, 잘 입고 살 생각도 없다. 어쩌면 그렇게 자기 어머니를 닮았는지 모르겠다. 왜? 선이는 그런 어머니를 만난 그가 불쌍하게 느껴졌다. 돈이 생기면 그의 옷부터 해줘야겠다고 생각했다. 형들과 누님과 외숙모에게 돈을 그만큼 주고도 좋은 소리 못 듣는 그가 불쌍했다. 꿈에 선이는 투피스를 맞추어 입었다.

빚을 얻어 그의 양복을 제일 비싼 것으로 맞추어 주었다. 봄 양복도 맞추어 주고 싶지만 돈이 부족해서 못했다. 그를 위해서 조기도 큰 것을 샀다. 선이가 돈이 없어 반찬을 제대로 못해주면, 죄를 진 것 같아 그의 앞에서 고개도 못 들었다. 그는 돈을 주지 않고도 반찬이 없으면 얼굴색이 무섭게 변했다. 그런데 당장 쌀도 사야 되고 아기 우유도 사주고 싶은데, 돈이 없다. 조카딸 백일이 며칠 남지 않았는데, 걱정되었다. 그가 달력에 동그라미를 크게 해놨다고 했다. 그의 속을 알 수 없다. 자기 아들 백일에는 몰랐다고 했다. 큰 조카딸은 왜 자주 오는지 모르겠다. 와서는 무엇을 사달라고 했다. 쌀 살 돈도 없는데 참 환장할 노릇이다.

며칠 전에는 외사촌 오빠의 딸이 선이가 흉을 봤다고 해서 그런 일 없다고 했더니, 올케와 조카딸이 선이를 때리려고 했다. 활발하고 명랑한 조카딸을 남들이 뭐라고 했던 모양이지만 선이는 누구 흉 볼 여유조차 없다. 남편을 잘 못 만나니 친정 식구들까지 함부로 했다. 그럴 때 남편이 편 들어주는 사람은 좋겠다. 그는 빚을 얻어 누구를 만나 돈을 다 썼다고 해서 오늘 번 돈은 어쨌느냐고 했더니 물어봤다고 신경질을 냈다. 공연히 착한 사람을 오해하고 있는 것이라고 마음을 잡았다.

그는 오십 만원을 모아놔서 집 살 것이라고 시누이에게 거짓말을 했고, 시누이는 동서에게 말했더니, 얼굴이 붉으락푸르락 하면서 동서가 선이를 가만 놔두지 않는다고 하더라고 했다. 동서네 장롱 샀을 때, 좋겠다고 했다고 트집을 잡더라고 했다.

왜? 그는 있지도 않은 오십 만원이 있다고 했는지 모르겠다. 지금까지 돈을 다 뺏어가고 무슨 돈을 그렇게 모으나? 도둑질이라도 했단 말인가. 왜? 무엇 때문에 그런 거짓말까지 해서 선이를 더욱 괴롭히려고 하는지 알 수가 없다. 다행히 밀례를 하면 동서가 좋지 않은 일이 생긴다고 못 하게 해서 않기로 했다. 선이가 말했으면 잡아 죽이려고 했을 것이다.

두 번째 임신

두 번째 임신

그런 속에서도 선이는 임신이 되었는지 이상하다. 몸이 아파하는데 그는 기분 나빠 하고 있다. 선이가 아프다고 하면 머리 한 번 만져 준 적 없고 신경질만 부렸다. 자기 어머니나 형수가 아프다면 선이가 아무리 아파도 그들의 시중을 들게 하고, 그는 온통 그 사람들에게 최선을 다했다. 첫아이 임신 때처럼 밥을 먹을 수 없어 먹지도 못하고 토하기만 하고 먹은 것이 없으니 노란 위액만 토해냈다.

"나 딸기 좀 사다 줘요?"

"……."

그는 말이 없다. 몇 번을 말했지만, 들은 척도 하지 않았다. 그는 먹을 것 사달라고 해서 그런지 선이를 죽일 것 같은 얼굴을 했다. 선이 눈에서 눈물이 떨어졌다.

"누가 초상이 났나, 왜 울어, 재수 없이."

그는 한마디 하고는 극장에 갔다. 선이가 토하느라고 아기가 울면 안집아줌마가 아기를 잠깐 봐주었다. 그는 아들 낳을지 모르니 낳으라고 했다. 이제는 잘 입을 필요도 없고, 젊은 시절을 인생의 즐거움 없이 새끼 낳기 위한 암컷으로 세월을 보내게 생겼다. 아들을 낳았는데도, 그렇게 구박을 받았는데 딸을 낳으면, 그 구박을 또 어떻게 견딜 수 있나 걱정 되었다. 많이 아프지만 임신 중이라 약을 사다 먹을 수는 없다. 그는 월급을 어디다 썼는지 곗돈 주고 나니 돈이 없다. 아기는 밤새 앓아서 아침에 병원가려고 하는데, 돈이 한 푼도 없어 동서에게 천 원만 꾸어달라고 했더니, 없다고 딱 잘라 말했다. 시어머니는 날마다 와서 트집 잡을 것 없나 하고는, 돈이나 달라고 했다. 드리기도 하지만, 정말 없어서 못 드리기도 했다. 밥 차리는 것을 보고는 그냥 갔다. 얌전히 갈 양반이 아니다.

"진지 잡수세요."

"네년이나 실컷 처먹어라."

기운도 없다면서 남의 집 대문을 '꽝' 소리 나게 닫고 갔다.

"저놈의 늙으니 왜 남의 대문을 부시려고 해."

주인집 아줌마가 시어머니 나간 등 뒤에 소리쳤다. 대문 닫는 소리에 심장이 놀라서 말발굽소리처럼 뛰는 소리가 났다. 먹지 못하고 토하기만 하는데, 돈을 들여오지 않아 곗돈을 그날 당장 주지 못하니 외사촌 올케가 선이에게 머리끄덩이를 잡아 조리를 돌린다고 했다는 소리가 들렸다. 숙모가 팔아먹고 남편이 구박하고 시집식구들이 따돌림을 하니, 외사촌 올케까지 함부로 해도 되는 여자인가 보다. 정말 때릴까봐, 겁이 나서 잠이 오지 않았다. 그는 한남동에 사는 친구 부모의 환갑잔치에 가서 경기명창 지화자 이마에 만 원짜리를 침 발라 붙여주었다고 기분이 굉장히 좋다고 했다. 술이 많이 취해서 두 사람이 부축해서 왔는데, 술이 깨고 나서도 너무 좋다고 계속 기분 좋다고 자랑했다.

"내가 글쎄 경기명창 지화자 이마에 만 원짜리를 침 발라 '척' 붙여주었지. 좋아하대. 아! 기분 좋다."

날마다 돈이 없다고 선이에게는 주지 않아 선이는 여기저기서 망신을 당하고 살지만, 그는 아주 신나게 잘 살고 있다. 만 원이면 쌀 한 말 값이 사백 원도 안 되니, 스물다섯 말을 살 수 있다.

시외삼촌 사갑이라고 해서 시어머니와 시외숙모 스웨터를 외상으로 사가지고 갔다. 아기 옷도 사고 싶은데, 쳐다만 보고 그냥 왔다. 시어머니는 스웨터를 받고는 돈을 달라고 했다. 선이는 제 옷은 그만두고 하나 낳은 제 아들에게도 옷을 사 입히지 못하고, 외상으로 사다주면 고맙다는 소리도 듣지 못하나? 만나기만 하면, 돈 달라고 하니 언제 돈을 맡겨 놨나? 시어머니는 남들에게 며느리가 돈 주지 않는다고 욕만 하고 다니고 다른 며느리에게는 무서워서 말도 못하면서 오직 선이만 만만하다. 아기가 아파서 잠을 자지 않고 보채서 선이는 토하면서 밤을 새웠지만, 그는 들어오면 밥 먹고 극장에 갔다. 선이는 이 꼴 저 꼴 보지 말고 그냥 죽어버리고 싶었다. 아기를 생각하니 슬프기만 했다. 아무리 열심히 살려고 해도 그는 돈을 밖에서만 쓰고 집에 들여오지 않았다. 시집 사람들과 그와 아는 사람들과 친정 동기간까지, 오랜만에 보는 아는 사람들이 얼굴도 알아보지 못하게 빠짝 마른 선이의 돈을 빼앗을 생각만 했다. 아기에게 싸구려 옷을 사 입히고 머리를 깎아주었더니, 아이들이 당장 예쁘다고 안아주고 귀엽다고 했다. 시누이는 스테인리스 공기 열두 개 한 세트를 선이 이름으로 외상하고 갚지 않았다. 시누이와 동서는 계산도 하지 못하는지, 그가 오십만 원을 모아 놨다고 했다고, 별스럽게 들볶는다. 당장 이가 아파 밤을 새우면서 병원도 가지 못하고 쌀과 연탄이 떨어져서 걱정 되는데, 월급타면 다 쓰고 오고, 부수입은 어디다 쓰고 오는지 없다고 했다. 몸은 아프고 세상이 귀찮아 죽고만 싶다. 시집을 때 가지고 온 파자마도 시어머니가 달라고 해서 주었더니, 그나마도 아쉽다. 먹지 못하고 토하기만 해서 움직이기도 힘 들은데 핑계를 만들어 괴롭혔다. 선이가 누워 있으면 그는 먼지가 있다고, 청소를 하지 않았다고 잔소리를 했다. 그는 장가를 잘 못 들었다. 선이는 미안했다. 몸도 마음도 건강하지 못한 선이는 남편에게 아들에게 죄만 짓고 있다. 이런 인간은 진작 없어져야 하는데, 죽기가 쉬운 일도 아니었다. 지긋지긋한 세상이 무엇이 그렇게 좋다고 착한 남편까지 괴롭히면서 살아가고 있나 모르겠다. 그를 좋아하는 여자가 있었다면서, 그 여자와 결혼했으면 좋았을 것을, 왜 하필 싫다는 사람을 택해서 그가 고생하고 있다고 선이는 생각했다.

결혼하고 얼마 되지 않아 그가 가슴이 아프다고 난리를 치기에 병원에 가서 x레이를 찍었더니, 갈비뼈 두 개가 없고, 종양이 생겨서 그것이 크면 암이 되는 것이라고 해서 좋다는 약은 다 해 주었다. 태권도를 하다가 사범에게 맞아서 갈비가 없어졌다고 했는데, 선이가 병원에 데리고 다니고 별별 약을 다해 주었더니 그 이후로 아프다고 하지 않아서 치료가 다 된 것으로 알았다.

얼마가 지난 뒤에 다친 가슴이 불룩하게 나왔고 아프다고 했다. 병원에 갔더니 늑골종양이라고 하면서 그냥 두면 암으로 번질 수도 있다고 했다. 또 다른 병원에 갔더니 시험대상이라고 입원하라고 했다.

사람들이 염소가 좋다고 했다. 망설이다가 안집에서 돈을 빌려 시어머니와 같이 가기로 했다. 시어머니는 자기 작은 동생네 가자고 하고는 일어나지도 않았다. 선이가 짐을 챙기고 가보지도 않은 곳을, 기차타고 먼촌이라는 곳에 내려서 얼마를 걸어갔다. 시어머니는 자주 갔다면서 잘못 알려주어 주소도 없이 아기를 업고 이 동네 저 동네를 헤매느라 고생했다. 정말 너무 미련하니까 힘든 것이 한두 가지가 아니었다. 배울 것은 없고 배워서는 절대로 안 되는 것뿐이었다. 다시 얼마를 걸어 나와 버스를 타고 내려서 푸른들 장날이라 작은 숙모를 만나서 십리가 넘는 길을 아기를 업고 걸어서 갔다. 고향 사람들은 선이가 너무 말라서 알아보는 사람이 없었다. 선이를 알아보는 사람은 어쩌다가 이렇게 되었느냐고 했다. 사실 부끄러워 사람들 만나기가 싫었다. 당장 남편 약을 해주기 위해 염소를 사려고 오일장이 선다는 곳은 안 가본 곳이 없었다.

장터에서 친척 오빠를 만났다. '니가 어쩌다가, 어쩌다가' 소리만 했다. 토하고 먹지도 못하면서 오일장마다 다 다녔지만, 아무 곳도 염소가 없었다. 이 사람 저 사람에게 알아봤더니 시오리쯤 가는 나페에 가면 염소 키우는 사람이 있다고 해서 버스가 없어 산길을 걸어 선이는 어머니와 같이 찾아갔다. 산 언덕배기에 기다시피 올라가서 염소 사러 왔다고 했다.

"우리가 먹으려고 키운 것이라 팔지 않아요?"

"어쩌나요? 꼭 사가지고 가려고 여기까지 왔는데 큰일 났네요?"

기진맥진해서 그냥 쓰러져 앉아 눈물이 주르륵 흘렀다. 염소주인이 선이를 물끄러미 쳐다보고만 있다가 한참 만에 말했다.

"에이, 내가 먹으려고 키운 것인데, 새댁을 보니 이것을 팔지 않으면 내가 죄를 짓는 것 같아 할 수 없이 팔아야겠네요. 금방 죽을 것 같은 새댁을 보고 할 수없이 파는 것입니다. 부디 먹고 건강을 챙기세요."

"네에. 정말 고맙습니다. 고맙습니다."

선이는 너무 고마워서 엎드려 큰 절을 했다. 정말 고마운 분을 만나 염소를 샀다. 파는 것만도 고마워서 달라는 값을 아무 소리 하지 않고 주었다. 염소는 친정어머니가 끌고 왔다. 갈 때 중학교 동창을 만났는데, 바짝 말라 금방 죽을 것 같은 얼굴을 보이는 것이 정말 창피했다. 선이 어머니가 염소를 잡아서 큰 솥에 고아서 큰 그릇 두 개에 담아주셨다. 작은 숙모의 눈총이 심했지만, 돈이 부족해서 많이 써주지 못하고, 구박이 심해 하루를 더 있기가 부담스러웠다. 어머니

날인데, 어머니에게 돈도 아무것도 사 드리지 못했다. 선이 어머니는 아기를 업고 염소 고운 보따리 두 개를 들어다 십리가 넘는 읍내 버스정류장까지 걸어서 들어다 주었다. 백 원을 드렸더니 그 돈은 받지 않고 박카스와 과자를 사 주었다. 전보를 치고 싶어도 돈이 없어 그만두고 버스 타고 다시 기차를 갈아타고, 한참을 걸어서 집에 왔더니 그는 처음으로 아주 잘해 주었다. 그는 지방에 사는 작은형이 병원에 입원했다고 빚을 얻어가지고 가보니 맹장수술을 해서 병원비를 내주고 왔다고 했다. 작은형은 자기 어머니가 죽으면 오지 않을 것이라고 말했다고 했다. 동생에게 미안하지도 않은 것 같다. 염소는 큰 솥에 넣어 쉴까봐 연탄불에 날마다 고아서 그에게 정성껏 주었다. 아궁이가 하나라 밥하고 찌개하고 물 데우고 다시 염소 솥을 올려놓고 날마다 데워야 했다. 무거워 간신히 들어서 연탄아궁이에 올려놓지만, 그는 도와주지 않았다. 맛보면 효험이 없을까봐, 선이는 한 모금도 맛보지 않았다. 그것을 먹고 그는 말랐던 살이 통통하게 찌고 가슴이 아프다고 하지 않고 불룩하게 부었던 곳이 들어갔다. 운이 좋았는지 그것을 다 먹고 난 뒤에, 시골까지 가서 그렇게 사려고 헤매어도 사지 못했는데, 어떤 사람이 염소를 끌고 사라고 하는 사람을 만났다. 두 말 없이 그것을 또 사서 큰 솥에 넣고 끓여 주었다. 있는 돈을 다 주어 염소를 사고 생활비가 없어 고생했다. 그것을 끓이면서 선이는 비위가 상했지만 토하면서 아침, 점심, 저녁으로 열심히 데워 주었다. 그는 밥도 먹고 약도 먹으려고 점심과 저녁에 빼먹지 않고 집에 왔다. 그 뒤로 x레이를 찍으면 늑막염을 앓은 흔적이 있다고 했다.

동서는 아이들을 시외숙모에게 맡기고 여행을 다녀왔다고 했다. 큰형과 동서는 선이네 돈은 **빼앗아** 가지만, 시외숙모에게는 아주 잘해서 시외숙모도 같이 동서 편을 들었다. 동서네는 선풍기도 사고 옷도 사 입었다고 들었다. 시어머니와 동서는 선이네 돈을 **빼앗지** 못해 안달을 했다. 선이는 너무 말라서 사람 같지 않고 무덤 속에서 나온 사람 같았다. 그는 기다려도 오지 않더니, 하루가 지나고 다음날 밤에 만취가 되어 들어와서 돈을 다 써서 신촌서 걸어왔다고 했다. 신촌은 왜 갔는지, 돈은 왜 다 썼는지 알 수 없는 말이다. 날이 갈수록 선이는 너무 힘들어 화장실에 가서 토하다가 어지러워 빠지면 어떻게 하나 걱정되었다. 밥은 먹기 싫고 다른 것은 돈이 없어 사지 못하고, 두부를 만들고 콩 찌꺼기인, 비지를 사다 먹었다. 그는 선이 먹을 것은 사다 주지 않았고, 큰형 집에 소고기와 계란을 사다주었다고 했다. 그는 제 시간에 들어오지 않고 밤중에 들어오더니 선이 꼴을 보고 '이제는 집구석에 들어오지 않아야겠다.' 말하고는 잔뜩 찡그리고 있더니, 말도 없이 나가버렸다. 선이가 거울을 들여다보니 해골 같았다. 집에는 동전 한 푼 없다. 나가서 사 먹으면 정말 좋겠다. 돈은 주지도 않으면서 반찬 없다고 하고 몸이 아파 간신히 외상으로 사다가 바치면 맛없다고 하고 별 핑계를 대서 괴롭혔다. 집에 와서 먹지 않으면 좋겠다, 안집 아줌마와 옆방 아줌마가 선이가 만든 반찬을 주면 맛있다고 어떻게 하는 것이냐고 물어봤다. 그는 반찬이 맛이 없는 것인지, 트집을 잡는 것인지 잘했다는 소리는 들어본 적이 없다. 선이는 오늘 당장 아들과 함께 죽었으면 좋겠다. 인생이 한심스럽기만 했다. 시집 식구들은 선이네 보다 월급이 훨씬 더 많고 맡긴 적도 없으면서, 돈 달라고 하는 사람뿐이다. 그는 사람들에게 돈 뿌리고 다니고 극장에 가 살면서 선이에게는 돈을 주지 않았다. 먹지도 못하고 몸은 가눌 수가 없이 어지러워 길에서 쓰러질 것만 같다. 옆집에 가서 말하기 싫은 것을 돈을 꾸어서 고기 사다가 볶았다.

장수무대 라디오를 듣다가 노인들이 정정한 것을 듣고 선이는 우리 아버지는 더 살 수 있었는데, 생각하면서 자기 설움에 울었다. 선이는 그가 무섭기만 했다. 밤에 아기가 울어서 달래보고 별짓을 다해도 그치지 않아 죽을까봐 겁이 났다. 새벽 두 시가 되었는데, 아기를 업고 병원 앞에 가서 얼마를 왔다 갔다 하다가 무서워서 들어왔다. 아기는 밖에 나가니 울지 않았다. 아기는 집에 와서 한 시간 쯤 자더니 또 울어댔다. 밤을 꼬박 새웠다. 그가 예식장 간다고 해서 아기가 아프니 일찍 들어오라고 했지만, 들어오지 않았다. 선이는 일찍 병원 앞에 가서 문이 열리기를 기다려 진료를 봤건만, 시원한 대답을 하지 않고 주사만 놓았다. 시어머니가 큰아들이 먹지 않는다고 반찬을 가지고 왔지만 남편도 먹지 않았다. 아기가 아파서 밤을 새웠다고 해도 못 들은 척 하고 아기는 쳐다보지도 않았다. 다시 안집 아줌마와 다른 병원을 갔더니 의사가 없었고 늦어서 다른 병원에 가지 못하고 그냥 왔다. 선이는 하루 종일 밥도 굶고 아기를 업고 달래고 내일 다른 병원에 가려고 생각했다. 일찍 들어오라고 했건만, 그는 밤 열두 시가 되어서 들어와, '우엑' 하더니 방안 가득 토해냈다. 선이는 오늘 먹지 못하고 아기를 업고 잠도 못자고서 먹은 물조차 왼 종일 토해낸 사람인데, 그 꼴을 보니 더욱 메스껍고 견딜 수가 없다. 설탕물을 타 다 주었더니 밖에다 집어던졌다. '쨍그렁' 박살이 나면서 그릇도 슬프게 우는 소리를 내는 것 같다. 그는 이내 골아 떨어졌다. 선이는 좁아터진 방에서 아픈 아기를 안고 앉아 기막혀서 울었다.

  아침이 되어 병원에 가야 하는데, 아줌마가 어디 갔는지 없다. 할 수 없이 시집에 갔더니, 동서는 말도 하기 전에 돈 없다고 하고 시누이 역시 돈 없다고 미리 말했다. 돈을 꿀 곳이 없어 병원에 못가고 아기는 선이 등에서 울기만 하고 선이 눈에서도 눈물만 쏟아졌다. 저녁에 안집 아줌마가 와서 천 원을 꾸어 주었다. 아기는 업어도 쥐어뜯는 듯 울어댔다. 불쌍한 모자는 그냥 고생하지 말고 죽었으면 좋겠다. 그는 양갱을 사오더니 아기 주자고 하니 혼자 다 먹고 딸기 사자고 하니 필요 없다고 했다. 선이는 현기증이 나고 아파서 누워 일어나지도 못하겠는데, 그는 눈을 감고 쳐다보지도 않았다. 선이는 기막혀서 이불을 뒤집어쓰고 서러워 울었다. 동서는 아기가 아파서 병원에 갈 돈 꾸어달라고 하기 전에 돈 없다고 딱 끊더니, 이튿날 투피스를 맞추어 입었다고 했다. 지난번에는 장롱을 샀다고 하더니 이번에는 투피스를 맞추었다고 했다. 작은형에게서 만 육천 원을 부치라고 전보가 왔다. 전에 몇 번을 빌려가고 갚을 생각은 하지 않고 또 빌려다 달라고 했다. 시집 식구들은 비싼 것들을 사고 잘 입고 잘 쓰면서, 바짝 말라서 걷기조차 힘들은 선이에게 가난한 쌀뒤주에서 쌀 퍼가듯이 박박 긁어 뺏어갔다. 선이의 피를 빨아먹는 거머리 같은 사람들이다. 큰형이 동네 여자와 놀아났다고 했다. 그가 듣더니 난리가 났다.

"뱃때기에 기름기가 들어가니 옛날 고생을 잊고 지랄하고 다니네. 그런 돈이 있으면 어머니 옷이라도 해드리지. 지 마누라는 누굴 믿고 살라고, 정신이 있는 새끼야…."

큰형에게 이 새끼, 저 새끼 별별 욕을 하고 형수가 불쌍하다고 하면서 꾸어준 돈 받으러 간다고 했다. 큰형에게 그렇게 말하는 것이 아니라고 했다. 아주 그는 제대로 된 사람 같다. 동서가 불쌍해서 볼 수가 없나보다. 큰형은 시어머니를 모시라고 하더라고 했다.

그는 날마다 늦게 들어오고 돈도 가져오지 않았다. 회사에 가는 날은, 점심을 집에 와서 먹으면서, 선이가 싫어하는 소고기찌개만 하라고 했다. 선이는 소고기 냄새만 맡으면 정말 견디기 힘들어 수돗가로, 화장실로 토하러 뛰어갔다. 가다가 중간에 토하기도 했다.

"소고기 말고 다른 것을 먹으면 안돼요? 제발 나 좀 살려줘요? 나는 소고기 냄새만 맡으면 토해서 죽겠네요?"

"살려달라구? 내가 언제 너를 죽였냐? 이놈의 집구석을 들어오지 말아야지, 먹고 싶은 것도 못 먹는 집구석에 뭐 하러 들어오나, 여편네가 서방이 먹고 싶다는 것도 해주기 싫다는 년을 왜 같이 사나. 더러워서 정말, 니가 되지는 거와 나와 무슨 상관이냐?"

욕하고 소리만 질렀다. 선이는 굶어서 먹은 것이 없으니 쓰디쓴 노란 물만 토했다. 한참 토하고 나면 어지러워 쓰러질 것만 같았다. 딸기를 사다달라고 했었건만, 선이가 먹고 싶다고 하는 것은 절대로 사주지 않았다. 아기나 먹고 싶은 것을 사다 주었으면 좋겠다. 안집 아줌마가 선이에게 지독한 여자도 다 봤다고 했다. 아줌마 같으면 일어나지도 못한다고 했다. 이 정도가 아닌데도 친정에 가서 꼼짝 않고 누웠다 왔다고 했다. 선이는 친정이 있어도 편하게 쉴 곳이 없다.

"시장에 이제 딸기가 없어지고 있는 것 같아요?"

들은 척을 하지 않아서 눈물이 나왔다.

"서방이 죽었나, 재수 없게 울기는…."

그는 욕만 퍼붓고 나가버렸다. 선이는 그를 죽이고 싶었다. 선이가 생각했던 결혼생활은 산산조각이 났다. 일본 놈들에게 위안부로 끌려간 여자들의 고통이 이랬을까 생각했다. 아무리 선이가 정성을 다해서 잘해 주어도 그는 선이에게 잘해 줄 마음이 없다. 제 자식에게도 잘해주려 하지 않았다. 그래도 칼 가지고 죽이지 않았으니 고맙다고 해야 했다.

아기가 재롱을 부렸다. 정말 예쁘다. '예쁜 내 아들아 제발 복 많이 받아서 훌륭한 사람이 되어 나처럼 살지 말고 행복하게 잘 살다가오.' 빌고 또 간절히 빌었다. 그는 자기 어머니를 모셔야 한다고만 했다. 선이는 언제 쓰러져서 일어나지도 못할지도 모르겠다. 배는 나오는데 입을 옷이 없다. 아기가 숨통을 막는지, 이제는 숨이 턱턱 막혀서 숨을 쉴 수가 없다. 이도 아프다가 한쪽이 뚝 떨어져 나갔다. 선이가 밤을 새워가며 배가 아파하건만 그는 못 들은 척, 자고는 아침에 눈을 떴다.

"어디 아픈 거야?"

"밤새 신음하는 소리를 못 들었어요?"

말없이 돌아 누워버렸다. 선이는 내가 잘못한 것인가 싶어 말을

두 번째 임신 143

걸었다. 그를 밥해서 먹여 내 보내고 배가 똘똘 뭉치면서 아파서 도저히 견딜 수 없어 병원에 갔더니, 의사가 하는 말이 임신부가 너무 무리해서 아기가 힘들어 내려앉고 있으며, 유산이 될 것 같다고 아무 것도 하지 말고 안정하고 몸조심해야 한다고 했다. 주사를 놓아주고 약을 주었다. 배는 계속 아프고 일을 하지 말라고 했지만, 도와주는 사람이 없으니 누워만 있을 수 없다. 그는 저녁에 들어와서 일 하지 말라고 하더라고 했더니, 아무 말도 하지 않았다. 친정에도 가야하는데 돈을 주지 않으려고 했다.

그는 선이를 식모 취급도 하지 않았다. 돈을 조금 쓰면 친정 식구들도 사람 취급도 하지 않을 것이라 심난하다. 여기가나 저기가나 선이를 생각해주는 사람은 없다. 배가 아프니 병원 약은 먹어야겠다. 이 아이는 숨을 쉴 수가 없이 답답하다. 숨이 차고 아랫배가 너무 아파서 돌아다닐 수가 없다. 그는 아기를 절대로 봐주지 않고 잠잘 때는 숨소리도 제대로 못 내게 하고 깨어나면, 극장에 가지 않으면 큰형네 집으로 갔다. 아기를 며칠만 봐 달라고 사정했지만, 자기 먹을 소고기 사러 간다고 나가더니 들어오지 않았다. 소고기도 선이가 냄새를 맡으면 토하고 난리를 내지만 돈도 주지 않고 사다 해라 했는데, 오늘은 사온다고 하더니 나가서 들어오지도 않았다. 무서운 고문이다.

아파서 병원에 한 번 더 가고 싶다. 그에게 닭 한 마리만 사달라고 했지만, 그는 사오지 않았다. 나가서 불고기와 소주를 먹고 시어머니에게 돈을 주고 왔다고 하면서, 선이에게는 닭 한 마리 사주면 안 되나 보다. 가슴이 답답하고 숨이 막혀서 살 수가 없다.

　시어머니가 동서 생일에 오라고 했다. 가고 싶지 않다. 이번에도 굉장히 잘 차린다고 소문이 났다. 임신한 사람에게 미리 와서 차려주지 않았다고 욕하고는 갈비 한 쪽 주지도 않고 선이 생일에는 얼굴도 보이지 않은 사람인데 이번에는 또 무슨 구박을 받으러 가나. 그에게 동서가 선이를 너무 무시한다고 했더니 그는 성질을 냈다.

　"맞잖아요?"

　"그만두고 자빠져 자."

　무서워서 아무 소리 못하고 울었다. 남편이라는 사람이 저러는데 누가 선이를 사람 대우 해주나 생각하니 슬펐다.

　"울 테면 밖에 나가 울어, 우는 꼴, 꼴도 보기 싫다."

　다시는 저 인간 앞에서 울지 않으리라 하면서 밤을 꼬박 새워 울었다. 그는 돌아누워 잠만 잤다. 새벽 세 시가 되어 차비를 하고 아기를 업고 나가니, 그때서야 일어나 아기를 안아다 주었다. 친정에 가서 죽어버리고 싶다가 죽으면 안 되지 생각했다. 눈은 밤새 울어서 퉁퉁 부었다. 아기가 순하다고 사람들이 말했다. 친정에 갔지만, 작은 숙모 눈총에 편하게 쉴 수도 없다. 아기가 밥을 먹지 않아 몸이 약해서 걱정이다. 선이는 가슴이 답답하고 숨이 차서 밥 먹을 수가 없고 배도 아파 걸음도 걷기가 힘이 들었다. 이렇게 아프고 딸을 낳으면 큰일이다.

　꿈자리가 좋지 않다고 하면서 어제 나간 그는 오늘 저녁때가 되어도 들어오지 않았다. 걱정이 되어 아기를 업고 마중을 나가서 길에서

서성였다. 밤중이 되어 술이 잔뜩 취해서 당신 볼 면목이 없다고 했다. 친구를 만나 이야기하다보니 통행금지 시간이 되어 경찰서에 끌려가 오늘 열한 시에 나왔는데, 이 사람 저 사람에게 돈을 많이 꾸어서 간신히 나왔다고 했다. 내일은 나가지 않을 것이라고 하더니, 자고 일어나 아침밥을 먹고 어디를 가는지 나갔다. 회사에 나가지 않으면 돈도 들여오지 못한다. 시아버지 꿈을 꾸면 언제나 좋지 않은 일이 있다. 그의 말을 무조건 믿었지만, 모르는 일이다. 술집에서 자려고 하다 나왔다고 했으니, 혹시 그 짓하다 붙잡혔는지 알 수 없다. 왜냐면 그 짓하다 붙잡혀 온 사람도 있더라고 했다. 당신 볼 면목이 없다고 했다. 그렇게 믿고 싶지 않다. 그는 날마다 어디 가서 늦게 들어왔다. 선이는 아픈 몸으로 밥 하고 찌개를 끓여놓고 기다리지만, 그는 선이의 고통은 생각하지 않았다.

　선이는 꿈에 고추가 주렁주렁 열린 것과 호박 넝쿨이 무성한 것을 보고, 친정어머니가 보석 박힌 반지를 끼워 주는 꿈을 꾸었다. 지금까지는 혹시 아들일까 했는데, 딸일 것 같다. 또 꿈에 당근을 그 중에서 제일 큰 것으로 두 뿌리 캐어 왔다. 주위가 벌레들이 있지만, 두 뿌리는 괜찮았다. 몸은 밥을 먹지 못하고 숨이 차서 죽을 것 같은데, 큰일 났다. 아침에 밥 해 놓고 아기를 업고 남편 마중을 나가지만, 제시간에 들어오지 않고 술에 취해서 오면서 돈은 주지 않았다. 며칠 전 경찰서에서 자고 왔다고 한 날, '다시 또 내가 술을 먹으면 현우 새끼다' 하면서 술 먹지 않는다고 다짐하더니 그 이후로도 날마다 술 먹고 늦게 들어왔다. 날마다 벌어오는 돈으로 사는 직업이면서, 오히려 선이에게 돈을 달라고 했다. 어려서 고생했다는 사람이 생각이 있는 사람인지 모르겠다. 큰형은 돈을 잘 쓰고 가전제품도 잘 사면서도 영등포에 사는 시누이에게 한 달에 만원도 넘게 곗돈을 넣는다 하고, 다른 데도 곗돈을 붓는다고 했다. 선이는 그만큼 돈이 들어오지도 않는데, 그는 잘 쓰는지 모르지만, 선이에게는 주지 않았다. 형들은 잘 쓰고 잘 먹으면서 선이네 돈 뜯어갈 궁리만 하는 것 같다.

이가 아파 미쳐 죽겠는데 아기는 식전부터 울고 짰다. 그는 남의 집에서 아기 울린다고 봐 주지도 않으면서, 선이에게 야단쳤다. 아기를 달래다가 밥을 태웠더니, 그는 밥 태웠다고 신경질을 냈다. 선이는 울면서 아기를 달랬지만, 아기는 그치지 않았다. 주인 아줌마는 아기 울리지 말라고 했다. 정말 미칠 노릇이다. 시어머니는 약을 사다 달라고 해서 사가지고 갔더니, 누가 약 사오라고 했느냐고 돈이나 달라고 했다. 선이는 이가 아파도 병원도 가지 못하고 약도 사먹지 못하고 밤을 새웠다. 그는 곗돈 준다고 나갔다 오더니 누구를 꾸어주었다고, 선이에게 있지도 않은 돈을 달라고 했다. 남들이 남편이 살이 쪄서 예쁘다고 했다. 선이는 너무 말라서 해골 같고 지옥에서 살고 있다. 어려서 고생했다는 그와 열심히 살아서 늙어서라도 행복하게 살아야겠다고 다짐했는데, 지금은 무어가 무언지 모르겠다. 그런데 잠깐 수도에 물 받으러 간 사이에 아기가 다리미 있는 마루로 가서 발을 데었다. 병원에 가면서 숨이 차고 힘이 들어 그에게 같이 가자고 했더니 신경질만 부려서 혼자 갔다. 병원에서 약을 바르는데 아기가 울어서 같이 울었다.

선이는 그의 비위를 맞추기 위해서, 그가 없는 날 일을 하고 그가 들어오는 날은 가능한 일을 하지 않았다. 남들처럼 아기가 아플 때, 같이 가자고 하면 핀잔하지 말고 병원에 같이 가주면 얼마나 좋은가. 아기 낳았을 때, 너무 힘들어 죽고 싶다고 했더니 누가 죽지 못하게 했느냐고 하던 생각과 자살을 하려고 약 먹었을 때, 의사를 데려다 살려놓고 시어머니와 둘이서 왜 죽지 않고 살았느냐고 했던 생각이 났다. 집에 와서 아기가 아파하는 것을 보고 선이가 울었더니 그가 더 울렸다.

"끄떡하면 아무것도 아닌 것 가지고 울고, 그렇게 짜기만 하면 될 일도 안 된다."

소리를 질렀다. 그 뒤로 그와 선이는 말을 하지 않았다. 선이는 눈물이 흐르는 것을 참으면서 아기를 업고 나가서 길을 한 없이 헤매었다. 도저히 더 이상 걸을 수 없어 집에 와서 쓰러졌다. 이제는 숨통이 막혀 누울 수도 없고, 허리와 다리가 아파 말을 할 수도 없다. 눈물이 나오려고 해서 입술을 깨물었다. 밤을 꼬박 새웠다. 아기는 열이 오르고 가려워서 긁으려고 하고 선이는 걸음을 많이 걸어서 몸이 정말 괴로워 견딜 수가 없다. 그는 그러거나 말거나 한 마디 말없이 색색거리면서 잘 자고 나갔다. 선이는 일어날 수도 없이 힘들었다. 이것은 사람 사는 것이 아니라 아귀지옥만 같다.

선이는 셋방을 옮겼다. 그곳에 갔더니 밤에만 물이 나왔다. 그는 한 번도 물을 받아주지 않았다. 삼촌이 이사를 한다고 하필이면, 선이네 가까운 곳으로 오면서 돈이 없다고 선이에게서 돈을 빌려갔다.

좀 더 큰 방을 얻어가려고 했는데, 삼촌이 빌려달라고 해서 다시 작은 방으로 이사했다. 삼촌이 그렇게 돈을 잘 벌어왔건만, 돈놀이 한다고 다 떼이고는 돈이 없다고 한다. 남에게 꾸어주고 받지 못하고, 이자를 얻어다 돈 놀이 한다고 받지 못하고, 숙모가 얻어온 돈은 이자까지 꼭 갚았다.

남들은 그 회사에 들어가면 다들 집을 사지만, 전세 얻을 돈도 없이 삼촌네는 빚 투성이었다. 숙모가 삼촌에게는 그 집들은 시집에서 집 사주었다고 했다. 가난한 집에 시집와서 고생한다고 삼촌에게 말하면, 삼촌은 숙모의 거짓말에 속고 숙모를 불쌍하게 생각하는 사람이었다. 숙모는 왜 하필 선이네 동네로 이사를 오는가? 이사한 집 주인 아줌마도 아기 엄마를 이해해 줄 사람은 아니었다. 예정일이 다가오니 아기 낳기 전에 빨리 김장을 하려고 배추를 사다 놨는데, 삼촌이 왔다.

"이 사람은 어디 갔니?"

"극장에 갔겠지요."

"김장은 누가 하고."

"지가 해야지요."

"너무 한다."

너무 하는 줄 이제서 알았나?

두 번째 아들

두 번째 아들

 밥해 줄 사람을 말해 놨더니, 그가 시집에서 해 준다고 했다고 취소하라고 했다. 아기를 낳았는데, 시집 식구는 밥해 주러 오지 않았다. 삼일 째 되는 날, 시외숙모가 왔다.
 "아이구, 고추가 왜 이렇게 못생겼어. 우리 손자는 고추가 하얗고 이쁜데. 이러면 명이 짧다는데."
 밥한 끼 해주지 않고 악담만 하고 갔다. 선이는 아무것도 몰라서 왜 고추가 못 생겼나. 예쁘게 생기지. 속이 상했다.
 그는 밤에 나오는 물 한 번 받아주지 않고, 아기가 밤을 새우며 우는데 아기 울린다고 난리만 쳐서, 좁은 방에서 아기를 안고 그를 밟지 않으려고 왔다갔다 동동거리면서 밤을 새웠다. 낮에는 언제나 그는 극장에 갔다. 낮에는, 그의 밥을 해줘야 하고 **빨래**를 해야 했다. 사흘 밤을 새우고 나니, 죽을 것만 같았다. 그래도 그는 밤에 아기가 운다고 선이를 죽일 듯이 욕했다. 안집 아줌마도 신경이 예민해서 아기 울음소리를 들을 수 없다고 했다. 아기를 안고 서서 닷새 밤을 새우고 나니 정말 정신이 어떻게 될 것만 같다. 앞이 잘 보이지도 않았다. 잠 못 자게 하는 고문이 있다고 들었는데, 이제는 정신이 제 정신이 아닌 것 같다. 낮에 아기 젖 먹이느라고 누운 사이에 두 돌 된 아들 현우가 보이지 않았다. 아기를 내려놓고 찾아보니 보이지 않아 골목길을 달리는데, 아기 업은 할머니가 현우 손을 잡고 와서 야단 쳤다 .

"아니, 아이 안 보고 에미가 뭘 하는 거야? 정신 차리지 않구, 잃어버리면 어쩌려구 ."

"고맙습니다. 잘못했습니다."

현우 손에는 시장바구니를 들고 있다. 할머니에게 엄마 찾아달라고 하더란다. 그는 극장에 갔다 와서 현우를 잃어버릴 뻔 했다고 하니 아이 안보고 뭐 했느냐고 했다. 가까운 곳에 친정도 시집도 살았지만 아무도 밥 한 번 해주는 사람은 없었다.

선이는 하혈을 해서 기저귀를 수 없이 갈아야 했다. 아이 낳고 엿새가 되었다. 잠 못 자고 아기 안고 서서 뛰어서 그런지, 그날은 하혈이 심해서 일어나기도 힘들어 철퍼덕 어쩌지 못하고 앉아 있는데, 그가 웬 여자를 데리고 와서 빚을 얻어다 주라고 했다. 이종사촌 누나인데 딸이 대학등록금이 없다고 했다. 가끔 와서 트집을 잡아 선이를 울리던 이종사촌 시누이의 언니라고 했다.

"지금 하혈이 심해서 움직일 수 없어요?"

"나를 위해서 가서 얻어와?"

"나 지금 돌아다닐 수가 없어요."

"뭐야. 이년이 남편이 부탁하는데 안 들어, 못 일어나. 이 누나가 어떤 누나인 줄이나 알아? 큰 병원 간호사였어."

그러면서 선이를 일으키고 때리려고 했다. 큰 병원 간호사하고 선이하고 무슨 상관이 있나. 맞아죽을 것 같아 일어나서 산꼭대기에 사는 돈 놀이 하는 아줌마네 집에 진눈개비 맞아 가며 눈물인지 빗물인지 얼굴을 흠뻑 적시면서 갔다. 이만 원을 빌려다가 주었다. 그 여자는 그 돈을 받고 고맙다는 인사도 없이 갔다. 선이는 다닐 수가 없는데, 높은 데까지 걸어갔다 왔다. 죽을 것 같이 아프더니 기저귀를 찼는데도 피가 다리와 양말까지 젖었다. 그는 그런 선이를 쳐다보지 않았다. 밤새 앓았지만 죽지는 않았다. 이튿날, 큰형 고향친구라는 사람을 데리고 와서 집에 있는 돈 다 내놓으라고 했다. 가만히 있었더니 여기 저기 뒤져서 쌀값도 남기지 않고 있는 돈 다 털어 그 사람 주었다. 다음에 갚는다고 하면서 가지고 갔다. 선이가, 나는 무엇 먹고 사느냐고 하니까 그가 굶어 죽지 않는다고 했다. 지금까지 그가 얻어 준 돈을, 갚는 사람은 구경 못 했다.

낮에도 아기가 울면 주인 아줌마가 시끄럽다고 해서 아기를 업고 바람이 쌀쌀하게 부는 추운 겨울에 갈 곳이 없어 그곳도 가고 싶지 않지만, 삼촌네 집으로 갔다. 저녁때가 되어 어디 나간 남편 밥하러 집에 오는데, 그날도 오다가 술이 잔뜩 취해서 비틀거리며 오는 그를 만났다.

"여편네가 남편이 집에 들어오지 않았는데, 집구석에 있지 않고 마실이나 다니고 있어. 세상 말세다."

선이는 어떡해야 잘하는 것인지 알 수가 없었다. 갈 곳도 없는 여자가 돈 주고 얻은 집에서도 편안히 누울 수도 없다. 밤에는 언제 물이 나올지 몰라 기다리다가 그것도 주인이 물을 받고 난 다음에 물을 받아야 되는데, 그는 절대로 물 한 번 받아준 적 없다. 방은 너무 추웠지만, 시골에서 농사지은 솜으로 두껍게 한 무거운 이불을 덮고 잤다.

밤중에 안집 딸이 엄마가 죽었다고 난리가 났다. 아버지가 노름을 해서 돈을 많이 잃었다고 약을 먹었다고 했다. 그는 달려가서 자기만큼이나 큰 아줌마를 업고 병원에 갔다. 힘들었을 텐데, 안집 아줌마가 불쌍하다고 했다. 다행히 살아났다. 그는 남에게는 착한 사람이다.

선이는 그렇게 피를 쏟고도 죽지 않고 살았다. 아들을 낳았다는 기쁨에 밥도 맛있게 먹었다. 선이가 입으려고 스웨터를 짰는데, 시어머니 주고 시외숙모 손자 백일에 금반지를 사다 주었다.

첫 번째 집

첫 번째 집

  토끼 길러 이자 놓았던 돈을 오랜만에 이자와 함께 꽤 많은 돈을 받았다. 삼촌에게 빌려준 돈을 달라고 했더니, 좋지 않게 말하면서 본전을 받았다. 애당초 이자는 생각지도 않았다. 하기는 시집에서 가져가면 절대로 주지 않았고 오히려 돈 달라고 하면, 돈은 주지 않고 때리고 욕만 했다.
  방 두 칸이 있고 가운데 대청이 있고 마당이 있는 집을, 방 하나를 세를 놓고 삼십구만 구천 원에 샀다. 큰형에게 전세 얻었다고 말하라고 그에게 말했다. 자기 입으로 입이 무겁다는 그는, 당장에 가서 동서에게 집을 샀다고 말했다. 이사 나가면서 보니 화장실을 개조해서 방을 만들어 세를 놓았던 집이었는데, 장롱에 있는 이불이 곰팡이가 오 센티미터도 더 길게 핀 긴 곰팡이가 하얀 것도 있고, 검은 것도 있었다. 선이가 얇은 여름 이불 말고 겨울 이불만은 굉장히 비싼 양단으로 세 채를 했었다. 금빛이 나는 정말 화려한 양단이 다 찢어졌고 색깔이 변했다. 녹색 이불도 곰팡이에 썩어서 찢어지고 고왔던 빛깔이 없어졌다. 덮고 있는 이불만 멀쩡했다. 눈물이 나왔다. 이사하는 날 아무도 오지 않았다. 며칠 지나서 시골 작은형이 찾아왔다. 이렇게 튼튼하지 못한 집을 형에게 말도 하지 않고 샀다고, 얼굴에 핏대를 올리면서 나무라고 갔다. 다음날, 느닷없이 큰형과 시누이, 이종사촌형과 동서들, 모두 여덟 식구가 왔다. 들어오면서 당장 욕부터 하기 시작했다. 아무것도 사온 것은 없고 훼방을 놓으려고 온 사람들이다. 그냥 앉으시라고 하면서 밥을 안쳤다. 어떻게 알고 회사에 갔던 그가 들어왔다. 그때부터 싸움이 붙었다. 말 없는 선이에게 선이 년이라고 그의 큰형이 제수인 선이에게 말했다.

"어떻게, 선이 년이 뭐예요?"

동서 있는데 말했다.

"그럼 선이 년이지 명월인가?"

동서도 같이 거들었다. 선이는 말리려고 했지만, 마음먹고 싸우려고 온 사람들을 말릴 수 없었다. 어떻게 알고 왔는지, 숙모가 와서 말리는 척 했다.

"아이구, 철이 없어서 그러니 참으세요?"

또 착한 척이다. 왜 숙모는 집 사가지고 온 곳 까지, 옆으로 이사 와서 선이가 당하고 있으니 신바람이 났다. 난리를 치고 그들은 이종사촌시누이네로 갔다. 밥은 한 솥 했는데, 먹을 마음도 없다. 성냥 한 갑 사오지 않고, 그에게 욕하다 말없는 선이에게 대들었다. 그래도 그들에게 택시비를 주었더니, 그것은 받아가지고 갔다. 다음날, 삼촌네 갔다.

"니가 진짜 잘못했다."

"지가 뭘 잘못 했는데요?"

"시집 식구가 왔으면 밥은 해줘야지. 밥도 해주지 않았다면서."

다짜고짜 선이 말은 듣지도 않고 물어보지도 않고 나무라기만 했다. 숙모가 또 무어라고 거짓말을 했는지 그동안 얼마나 욕을 했으면 무조건 그런 말을 하나 모르겠다.

"누가 그래요? 당장 지금 가서 밥이 얼마나 있나, 가 봐요? 밥하는데 일부러 그냥 갔는데, 지금 저는 속이 상해 먹지도 못하고 밥 한 솥 단지 있으니."

"당신 왜 거짓말 했어?"

"난 그냥 밥하지 않은 줄 알고…."

"제대로 보고 말해야죠. 관둬요. 저 때문에 싸우지 말아요?"

숙모는 전세 얻을 때, 이자 없이 선이 돈으로 방을 얻고도 하필이면 선이가 이사 가는 곳으로 따라다녔다. 선이는 숙모의 비밀을, 삼촌에게 말하지 않고 숨겨 주었건만, 선이를 궁지에 몰아넣은 적이 한두 번이 아니었다. 집 산 것이 질투가 난 숙모는 이런 동네에 누가 집 사느냐고, 남들이 다 말하더라고 했다. 숙모는 남에게 돈을 수없이 떼이고 집을 사지 못하고 이런 동네에 전세로 살면서 하는 소리다.

삼촌이 돈 잘 벌어올 때는, 이자 놀이 한다고 다 없애고는 남의 남편이 얼마를 벌어온다고 하면 울면서 자기는 남편이 돈 못 벌어서 고생한다고 했다. 그러면 삼촌은 자기가 벌어온 돈을 어떻게 없앤 줄도 모르고 숙모를 달래느라고 애를 썼다.

그는 시집 식구들 다 모인데서 빌었다고 했다. 뭐라고? 왜 빌었는지 모르겠다. 그는 자기 큰형과 형수가 다녀간 뒤로 집을 빨리 팔라고 날마다 선이를 볶았다. 어떻게 산 집인데 자기 돈으로 산 집도 아니면서 그는 자기 마음대로였다. 그러게 왜 전세라고 하라고 했더니, 금방 가서 집 샀다고 해서 이런 욕을 먹는지 모르겠다.

"왜 죄지었어. 거짓말을 왜 해?"

그러면 선이가 산 집을 왜 팔게 하고 욕을 먹게 하나? 그리고 하루는 큰형네 가야한다고 해서 심상치 않아 가지 않는다고 했더니, 잡아죽일 듯이 해서 할 수 없이 갔다. 갔더니 칼을 들고 큰형이 그를 죽인다고 했다. 무서워서 선이는 벌벌 떨고 있는데, 큰형은 선이에게도 욕을 했다. 선이가 과자와 과일을 사가지고 갔는데, 동서가 쓰레기통에 집어넣었다. 그렇게 당할 줄 알면서, 자기나 가지 왜? 꼭 그는 선이를 데리고 가는지 모르겠다. 집에 와서는 또 그는 선이에게 성질을 부렸다. 선이는 무슨 죄를 지었나? 알 길이 없다. 집을 사고 시집 식구가 괴롭히고 친정 숙모까지 괴롭혀서 힘들어 죽겠는데, 그는 돈은 주지 않고 반찬 타박만 했다. 아기는 안아주지 않으면서 현우가 밖에 나가고 싶어 해서 젖먹이 데리고 힘들어 하니 아기를 나가지 못하게 하라고 소리만 질렀다. 선이는 어지러워서 쓰러질 것 같은 몸으로 반찬 타박을 하면, 죄지은 사람처럼 벌벌 떨면서 그가 없을 때 혼자 울었다. 자기 자식을 낳은 사람인데, 종살이 하는 사람에게도 이렇게 못되게는 하지 않을 것 같다. 설사를 하고 배가 아픈데, 그가 큰형네 가자고 또 했다. 큰형이 선이에게 말 할 것이 있다고 해서 아파서 못 간다고 하는데, 그는 선이를 개처럼 끌고 갔다. 또 무슨 일인가 겁이 나서 고기와 과자를 사가지고 가서 조카들을 안아주었다. 큰형은 파자마만 입고 누워 있다가 갈아입지도 않고 그에게 죽여 버린다고 유리상자로 내려쳤다.

"니 삼촌을 데리고 와?"

그의 큰형이 선이에게 입에 담기 어려운 욕을 했다. 선이는 어려서부터 이런 일을 본 적도 들은 적도 없어서 벌벌 떨기만 했다.

"불쌍년 같으니라고."

양반이라고 큰소리치는 동서도 같이 욕을 했다. 첩의 딸인가? 하는 짓이 양반 같지가 않다. 가지 말자고 사정했는데, 왜 가서 이렇게 당하느냐. 선이가 집을 산 것이 그렇게도 견디지 못하게 속이 상한 모양이다. 이유 없이 트집을 잡았다. 억지로 말려서 그를 데리고 집으로 왔다. 그는 분해서 못살겠다고 하면서 술을 사다 먹었다. 가만히 있지 않는다고 해서 형이니 참으라고 했다. 큰형이 회사에 와서 선이에게 나쁜 년이라고 욕을 해대서 갔다고 했다. 대대손손 선이에게 욕할 것이라고 했단다. 선이는 너무 아파서 누웠다. 약을 사온다고 하기에 과일 통조림을 사다달라고 해서 통조림 물을 먹었더니, 가슴이 트인다. 집에 왔지만 언제 또 쳐들어올지 불안하고 무섭기만 했다. 그들은 잘 먹어서 살이 포동포동 쪘다. 부부가 같이 그를 때렸다. 큰형은 몽둥이로 때리고 동서는 손으로 때렸다. 그를 죽일 것만 같았다. 선이는 말리지도 못하고 그 욕을 다 먹으면서 쳐다만 보고 몸을 떨었다. 정말 무식하고 몰상식한 상것들이다. 그렇게 하고도 부족해서 말없이 떨기만 했던 선이에게 욕했다고 뒤집어 씌웠다. 선이는 욕을 할 줄 모르는 사람이다. 기가 막혔다.

그러는 중에 세든 아가씨가 이사를 갔다. 아이들에게 정말 잘해주었는데 경황이 없을 때, 이사를 해서 아무것도 해주지 못했다. 잘해주고 싶었는데, 서운했다. 그 아가씨는 부모가 없고 당숙이 있는데, 서울에 살면서 아주 잘해준다고 했다. 과일 도매하는 당숙네 가면 과일을 가지고 와서 선이네 아이들에게 주었다. 참 고마운 아가씨였다.

그가 회사에 가서 싸울까봐 불안했다. 그는 지긋지긋하다고 집을 빨리 팔라고 했다. 하루도 편안히 살지 못하겠다고 했다.

"이까짓 집을 왜 사가지고 사람을 들볶이게 하냐구?"

"그러니까 왜 집을 샀다고 하랬어요?"

"왜 거짓말을 해, 죄 졌어."

밑지고라도 빨리 팔라고 했다. 그냥 버리고 싶다고 했다. 그가 미련해서 선이는 정말 힘들다. 집 샀다고 하지 말고 전세라고 하라니까, 자기 집을 도둑놈 취급한다고 선이에게 욕하고는, 집을 샀다고 해서 이렇게 당하고 있다. 지금까지 당했으면 거짓말을 해도 되련만, 왜 죄 없는 선이까지 이렇게 괴롭힘을 당하게 하는가. 앞으로도 선이 말을 듣지 않을 테니 걱정이 되었다. 선이는 그렇게 못되게 해도 잘하려고 노력했다. 그러나 그것이 받아지지 않았고, 그는 미련한데다가 성질은 사나워서 살아갈 것이 걱정되었다. 꿈에 브라자와 팬티만 입은 여자를 보면서 그가 저 여자가 좋다고 했다. 그는 늦게 들어와서 동서의 작은 엄마가 죽었다고 부조하고 왔다고 했다. 아기가 아파 병원에 가야 하는데, 그는 선이와 아이들 걱정은 하지 않았다. 돈은 어디다 쓰고 다니는지 선이에게는 주지 않았다, 시외숙모의 생일에는 뭘 사다주어야 하는데, 돈을 주지 않으니 선이만 욕먹게 생겼다. 선이는 아버지 제사인데 얼마를 줄 거냐고 했더니, 이천 원을 준다고 해서 장례 때 만원 주었다고 해서 욕먹었는데, 그들은 친정에 돈 많이 쓰는 줄 알고 있을 것을 그것만 주느냐고 했더니, 소리를 지른다.

　윗집에서는 축대 밑에 있는 선이네 뒤 곁에 설거지물을 버려서 거기에 버리지 말고 하수도관을 묻어서 길로 빼라고 했더니, 오히려 그 집 식구들이 다 나와서 윗집에서 아랫집으로 버리는 것이 정당하다고 난리를 치지만, 그는 남의 집 싸움 구경하듯, 쳐다보기만 했다. 그 집은 선이의 설득으로 하수관을 묻었다. 그는 남에게는 아주 착했다.

　큰형 생일이라고 오늘 갔다가 내일 또 간다고 해서 내일 한 번만 가고 이불 빨래 해야 한다고, 아기 봐달라고 했더니, 아무 말 없이 나갔다. 선이는 바빠서 아기를 마루에 놓게 했더니, 장난감이나 아무거나 주워 먹었다. 그가 밥 먹고 올 것이라 바쁘게 일하고 있는데, 큰형과 동서가 구경 갔다고 그냥 와서는 밥 빨리 해 달라고 독촉했다.

　선이에게 잘 해주던 동네 아줌마에게 갔다 왔더니 세 살던 춘희

아가씨가 왔다. 정말 반가웠다. 아이들이 너무 좋아했다. 곗돈 타러 왔다고 해서 타가지고 우리집에서 자고 가라고 했더니, 남에게 폐 끼치는 것을 싫어하는 사람이라 열두 시까지 불을 켜놓고 기다렸건만 오지 않았다.

남들은 아버지가 되고 퇴근 할 시간이 되면, 자식이 보고 싶어 빨리 집에 온다고 했다. 그는 선이에게뿐 아니라 아들들에게도 잘하려고 하는 것을 본 적이 없다. 선이는 배가 고픈데 그는 오지 않고, 아들은 아버지에게 가자고 했다. 선이는 그에게 화가 났다. 아버지라는 사람이 안아주지도 않는데, 아들은 아버지를 찾았다. 그가 퇴근해서 오면 아이들은 반갑다고 쫓아가지만 그는 매정하게 아이들을 뿌리쳤다. 그래도 아이들은 아버지를 찾았다. 그는 밤이 되어도 오지 않았다.

우물에서 노인들이 선이 보고 얌전하다고 저런 며느리를 얻어야 한다고 했다. 시집 식구들은 선이에게 망신을 주려고 떠들고 갔건만, 동네어른들은 좋게 봤나 보다. 그는 날마다 술이 취해 들어와서 왜 술 취해 오느냐고 물었더니 건방지게 묻는다고 했다.

"먹고 싶어서 먹었다. 왜?"

화를 내고 잤다. 선이가 잘못한 것인가 보다. 따지면 안 되는 것인가 보다. 자고 일어나더니 향군 훈련 간다고 했다. 며칠 전에 했지 않느냐고 했더니, 그때는 하지 않았다고 했다. 그럼 어디 갔다가 밤중에 왔나? 도대체 무조건 다 믿어주는 선이를 아주 병신 취급하고 날마다 거짓말뿐이다.

선이 아버지 제사에 그는 가지 않고 선이만 갔다. 선이 부모님이 마련한 그 많은 땅을 팔아서 사업을 한다고 삼촌과 숙모가 나가고 아이들은 선이 어머니가 다 길러주었다. 그들은 사철 여행도 잘 다니고 영화관도 가지만, 선이 어머니는 남은 땅의 농사일까지 해야 했다. 선이 어머니는 길쌈해서 생활비를 보탰고, 아까워서 돈을 쓰지 못했다. 선이 어머니는 가고 싶은 곳을 갈 시간도 돈도 없었다. 숙모는 가난하게 살던 사람이 분수없이 쓸 줄만 알고 알뜰하지도 않았다. 산소에 가는데 숙모는 가지 않았다. 선이 아버지가 좋은 것이 있으면 숙모를 주고, 돈이 생겨도 숙모만 주었지만, 병이 나니 변 빨래나 심부름은 선이 어머니가 다 했었다. 쌀이 없어져서 어쨌느냐고 하니, 결혼 한지 얼마 되지 않은 새댁이 선이 어머니에게 물어보지도 않고 가난한 집 퍼다 주었다고 잘 했잖느냐고 했다. 삼촌이 숙모와 약혼하고 잘 자라던 큰 돼지 두 마리가 이유 없이 죽었고, 고모부가 죽고, 결혼하고 농사를 망쳤는데, 아버지는 며느리가 들어오면서 농사가 잘되었다고 남들에게 말했다. 선이 아버지는 숙모가 아무리 잘못해도 무조건 잘 했다고 했었다. 숙모는 선이 아버지의 사랑과 돈만 받아먹었다. 산소에 가서 선이는 많이 울었다. 삼촌이 운다고 야단 쳐서 우는 것도 마음대로 못했다. 초상 때도 선이 어머니가 우니까, 삼촌이 운다고 소리 질러서 못 울게 했었다. 삼촌이 죽고 숙모가 울면, 운다고 소리치고 야단만 할까?

 같은 것도 너는 틀리고 나는 옳은 것이라고 억지 쓰는 사람들뿐이다.

 친정에 갔다 왔더니, 이번에는 그가 물도 길어다 놓았고 마중도 나왔다. 눈물이 날 정도로 고마웠다. 아들이 모기에 물리고 온몸이 가려워해서 병원에 갔는데, 고기를 먹지 말라고 했다. 그는 말을 듣지 않고 고기반찬만 하라 했다. 며칠만 참아달라고 사정했지만, 들어줄 사람이 아니다. 시끄럽기만 했다. 지금까지 제 자식을 생각하지 않는 사람은 시어머니와 그 사람 밖에 본 적이 없다. 그의 형들은 자식들을 끔찍하게 사랑하고 있다. 형들은 그에게서 돈을 뺏어가고 갚지 않지만, 아이들 교육보험을 들었다고 했다. 선이도 교육보험을 들고 싶지만, 돈이 없어 들을 수 없다. 선이는 살다가 별 사람을 다 봤다. 그는 집안을 지저분하게 늘어놓고 치우지 않았다. 선이는 할 일이 많은데 도와주기는커녕 방해를 하지만, 아비 없는 자식을 만들기 싫어서 그가 딴 살림을 차리지 않는 것만 고맙게 생각하고 살고 있다.

가난한 집 제사 돌아오듯, 반갑지 않은 추석은 돌아오는데, 그는 시집에 가는 선이가 거지같이 초라하게 가는 것이 괜찮은 모양이다. 선이도 옷을 사 입고 싶다. 전입신고를 하기 위해 잠깐 숙모에게 아기를 봐 달라고 했더니, 공치사가 대단하다. 선이가 숙모네 아이들 봐 준 것은 당연한 일인가 보다. 전에 살던 동네에 가면서 시집 식구 볼까봐 걱정되었다. 만나기만 하면 어떻게 망신을 줄까만 생각하는 사람들이라 무슨 죄가 있어 두렵기만 했다.

시누이네 아기가 돌이라고 하는데, 굉장히 차린다고 했다. 셋이서 반지를 해주기로 했다. 선이는 가지 않을 것이다. 그러면 오지 않았다고 쳐들어오겠지. 선이에게 그렇게 못 되게 하지 않았다면, 아주 좋은 선물을 했을 것이다. 선이는 시집에게 정말 열심히 잘했건만,

너무들 잘못했다. 선이가 거기 가 봤자, 욕만 할 것이고 망신만 당할 것이라 무서워서 가지 않았다. 늑대 굴에 들어가려면 같이 늑대가 되어야 하지만 마음이 약한 선이는 나약하기만 했다. 그들을 생각만 해도 치가 떨렸다. 밤에도 불안해서 잠을 못 자고 악몽을 꾸었다. 언제 쳐들어 와서 폭력으로 괴롭힐까? 불안하기만 했다.

그의 생일에 누가 올까 했지만, 올해는 아무도 오지 않았다. 집을 산 것이 그렇게 잘못한 것인가? 선이가 아들을 낳은 것이 왜? 시집에도 친정 숙모에게도 잘못된 것인지 알 수가 없다. 시집에서도 친정에서도 집 샀다고 너무 괴롭혔다. 집은 금방 팔릴 것 같지 않고 너무 볶아대서 마음이 괴롭기만 했다. 시집 식구들은 장롱과 전축, 선풍기를 사고 옷도 잘 입고 살지만 선이는 시집올 때, 친정에서 해온 것 말고는 산 것이 없다. 김치 담느라고 항아리 몇 개 산 것이 있을 뿐이다.

어려서는 동네에서 제일 잘 입는다고 했는데, 지금은 옷을 하나도 사 입지 못했고, 먹고 싶은 것을 먹어보지 못했고, 날마다 당하면서도 싸울 줄도 몰랐다. 어려서 학교에서 공부 잘한다고 천재라고 했고, 사람들이 잘해주니 귀여움만 받고 자라서 선이는 자기가 똑똑한 사람인 줄 알았었다. 그런데 선이에게 잘해주던 삼촌들이 결혼하고는 숙모들의 거짓말에다 삼촌들의 구박에 부모마저 선이 편을 들어주지 않았다. 얼굴도 보기 싫은 사람과 결혼을 억지로 했지만, 남편도 선이 편을 들어주지 않고 선이는 갈 곳이 없었다.

현우가 숙모에게 맞았다고 울면서 하는 말이, 시끄럽다고 때려서 아프다고 했다. 선이는 사촌들이 정말 울고 괴롭혔을 때도, 한 번도 때리지 않았다. 숙모는 언제나 자기는 속이 넓다고 하더니 아이는 맞고서 뭐가 그렇게 억울한지 많이 울었다. 선이가 네가 잘못해서 맞은 것이라고 달랬다.

그가 집을 빨리 밑지고라도 팔라고 괴롭혔다. 선이가 이 집을 어떻게 산 집인데, 시집도 친정도 축하해주는 사람은 없고 팔기를 바라고 있다. 팔았다고 속이고 싶지만, 그가 선이 말을 듣지 않고, 다 자기 형수에게 일러바치니 선이는 미치겠다. 선이는 이 돈을 모으느라 남몰래 결혼 전에 이자를 놨다가 받은 돈과 전세를 사만 원에 놓고 산 집이다. 그런데 보태준 사람은 없는데 자기들은 쓰고 싶은 것 다 사고 흥청망청 쓰고서, 입지도 먹지도 못하고 산 집을 잘했다고 하는 사람은 아무도 없다. 선이가 무슨 죄를 지었기에 죽이고 싶어 하는 사람들뿐이다.

그가 팔라고 볶지만 않았다면, 그냥 살았으면 좋겠다. 그들은 시원할 텐데도 이제는 무슨 핑계를 잡아 볶아댈까? 기어이 집을 싸게 팔았다.

숙모가 급하게 돈을 얻어달라고 하더니 남에게 이자를 주고는 돈을 받지 못하게 생기니까, 자기는 모른다고 선이가 직접 얻어주었다고 삼촌에게 거짓말했다. 숙모는 돈놀이 한다고 계속 빚 투성이가 되더니, 선이더러 얻어달라고 해서 떼이고 있다. 선이가 그와 시집에게 당하고 사는 것을 알면서 또 그 짓이다. 숙모는 선이가 직접 얻어주었다고 하고 받아 주려고 하지 않아, 그 돈을 받느라고 애를 먹고 받아냈다. 아기는 설사병을 지독하게 앓아서 서울 안으로 영등포로 인천으로 좋다는 병원을 날마다 다니고 밤을 꼬박 새웠다. 병명이 가성 콜레라라고 했다. 그는 왜 그러느냐고 한 마디 묻지도 않았다. 선이도 차라리 말을 하지 않았다. 이사하는 날이 되어 쓸개도 없는 선이는 할 수 없이 아이가 아파서 병원을 가야 한다고 했다.

아비가 어떻게 걱정이 없는지 알다가도 모르겠다. 건넌방에 살던 아가씨도 와 주었다. 기한이 되지 않아 세사는 아줌마가 그냥 살게 해달라고 해서 이사 비용을 물어주고 참 힘들었다. 그래도 집을 사서 여섯 달 동안 잘 살았다. 집주인이 되어서 편안하게 살았다. 동네 노인들이 얼굴도 예쁜데, 참, 참한 아기 엄마라고 했다. 물론 숙모가 들으면 펄펄 뛰고 삼촌에게 별 거짓말을 해서 못났다고 남들이 한다고 했겠지만, 편안하게 살았다. 숙모는 언제나 어떻게 저 집을 팔게 할까? 하고 날마다 남들이 집을 잘못 샀다고 한다고 했다. 누가 이 동네서 그렇게 비싸게 주고 사느냐고 했다. 시집에 가도 볶아서 살 수가 없었다. 그렇게 집을 산 값보다 조금 남기고 팔았다. 그동안 집값은 올랐다. 그리고 다시 시집 동네로 이사 했다. 그런데 집을 빚을 얻어 산 것도 아니었는데, 그가 집 판돈을 어쨌는지 알 수가 없다. 집 판돈은 전세 육만 원짜리 얻고 나머지가 없다, 그가 그 돈을 다 가져갔지만, 알 길이 없다. 입을 닫고 말하지 않았고, 무슨 일이 있었는지 물어보지도 못하게 했다. 물어보면 죽일 것 같은 눈을 보고, 다시는 물어볼 수 없었다.

이사 하고 다른 이종사촌 누나가 아들 등록금을 얻어달라고 왔다. 이사를 하고 나니 물도 잘 나오지 않았다. 저녁이 되니 큰형이 비싼 양주를 사가지고 와서 술을 먹더니 잘못했다는 소리로 말해서, 그 집에 가지 않겠다고 했던 것이 풀어졌다. 큰형은 집을 팔고 나니 마음이 시원해졌나 보다. 작은형이 오더니 어머니가 이 집, 저 집을 다니면서 동기간 우애를 끊어놓고, 고향에 가서도 어머니가 며느리 흉을 보고 다녀서 창피해서 얼굴을 들고 다닐 수 없다고 했다. 어머니가 아니고 원수라고 했다. 그들은 부모의 집을 팔아서 썼다고 들었다. 시어머니는 아들들이 간 뒤에 '찢어죽일 년, 급살 맞을 년 염병할 년.' 하면서 그 년하고 살다가는 제 명에 못 죽겠다고 잘 살기는 틀렸다고 입에 못 담을 욕을 퍼부어 어린아이들이 배울까 걱정이 되고, 선이도 배울까봐 두려웠다. 어떻게 저런 사람들과 인연을 끊고 살 수도 없고 속상해 죽겠다.

시외숙모가 아침 일찍 와서 돈을 빌려다 달라고 했다. 그렇게 못되게 하고도 어른들이 젊은 여자에게 돈이나 빌려다 달라고 했다. 선이가 아는 사람이 돈이 많은 줄 알지만, 자기들도 그 집을 잘 알면서, 신용이 없으니 선이보고 얻어오라고 했다. 가기 싫지만 갔더니, 오늘은 없다고 했다. 이튿날 또 가라고 했다. 억지로 가서 벨을 눌러도 나오지 않고 동네 개가 다 짖어도 나오지 않아 그냥 왔다. 다음날 또 가라고 했다. 어쩌면 갚지 않아 선이가 다 갚게 되지나 않나 겁이 났다. 시외숙모와 그의 외사촌 형이 아주 반갑게 대했다.

"저는 저하고 무슨 감정이 있는 줄 알았는데 그렇지 않은가요?"

"왜요? 왜 그런가. 얘기 좀 합시다. 난 그런 일 없어요?"

"글쎄요. 그냥 저는 바보니까요."

그들은 그의 작은형에게 '인간 이하의 사람이니 개 상놈이니' 듣기 힘든 욕들을 했다. 그 자리에서 그들에게 톡 쏘고 싶지만 참았다. 그렇게 며칠을 가서 돈을 얻어다 주고 갚지 않을까. 걱정되었다. 아기는 아파서 병원에도 못가고 약방에 갔다. 시이모 딸이 시집간다고 부조를 선이 맘대로 하면 나쁜 말을 듣게 되니 동서네 갔더니, 그의 큰형이 술집에서 여자와 자는 것을 보고 동서가 대성통곡을 하고 싸움이 나서 때려 부수고 난리가 났다고 했다. 그도 늦게 들어와서 돌아 누워버리는데, 무슨 냄새가 나기에 뭐냐고 물어봤더니 그런 것을 샀다고 했다. 그에게 무슨 일이 있는 것만 같다. 소화도 안 되고 몸은 무거운데, 얻어준 돈을 받을 수 있을까. 하고 인천에 이종사촌 시누이를 물어물어 찾아갔다. 그러나 싸늘하게 거절했다. 오히려 아기 주려고 산 양말만 잃어버리고 왔다. 집에 오니 시어머니는 빨래감을 가지고 와서 빨라고 했다. 그 이후로 이종사촌 시누이가 빌려다준 돈은 선이가 계속 찾아가 욕을 먹으면서 몇 년 만에 본전을 받아냈다. 이자가 본전보다 더 많았다. 6부 이자를 달마다 선이는 그 댁에 다 갚아 주었다.

큰형, 작은형, 시외삼촌, 시외숙모, 시이모, 시이종사촌, 큰형 친구까지 모두가 거머리같이 붙어 다니는데, 그는 그들에게 돈을 다 얻어주고 달라고도 하지 않았다. 큰형에게는 꾸어간 돈 달라고 했다가 죽게 맞기만 했다. 그런데 왜 잘 먹고 잘 사는 사람에게 또, 주고 뺏기는지 알 수 없다. 선이에게 직접 얻어 달라고 한 시외숙모 한 사람만 제대로 갚았다. 다른 사람들은 갚을 마음이 없는 사람들이었다.

이종사촌 시누이 한 사람은 아들이 명문대학에 합격했다고 등록금을 빚 얻어달라고 해서 얻어주었더니, 이자도 주지 않고 대학졸업하고 취직해서 반지를 사 주었다고 반지 낀 손을 보이면서, '이것을 팔아서 줄까…?' 하고 약만 올렸다. 역시 십 원 한 장 받지 못하고 어려울 때, 선이는 그 빚을 다 갚아 주었다.

그는 무슨 일이 있는지, 부수입이 없다고 백 원만 던져 주고 나갔다. 동서는 시어머니가 오면 내쫓아 버린다고 식모가 듣고 말했다. 이제 동서는 식모 두고 살면서 패물을 비싼 것을 사고 코트를 사 입었다고 자랑하면서 보여주었다.

집 팔고 여러 집이 같이 사는 전세방을 얻었더니, 이 집도 사람 차별을 했다. 선이 아들과 동갑짜리 아이는, 안집에 들어오게 하고 선이 아들은 들어오지 못하게 했다. 그도 시집식구들과 말하다가 선이가 들어가면 하던 말을 멈추었다. 케이크 두 개가 선물로 들어와서 큰형네 주려고 생각하고 있는데, 그가 큰형네 갖다 주라고 했다. 그렇게 형들을 잘 챙기면서 왜 자기 자식은 챙기지 않나. 시어머니는 선이네 집으로 오고 싶다고 했다는 말을 들었다. 동서가 시어머니 싫다고 했다지만, 선이도 싫다. 도와주기는커녕, 욕하고 며느리와 손자를 죽이려고 했고, 동네방네 흉이나 보고 싸움질이나 시키는 양반을 이제는 싫다. 선이도 부모가 있기에 불쌍해서 모시려고 했지만, 아이들이 본받을까 걱정되었다. 아기 돌이 되어 떡과 음식을 만들어 놓고 시집 식구들을 청했지만, 그들은 받아먹기만 하고 실 하나도 사오지 않았다.

큰형은 개를 사고 그에게 잡으라고 해서 목을 조이고 몽둥이로 때려서 잡는데, 몸이 후들후들 떨리더라고 하면서 한 그릇 줄 것이라고 했다. 그리고 밥도 얻어먹지 못하고 집에 왔다. 보름 정도 지났을 때, 동서가 오라고 해서 갔더니 개고기라고 하면서 주는데, 고기도 아니고 내장을 어디다 두었기에 썩어서 냄새가 진동하는 것을 주어서 먹을 수 없었다. 그는 선이가 남편이 아프다고 약으로 개다리 하나를 동네 아줌마가 선이가 임신해서 냄새 맡지 못한다고, 안쳐 준 것을 끓여서 당장에 반을 뜯어 갖다 주었었다. 그는 아무 소리 없다. 그는 외사촌 매형의 고종사촌이 결혼한다고 찾아갔다. 알지도 못하는 혼사에 가지 않아도 될 곳을 다 가고 있다. 도저히 이해할 수 없는 사람이다.
　하느님도 부처님도 어떻게 이렇게 짝을 지어주었는지, 착오가 있는 것 같다. 아이들이 먹지 못해서 바짝 말랐는데, 옷이 없어 겨울 지낼 것이 걱정되었다. 옷 살 돈도 없고, 소아마비 예방주사를 돈이 없어 맞지 못했다. 큰형네는 아이들을 잘 먹이고 잘 입히고 건강하지만, 선이네 아이들은 몸이 아파도 약 사 줄 돈도 없다.
　"누구 닮아서 아이들이 얌전하지,"
　큰형은 그렇게 말하지만 동네방네 얌전하다고 소문난 여자를 강제로 데려다 고생시키고 낯짝도 뻔뻔하다. 그가 집에 들어오면 화가 난 사람처럼 말 한 마디 없다. 아이들이 웃고 놀고 있으면, 시끄럽다고 소리 질렀다. 선이는 자식 낳은 것을, 죄 지은 사람처럼 아이들을 소리도 내지 못하게 했다. 그는 언제나 한숨 자고는 극장에 가는지 어디를 가는지 나갔다가 밤에 왔다. 그가 들어오면 반가운 것이 아니라 언제 시한폭탄이 터질지 몰라 불안하기만 했다. 그렇다고 그가 나가 있어도 선이 마음이 편안한 것은 아니었다. 날마다 긴장상태로 있다 보니 소화도 되지 않았다. 집에는 언제나 쌀이 없고 연탄이 없어, 죽지만 않고 살고 있다. 그는 서울에 술집은 모르는 집이 없고, 접대부도 모르는 사람이 없는 것 같다. 그러더니 영화구경 갔다 온 이야기를 했다. 추석날 저녁, 비좁은 곳의 앞에 여자가 있는데, 뒤에서 실컷 주물러 주고 싶어도 동네에서 오빠라고 하는 아이 같아 참았는데, 불이 켜지고 보니 아니어서 후회가 되었다고 했다. 위에서 아래까지 실컷 주물러 주지 못해서 지금까지 억울하다고 했다.

그의 친구가 옷을 잘 입고 왔는데, 그는 좋은 옷이 없어 선이 마음이 좋지 않았다. 열두 시가 되면 술이 잔뜩 취해서 오겠지. 선이도 화장이나 하고 기다릴까? 하고 기다려도 오지 않는데, 그는 여자들과 재미있게 놀고 와서 그가 오기 전에 자면 남편이 들어오기 전에 잤다고 말할 것이기에 졸리지만 참았다.

외상으로 사는 것을 싫어하면서 정말 자존심이 상하는데도, 어쩔 수 없이 또 외상으로 쌀과 연탄을 샀다. 물을 덥히기 힘들어 작업복을 찬물에 빠니 빨아지지 않았다. 잘 먹지도 못하면서 쉴 틈 없이 일했다. 시집식구들은 기운들이 장사지만, 식모 두고 잘 먹고 잘 입고 살고, 선이는 사람 꼴이 아니다. 게다가 좋은 소리하는 사람도 없다. 그는 선이에게 주변머리가 없다고 했고, 출세를 하고 싶다고 했다. 노력은 하지 않고 아무렇게나 살면서 출세하고 싶은 마음은 있나보다.

그는 춤을 배운다고 했다. 사교춤을 배워서 댄스파티가 있을 때에는, 멋지게 추고 싶다고 했다. 그러면서 무슨 출세를 하고 싶다고 하는지 모르겠다.

"춤 배우지 말고 운전이나 배워요?"

"운전은 나중에 배워도 돼."

춤을 배우는 것이 급한 모양이다. 선이는 아주 바보다. 그가 나간 뒤에 돈을 아끼려고 수제비를 해 먹었다. 선이는 쌀을 아끼느라 수제비를 해 먹고, 그는 여자들과 놀고 싶어 춤을 배우러 갔다. 소화가 잘되지 않는 선이가 쌀 아낀다고 수제비를 해 먹었다. 동서네는 김장을 했다고 들었다. 선이는 김장할 돈이 없다. 그래도 화장을 하고 싶어 크림을 싸구려를 샀더니 얼마나 오래됐는지, 좋지 않은 냄새가 났다. 시어머니는 동서와 싸우고 선이네 집에 오다가 길을 잃었다고 했다. 선이는 목욕 가다 말고 아이를 업고 뛰었다. 온 식구가 찾아다닌 끝에 간신히 청파동 언덕 올라가는 계단에서 찾아왔는데, 집에 와서 시어머니가 울었다. 나이도 많지 않으면서 집을 찾지 못했다. 동서가 와서 시어머니와 싸웠다. 큰형은 술집 여자와 바람이 났다고 하는데, 위로하고 싶지도 않았다. 그 여자는 동서에게 죽게 맞아가면서 반지도 사 주고 나중에 땅도 사 주었다는 소식을 들었다. 진짜인지는 모르지만 남편 빌려주고 돈을 벌었나 보다.

그는 바람이 나서 건강하고 싶어서인지, 몸이 약해졌다고 보약을 해달라고 했다. 사람들이 선이네 아이들이 엄마 닮아서 예쁘고 착하다고 했다. 그들의 인생은 엄마를 닮지 말고 잘되기를 빌었다. 아무도 심부름해주는 사람이 없으니 혼자서 김장을 했다. 시외숙모가 아프다고 해서 욕을 먹기 싫어, 고기와 통조림을 사가지고 갔다. 선이와 아이들은 비싸서 먹지 못하는 것들이다. 문간방 여자가 선이를 빈정거렸다. 빨래를 보면 노동자 남편인 것이 표시가 나고, 거지같이 하고 다니니 남들도 거지 취급하고 업신여겼다. 선이는 찬물에다 거친 빨래를 하고 크림도 바르지 못하니 손이 터졌다. 그는 술에 취해서 미니치마 입은 아가씨를 건들이고 왔다고 자랑했다. 다른 집 남자들은 수돗가에서 세수를 하지만, 그는 선이가 물을 떠다 마루에 놔주고 버려 주었다. 선이는 좋이다. 꿈자리가 좋지 않다. 웬 여자들이 선이네 집에 오는 꿈을 꾸고, 삼촌 꿈도 꾸었다. 삼촌이 복권이 붙어서 집을 사면 좋겠다. 하기는, 그는 민우 낳기 전에 복권을 사오고 하는 말이 복권 붙는 것보다 아들 낳는 것이 더 좋다고 했었다. 아들을 낳았는데도, 그 뒤로 계속 돈이 없어도 일주일마다 복권을 샀지만 붙었다는 소리는 듣지 않았고, 지금도 계속 사는 것으로 알고 있다. 열심히 벌어서 알뜰하게 모을 생각은 하지 않고, 노력하지 않고 일확천금을 얻으려는 마음이 잘한다고 생각되지 않았다. 선이는 삼촌을 도와주고는 싶은데, 도와주지 못해 미안하기만 했다. 삼촌이 잘되기를 진심으로 빌고 있다.

그는 직장을 팔아서 권리금을 받아 농사를 지었으면 좋겠다고 했다. 농사는 아무나 짓는 줄 아나보다. 점심에 가불해 온다고 하더니 쌀이 없다고 했는데도, 그는 들어오지 않았고 쌀독을 긁어 밥 한 사발만 해놓고, 포대 밑바닥에 밀가루 찌꺼기가 썩은 것도 같이 떼어내어 풀떼기를 해 먹었다. 배가 고파 밥이 먹고 싶은데 참았다.
　이가 아파 며칠을 앓고 참다가 견딜 수가 없어 치과에 갔더니 곪아 터져서 그냥 뺄 수 없다고 약을 주었다. 약을 먹고 아픈 것이 갈아 앉은 뒤에 갔더니, 뽑아지지 않는다고 사람을 시멘트로 생각했는지, 망치로 때려 조각조각 부수어 뺏다. 입안이 다 부서지는 것 같았다. 그러지 않아도 소화가 되지 않는데 더욱 밥을 먹기가 힘들어 누룽지를 끓여서 마셨다. 그는 들어오면 잔뜩 찡그리고 언제 폭탄이 터질지 모르는 얼굴을 하고 불안하기만 했다. 선이는 무슨 죄를 지은 사람처럼 그의 눈치만 보고 무서워서 말도 하지 못했다. 선이는 그가 바람을 피우고 와도 말을 하지 못하고 무섭기만 했다. 동서는 시누이와 빨강 코트를 양장점에서 맞춰 입고 서로 자랑했다. 선이는 옷을 사 입을 생각도 하지 못했다. 십이월도 다 가는데, 그는 발을 데어서 나가지 못하다가 오늘 간신히 나갔다. 선이는 치과에서 무지막지하게 이를 빼더니 계속 아파서 밥물만 마시고 있다. 그는 머리가 빠진다고 해서 성균으로 그럴 수도 있다고 물어보니 군대 갔을 때, 성병을 앓았다고 했다. 더 이상 묻지 않았다. 그리고 약 사러간다고 나가더니, 밤늦게 와서 극장에 갔었다고 했다. 극장표를 보자고 하니 얼버무리고, 빵틀을 사온다고 한 것도 사오지 않았고, 돈은 없다고 했다.
　삼촌과 숙모가 왔다. 돈 없는 소리를 하기에 계를 들으면 선이가 돕고 싶다고 했다. 당장 돈이 없어 고생하고 그들이 거짓말해서 괴롭힌 생각하면 밉지만, 삼촌과 숙모가 불쌍해서 돕고 싶었다. 하기는 선이에게 숙모가 급하게 쓸 일이 있는 것처럼 빚 얻어달라고 해서 남에게 이자 놓고 떼일 뻔 했던 생각이 났다.

  시어머니 생일이 되어 동서네 아기 옷도 사고 시어머니 옷도 사고 떡 하라고 돈 주고 고기 사라고 돈을 주었다. 전날이 동서 친정어머니 생일이었다고 차려먹고, 전날 먹던 찌꺼기만 놓았다. 찬장에 고기와 떡들이 있건만 놓지 않았다. 선이가 준돈으로 동서 친정어머니 생일상만 차렸다.

"제수씨 아이 이제 그만 낳아요?"

"형님은요?"

"나는 그만 낳고 싶지만 명월이 엄마는 모르지요."

  선이가 아들 둘을 낳으니 또 아들을 낳을까, 큰형이 겁이 나는 모양이다. 선이가 아들만 낳았는데, 구박을 하고도 모자라 이제 그만 낳으라고 했다. 제사를 지낼 때에는 선이네 아들들을 앞에 세웠지만. 그것이 형과 동서가 너무 부러웠을 것이다. 선이에게 그렇게 못 되게 하면서, 두 형이 양자로 달라고 했다. 작은형은 먼저 살던 여자에게 아들이 있는데, 자기 아들에게나 잘하지, 무슨 소리인지 모르겠다.

"얘들은 말이 빠르네. 제 아비는 말이 늦었는데."

  아이들이 말이 빨랐다. 형들이 부러운 얼굴로 아이들을 바라봤다. 시이모부에게 친정 고종 사촌동생 취직을 부탁했다. 한 달이 되어 월급을 타왔는데, 너무 적다. 추운데 다니느라 병이 났다. 선이는 동생이 힘들게 산 생각에 불쌍해서 가슴이 아팠다. 시이모에게 말했더니 모른다고 했다.

  큰형이 다쳤다고 해서 병원에 찾아갔더니, 큰형은 선이에게, 찾아와서 고맙다고 하는 것이 아니라 잔뜩 화난 얼굴로 말했다.
"제수씨는 이런 때만 오나요?"
"죄송합니다."
"죄송하다고 말만 하면 되나요?"
도대체 무엇을 어떻게 하라는 것인지 그들은 선이에게 그 집에 가서 식모살이를 하라는 것인지 알 수가 없다.

요로 결석

요로 결석

아침에 그가 나가고 선이는 배가 아프기 시작했다. 데굴데굴 뒹구는데, 주인아줌마가 교회 전도사인데, 급하니까 무조건 들어와 기도를 했다. 아프면서도 고마웠다. 옆집 학생이 회사에 가서 그를 불러왔다. 병원에 갔는데, 의사가 밥 먹으러 들어가서 나오지 않으니까 환자들이 선이가 고통스러워하는 것을 보고, 의사 빨리 나오라고 소리 질렀다. 그는 고개를 푹 숙이고 가만히 앉아 있다. 총이 있으면 쏴 죽였으면 좋겠다. 사진을 찍고 소변검사를 하더니 요로결석이라고 했다.

그는 물 한 번 받아 준 적 없다.

그 집은 여러 집이 살았는데, 문간방은 아이를 못 낳아서 선이를 질투했고, 한 집은 식구가 많고, 딸네 식구 중에 현우와 동갑짜리가 있는데, 동네 골목 남녀 중·고생들이 현우를 예뻐하는 것을 보고 질투해서 현우를 미워했다. 그 집 아이는 이모와 삼촌들이 예뻐하는데도, 샘이 나서 못 견디겠는지 이사 가면서 그 아이 엄마가 좋지 않게 말했다.

"현우 나쁜 놈, 우리 이사 가니 좋겠다."

아무 이유도 없이 욕했다. 마음 약한 선이는 그런 소리를 듣고도 속상해만 할 뿐, 아무소리 못했다. 현우와 민우는 저녁을 먹으려고 하면 어디에 있는지 알 수 없어 찾아 다녔다. 학생들이 집으로 데리고 가서 먹을 것도 주고 데리고 놀았다. 인형으로 알았나 보다. 현우와 민우가 밖에 나가면 학생들은 '와아…' 소리 지르고 서로 데리고 가려고 했다. 나가지 않으면 집으로 찾아왔다. 어느 날은 임신부가 머리통같이 큰 배를 가지고 와서 현우를 주었다.

"내가 아끼는 것인데, 네 눈이 초롱초롱하니 너무 예뻐서 주는 거야. 사람은 예쁘고 볼일이야. 나도 너처럼 예쁜 아들을 낳아달라고 주는 거야."

현우를 낳았을 때는 '에이 아빠 닮았네. 엄마 닮지.' 했었는데 자라면서 점점 엄마와 똑 같다고 했다. 남들이 현우가 예쁘다고 하니까 삼촌과 숙모가 질투를 했다. 남들이 예쁘다고 하는 소리를 삼촌이 들었다.

"그만 못한 인물이 어딨어. 공연히 잘난 척 하지 마라."

"누가 잘난 척 했어요?"

"너 남들이 현우 예쁘다고 하니까. 꼴값 떨고 있잖니. 명월이가 현우보다 백배는 더 예쁘더라."

"왜 그래요?"

"난 내 자식이 네 새끼보다 훨씬 더 잘 생겼어도 남들에게 잘 났다고 하지 않았다."

심한 질투로 말을 했다. 선이는 아이들 잘 생겼다고 말한 적이 없었다. 아무리 그렇더라도 조카를 봐서라도 그렇게 말해야 옳은가?

세 번째 자살

세 번째 자살

 저녁밥을 하는데, 시외숙모가 빌려다 준 돈을 갚으러 왔다. 하루를 두어도 이자를 선이가 주어야 하기 때문에, 찌개를 연탄불에 올려놓고, 산꼭대기 돈 빌려준 아줌마네를 한달음에 갔지만, 아줌마가 어디 가서 집에 없었다. 아기를 두고 갔으니까. 오래 있지 않을 것 같아 기다렸다. 얼마의 시간을 가슴 졸이며 초조하게 기다려서 돈을 주고 뛰어 와보니, 시어머니와 그가 선이가 와서 밥 주기를 기다리고 있고, 아이들은 밥을 먹지 못하고 자고 있었다. 부엌에 가서 상을 차리면서 속이 상해서 혼자 구시렁거렸다.
 '다 해놓은 밥을 아이들을 먹여서 재우지, 그냥 자게 하는 게 어딨어.' 상을 차려서 방에 들여갔다.

"너 지금 부엌에서 무어라고 했어. 일찍 오지 못하고 이제 와서 낯짝 좋게 어디다 대고 잔소리 해."

"와장창~~."

상을 마당에 집어 던졌다. 밥그릇과 반찬그릇들이 깨어져 뒤범벅이 되고 찌개국물이 흘러내려 아수라장이 되었다. 시어머니와 그는 마구 욕을 퍼붓고 소리를 질렀다. 선이는 아무 소리도 들리지 않았다. 한 집에 사는 사람들이 놀라서 물었다.

"누가 이렇게 해놨대…?"

"우리 아들이 했어요. 우리 아들이…."

시어머니는 무슨 자랑을 하는 것 같았다. 선이는 그냥 나가서 걸었다. 수면제를 샀다. 그때는 정말 보이는 것이 없었다. 아이들은 제 아비가 키우겠지. 그런 생각도 없었는지도 모른다. 그렇게 또 약을 먹고야 말았다. 다른 생각도 보이는 것도 없이 죽고 싶은 생각뿐이었다. 세상이 싫었다. 죽는 것도 마음대로 못했다. 지긋지긋한 삶을 더 살아야 하나 보다.

시어머니는 시아버지가 바람피우고 와서 밥 달라고 하면 거기 가서 처먹으라고 주지 않았다고 하고 팬티를 벗으면, 그 팬티로 남편의 입을 닦았다고 하면서 차마 입에 담지 못할 욕을 했다.

"제발 그 욕은 하지 마셨으면 좋겠어요."

"그럼 벌써부터 욕 하냐?"

아이들이 본 받을까봐 걱정되었다. 핑계는 아이들을 봐주러 왔다고 하지만, 선이만 힘들게 하고 돈 달라고만 했다. 시어머니가 언제 아이들을 봐 주었다고 핑계도 좋다. 돈을 뜯어다 아무 상관도 없는 사람들에게 꾸어주고 받지 못했다고 했다. 아들에게는 선이가 돈이 있으면서 안 준다고 하고, 동서에게는 선이가 돈 주지 말라고 했다고 거짓말이나 했다. 선이에게 돈을 뜯어다 흥청망청 남에게 선심을 썼다.

그는 극장에 다니던 것을 춤으로 바꾸었다. 이제는 춤을 배우느라 바쁘다. 돈을 모아서 자식들과 앞으로 살 궁리는 없고, 오직 춤 배워서 여자들과 잘 놀 생각만 있다. 선이가 같이 배우자고 했더니, 그가 배워서 가르쳐 준다고 했다. 이제는 팔백 원을 주는 일은 없고, 이백 원도 주고 삼백 원 주더니 다리 다쳤을 때는, 수입이 올라서 지금은 천 원이 되었다고 했다. 선이에게 천 원을 준 적도 없으면서 그럴 때는 올랐다고 왜 하나? 그 이후에도 술 먹었다고 삼백 원 주고, 이백 원 주고 아예 주지 않는 것이 보통이었다. 선이는 가뭄에 이슬 받아 먹는 풀처럼 목이 말랐다.

선이는 물이 나오지 않아 아랫동네로 빨래하러 다니고 물을 길어 오지만, 그는 춤을 추고 와서는 힘들다고 다리를 주물러 달라고 했다. 사는 것이 정말 재미가 없다. 그가 좋아하는 반찬을 해 놓고 다 먹고 나면, 아이들은 국물만 먹였다. 그는 집에 오면 트집을 잡으니 편안한 날이 없다. 오늘은 그가 댄스홀에 간다고 저녁도 먹지 않고 갔다. 싸우기 싫어서 말하지 않았다. 돈은 얼마나 쓰고 올까만 생각했다. 역시에 들어오더니, 입장료와 댄서 사는데 이천 원 주었는데, 바가지 쓴 것 같다고 했다. 돈 달라고 해서 월급 가져온 돈을 다 가져가라고 했더니, 만 원만 쓰고 한 달에 두 번만 다닌다고 했다. 이 달에는 날마다 나가야겠다고 했다. 살려고 노력했지만, 이제는 다 틀렸다. 선이는 기가 막혀서 잠을 한 숨도 못 잤다. 그가 하는 말이 죄의식 때문에 잠을 못 잤다고 말했다. 잘못을 아는 사람이 맞는지 모르겠다.

선이는 양말 한 켤레를 제대로 사 신지 못하고 감기약을 못 사먹고 고생했었다. 그는 집에 있는 돈을 다 쓰고 일수 돈을 얻어서 춤을 추러 다닌다고 했다. 같이 다니는 친구는 여자들과 잘 어울리는데, 자기는 잘되지 않는다고 부럽다고 했다. 아들은 아버지가 빨리 들어오지 않는다고 기다렸다. 놀아주지도 않고 먹을 것도 사다 주지 않는데, 아이들은 아버지를 기다렸다. 아기 홍역 예방 주사도 맞아야 되고, 선이는 속앓이를 해서 그런지 소화도 안 되지만 약도 못 먹고 있다. 설마 몇 만 원 쓰고는 그만두겠지 했다. 거짓꼴인데다 남편이 소리 지르고 욕하니, 한 집에 사는 여자들도 깔보고 선이에게 심술을 부렸다. 선이를 사람대우 해주는 사람은 없다. 어제는 시외숙모가 또 돈을 빌려다 달라고 했다. 가는 척이라도 해야 하겠어서 갔지만, 아무리 불러도 나오지 않아 얼마를 기다렸더니, 시골 갔다고 해서 과자 사가지고 간 것을 그 집 아이들 주고 왔다. 선이는 자식들도 못 먹이는 것을 돈만 들어갔다. 시외숙모는 자기 아들 사업자금을 하려고 빌려다 달라고 했다. 무서워서 갔지만 염치들도 좋다.

그는 춤추러 가서 마음에 드는 댄서를 돈을 더 주었는데, 그 여자가 친구와 놀아서 기분 나빠서 술을 먹고 왔다고 했다. 어떻게든 춤을 잘 추어서 예쁜 '삼' 번 여자를 차지할 것이라고 했다. 선이와 그는 다른 세상을 살고 있다. 밤에 신음을 하면서 그를 안아 봤다. 그는 뿌리쳤다.

설날. 고종사촌 동생이 열 살도 안 되어 남의 집에 가서 고생한 이야기를 듣고 안타까웠지만, 앞으로 덜 고생하게 하기 위해서 깔끔해야 한다고 하고는, 동생에게는 말하지 못하고 불쌍해서 몰래 울었다. 돈도 없고 바람난 남편이 있기에 마음만 있지, 잘해주고 싶어도 할 수가 없었다. 시외숙모네 갔더니 윷놀이하는데, 동서가 그에게 돈을 꾸어달라고 하니 꾸어주었다. 갚을 사람도 아닌데 그는 동서에게 꾸어주었다.

그는 새벽에 들어오더니 노름해서 돈을 잃었다고 했다. 정신 못 차리고 있다. 시어머니도 돈 달라고 하고 시외숙모도 빚 얻어달라고 하고 힘들어 죽겠다. 보증을 서야 한다고 하더라고 했더니, 선이가 보증서 달라고 했나. 해주기 싫은 것을 할 수 없이 성화에 견디지 못해서 이만 원을 빌려다 주었다. 이만 원이면 쌀이 다섯 가마니가 넘는다. 받을 수 있을 지 믿을 수도 없다. 기침을 하고 나면 창자까지 아파서 약값을 달라고 하니까, 그 소리는 들은 척 하지 않고 그는 급하게 밥 달라고 하더니, 한남동에 춤을 추러 간다고 했다.

추어서 몸이 떨렸다. 약 사러 가다가 쓰러질 것 같은데, 살기 위해서 약을 사다 먹었다. 너무 아파 아이들을 안고 울었다. 아이들이 같이 울어서 간신히 참았다. 다음날 시누이와 병원을 갔더니, 기운이 너무 없고 위가 좋지 않으며 피가 부족하다고 영양제를 먹으라고 했지만 먹을 수가 없다. 그가 심부름을 해주기에 고맙다고 생각했더니, 나갔다 온다며 나가고는 들어오지 않았다. 춤을 추러 갔을 것이라고 생각되었다. 병원에 갔다 왔지만, 움직일 수가 없이 아프기만 해서 그에게 미안했다. 그래도 그는 물 한 번 받아주지 않았다. 몸은 아파서 일어날 수도 없는데, 시어머니는 큰 며느리에게 쫓겨나 선이에게로 와서 밤새 이야기를 하니 잠을 못자고 힘이 들었다. 그는 춤에 미쳐 집은 밥 먹고 잠자는 곳일 뿐, 관심이 없었다.

　시외숙모와 시누이와 동서가 발길질을 하고 빗자루로 때리고 싸움이 났었다고 했다. 동서네 아이들을 선이더러 맡으라고도 했다. 참 무서운 욕들을 했다. 차마 옮길 수도 없다. 집안은 쑥대밭이고, 그는 춤에 미쳐 선이의 고통 같은 것은 상관이 없다. 시어머니가 불쌍해서 열심히 잘해드리기로 했다. 늦게 오더니 큰형이 남과 싸워서 말리다 늦었다는데, 피투성이가 되어서 왔다. 큰형이 나빠서 싸웠다고는 하지 않았다. 동서는 시집식구들이 선이네 집으로 오니 질투가 났는지, 하지도 않은 엉뚱한 소리를 했다고 거짓말을 해서, 따지러 가려다가 참고 뒤집어쓰고 말았다. 제대로 된 사람이면, 시어머니는 선이네 집에 올 수 없다. 시어머니가 아이들에게 야단만 치니 아이들은 선이에게 밖에 나가자고 만 했다. 시어머니가 오니 좁은 방에서 보고 싶지 않은 양반이, 계속 돈 달라고 하고 좋지 않은 소리만 하니, 정말 힘들어 죽겠다. 춤에 미친 그는 집에 들어와서 한 숨 자고는 춤추러 나갔다. 그가 들어왔을 때, 친구에게서 연하장 온 것을 답장을 하지 않았기에, 미안해서 답장을 쓰던 중이라 얼른 일어나서 옷을 빨리 받지 않았다고 노려봤다. 잘못했다고 빌어도 자꾸만 잔소리를 했다. 친구들과 편지 하는 것도 싫고 연하장이 오는 것도 싫다고 했다. 사실 연하장을 받고 답장은 했지만, 선이는 사는 꼴이 창피해서 누구와 만나지도 못하고 살았다. 그는 친구와 편지하는 사람도 없고 연하장을 주고받는 사람이 없으니, 선이에게 아무와도 연락하지 말고 살라고 했다. 일 년에 한 번 연하장 오는 것도 싫다고 했다. 편지를 뺏더니 짝짝 찢었다. 답장을 하지 않으니 편지하는 친구도 없어졌다. 친구들은 선이가 서울로 시집가더니 변했다고 하더라는 소문이 들려 왔다. 그는 선이가 춤을 배운다면, 그것으로 이혼 할 것이며, 때려죽일 것이라고 했다. 시어머니는 아침부터 화가 잔뜩 나 있고, 그는 다시 나가더니 들어오지 않았다. 아이는 홍역에 걸려서 열이 펄펄 끓고 온몸이 불긋불긋 꽃이 피어나고 기침을 했다. 아이와 같이 선이는 잠을 자지 못했다. 찬 수건으로 몸에 얹어 주고, 갈아 덮어 주면서 보리차를 먹이고 밤을 새웠다. 그는 집에 들어와도 아이를 바라보지 않고 걱정도 없었다. 아무도 걱정하는 사람은 없다. 그가 성실하기만 해도 속이 덜 상하겠다.

　고종사촌 형제가 왔는데 잘해주고 싶은데 남편의 눈치가 보여서 잘해 줄 수가 없다. 그들이 불쌍해서 돌봐주지 못하는 것이 서러웠다. 그는 어려서 거지꼴을 하고 고모네 집에 가서 구박을 받았다면서 정말 냉정했다. 동생들이 가는데, 그는 내다보지도 않았다. 어제와 오늘 가지고 간 돈을 합치면 만 천 원을 가져갔다. 철이 들지 않았는지 돈을 그렇게 쓰고는, 먹는 것은 잘 먹어야 한다고 했다. 그는 시어머니와 유성온천에 다녀와야겠다고 했다. 넉 달 동안 부수입은 한 푼도 들여오지 않고 춤 배우는 데만 정성을 쏟았다. 선이가 아무리 살려고 노력해도 도저히 살아갈 수가 없다. 동서는 아이들을 시외숙모에게 맡기고 마음대로 여행을 다닌다고 들었다. 한 집에서 전세 사는 여자도 선이 보라고 예쁜 옷을 사 입고 자랑을 했다.

둘째 낳고 조금 살이 찌는가? 했더니 또 다시 살이 빠지기 시작했다. 그는 선이가 안아도 보고 장난도 쳐 보지만 나무토막만 같았다. 그는 선이에게 듣기 좋은 소리는 하지 않고, 기분 나쁜 소리가 아니면, 아주 상스러운 욕이나 하고 소리를 지르기만 했다. 선이가 아프거나 아이들이 아파서 밤을 새워도 그는 시끄럽다고나 할 뿐, 신경 쓰지 않았다. 선이는 마지막 남은 자존심까지 마지못해 다 버리고 살려고 하지만, 사는 것이 아니었다.

"이십만 원만 주면 아주 멋진 여자와 놀 수 있는데…."

그의 입에서는 어떻게 저런 소리가 나오는지 알 수가 없다. 아주 죽여 버리고 싶다. 그의 머릿속에는 어떻게 살아갈까? 하는 것이 아니라 어떤 여자와 어떻게 저녁에 잘 놀 수 있을까? 하는 생각밖에 없다. 선이와 아이들이 고생하는 것은 그의 눈에는 보이지 않았다. 전셋돈보다 몇 곱을 주고라도 멋진 여자와 잠자리를 해 봤으면, 하는 생각뿐이다. 말 같지 않아서 대꾸도 하지 않았다. 그가 안양에 간다고 나갔다. 안아주지도 않는데, 아이들이 같이 가자고 우니, 운다고 재수 없다고 소리 질렀다. 어디 가는 줄도 모르고 엄마가 데리고 나가지 않으니 따라가고 싶은가 보다. 참. 그렇게 못된 사람도 아이들은 아버지라고 아나보다. 쉰밥이 아까워서 그냥 먹었더니 체했는지, 약 사러 간 사이에 작은아이가 마루에서 떨어져 피투성이다. 잇몸과 입술도 다 찢어졌다. 업고 갈 것을 급하다고 그냥 간 것을 후회했다. 간신히 달래놓고 잠깐 방에 들어간 사이에 옆방 총각이 아이를 넘어뜨려 아이가 놀라서 울었다. 선이는 이래저래 속이 상했다.

　옆방 여자까지 가난한 여자라고 비웃고, 속을 끓여서 그런지 자꾸만 체해서 병원에 가 보려고 전에 살던 집에 돈을 꾸러 갔다. 아줌마가 시골 갔다고 하기에 시외숙모네 가서 오백 원만 꾸어 달라고 했더니, 딱 잘라서 없다고 했다. 선이는 선이를 믿어 주는 아는 집에 몇 번을 찾아가서 큰돈을 얻어주었고, 그로 인해 얼마나 고생 했는데, 보답이 겨우 이렇다. 눈물이 나오는 것을 입술을 깨물고 걷는데, 배가 울려 천천히 절뚝거리면서 배를 붙잡고 집으로 그냥 왔다. 그 뒤로 시외숙모는 오지 않았고 아쉬운 일이나 있으면 왔다. 선이는 어디 두고 보자! 하면서 꼭 살아야겠다고 다짐하지만, 그는 선이를 살릴 생각이 없다. 선이는 갈수록 아파서 움직이기가 어려울 지경이 되었고, 동네 사람들이 얼굴이 왜 그러냐고 했다. 시외숙모는 시어머니를 데리고 그의 회사에 찾아가서 구경시켜드리게 돈 달라고 찾아 갔다고 했다. 정말 벌 받을 양반들이다. 속을 썩다보니 더욱 병은 낫지 않고 참으려고 해도 워낙 아프니 신음소리가 나왔다.

　"울 테면 확확 울어버려."

　그러더니 그는 쿨쿨 자고 있다. 선이는 내가 복이 겨워서 이렇게 아픈가 보다고 생각했다. 정말 살기 싫다. 선이는 그가 눈물겹도록 고마운 사랑을 느껴본 적이 없다. 누가 아이를 봐줄 수만 있다면, 그와 헤어졌으면 제발 좋겠다. 월급은 삼만 원 가져와도 부족한 판인데, 그가 쓰고 남은 돈 만 오천 원을 주었다. 아니면 부수입을 착실히 가져오면 살 수 있다. 선이는 이렇게 아프면 오래 못 살 것 같다. 선이가 만든 병인지 그가 만들어 준 병인지는 몰라도 금방 나을 것 같지도 않고, 참 불행한 인생이 서럽기만 했다.

아이들을 가르칠 돈을 모으기가 힘들 것 같다는 생각을 하니 슬퍼서 자꾸만 눈물이 나왔다.

그의 회사가 망하게 생겼다고 시누이 남편이 말해 주었다. 돈 잘 벌 때, 저축 할 생각 없이 물 쓰듯 쓰더니 앞으로 어떻게 살지 모르겠다. 하기야 그는 그런 걱정하는 사람이 아니지만, 선이로선 정말 걱정되었다. 그러나 예쁜 아이들의 재롱을 보면 선이도 아들들은 잘 낳았구나. 그렇게 위안했다.

안집에 교회 사람들이 모이는 날이라 아이들을 데리고 전에 살던 집으로 피신을 갔다. 아줌마가 어젯밤에 용산카바레를 갔더니, 거기에 현우아버지가 있어서 얼굴을 돌렸다고 했다. 그는 오늘도 어디 갔다가 늦게 들어왔다. 아이들 머리 깎을 돈도 없다니까 아이들 과자 한 개 사다주지 않으면서, 그는 여자들과 춤이나 추러 다니고 있다. 선이에게 돈은 주지도 않고 시골에 가서 약을 해 먹고 오라고 했다. 그냥 그를 실컷 때렸으면 좋겠다. 제발 아줌마가 본 사람이 그가 아니길 빌고 싶다. 선이는 '나는 무엇 하러 이 세상에 태어났다는 말인가. 이렇게 못된 인간들의 종이 되어 고생하다 죽으라고 태어났더란 말인가.' 어쩌지 못하고 슬프기만 했다. 죄 없는 아이들이 어미를 잘못 만나 고생할 것이 미안하기만 했다.

그가 나갈 때, 집에 돈이 하나도 없는 것을 보고 나갔지만, 이튿날 들어올 때, 머리가 매끈하게 손질하고 기름을 바르고 들어왔다. 어디 갔었느냐고 했더니, 극장에 갔었고 밤에는 아무데도 가지 않았다고 했다. 작업복이 떨어졌다고 했다. 거지가 밤에는 말쑥한 신사가 되는 모양이다. 아무데도 가지 않았다면서 왜 머리에 기름을 바르나? 돈이 없다면서 극장에 갔다고는 어떻게 말하나. 이발한 것 가지고 말이 많다고 신경질을 부렸다. 정작 이발은 하지 않았다. 신경질을 부리더니 나가버렸다. 셔츠를 빨려고 보니 셔츠컬러에 빨간 루즈가 묻어 있다.

아이들이나 먹고 싶은 것을 사다 주었으면 좋겠다. 집 없이 살지 않으려고 집을 샀지만, 그 집을 육 개월 만에 팔게 하고 그 돈은 다 어디다 썼는지 모르겠다. 결국 남의 집에서 설움은 선이와 아이들만 당하고 살고 있다. 그에게 철이 없다고 했더니, 계속 따지고 들었다. 어떻게 저런 사람이 세상에 살고 있나? 선이는 아이들에게 먹을 것을 제대로 못 사 주는 것이 안타깝지만, 그는 아이들이 보이지도 않는지 카바레에 갔다. 남의 아이들이 맛있는 것을 먹는 것을 보면, 선이네 아이들이 먹고 싶어 하는 것을 보고 선이는 가슴이 아프다. 속을 썩다보니 결국에는 병이 생겼지만, 그는 아랑곳하지 않고 나가더니 이번에는 월급이 올랐는지 많이 가져왔다. 사람들이 봉투를 바꿔서 써온다는 소리도 들렸다. 월급봉투를 받고 고맙다고 했더니, 무슨 값, 무슨 값 달라고 하고 봉투에서 이천 원이 비었다. 봉투를 바꾸지는 않았나 보다. 어디다 썼느냐고 했더니 우물우물 하고 말았다.

그는 향군 훈련 받으러 간다고 가더니 늦게 들어와서 무엇이 마음에 들지 않았는지 여자와 좋지 않은 일이 있었는지 공연히 트집을 잡아 싸가지가 없다는 둥, 욕을 하고 소리를 질러 정말 동네 망신스러워 창피스러워 살 수가 없다. 아기가 잠을 못자고 보채서 같이 잠을 못 잤다. 선이가 물을 뜨러 나간 사이에 아기가 따라 나오다가 마루에서 떨어졌다. 아기를 보지 않은 그는 신경질만 부렸다. 그는 다음 날도 초상집에 간다고 했지만, 카바레 가는 것인지 잔뜩 멋을 부리고 나갔다. 선이는 잠을 못자고 힘들어서 저녁에 울고 있는데, 그가 들어와서 다시는 그러지 않겠다고 했다. 집을 팔고 와서 한 집에 사는 사람들이 선이를 무시하고 깔봐서 정말 자존심 상해 살 수 없다. 젊은 여자가 선이가 남편에게 날마다 당하는 것을 보고 아주 함부로 해도 되는 여자로 보는 것 같다. 집을 팔고 선이는 고통스럽게 살지만, 그는 신바람이 나서 여자들과 돈을 펑펑 쓰면서 살고 있다.

누가 여자는 참을 수 있다고 했나?

누가 여자는 참을 수 있다고 했나?

　밤중에 그가 들어오지 않으면 선이는 아이들을 재우고 밖에 나가서 차들이 지나가는 것을 본다. 산동네라서 큰 길이 다 보인다. 열한 시 삼십 분이 지나면서 차들이 급하게 달리고 열두 시가 되면 통행금지 시간이라 차들이 없어진다. 그는 들어오지 않고 여자들과 자겠구나? 하면서 방에 들어왔다. 지긋지긋한 시집살이를 하면서도 그때부터 잠이 오지 않기 시작했다. 그러다가 아래가 터지는 것 같이 아프기 시작했다. 그런 증상은 그가 집에 있는 날도 일어났다. 그 증상은 어떻게 할 수 없이 무섭게 아파 밤을 새웠다. 말하기조차 창피하고 더러운 그 증상은 가끔 일어났지만 고칠 수가 없다. 창피해서 누구에게 말 할 수도 없고 병원에 갈 수도 없다. 이러다가 죽을 것만 같았다. 아마 누구에게 말하면 내숭덩이 여자들은 여자가 끼가 있어 그렇다고 할 것이고, 남자들 역시 미친 여자라고 할 것이다. 정말 죽을 것만 같아 밖에 나가 아무남자에게나 나 좀 살려달라고 하고 싶다. 그 증상이 일어나면, 밤에 시작해서 낮에도 계속 이어졌다. 옛날에 과부가 남자를 잊지 못해 상사병으로 죽었다고 했는데, 이런 아픔이었나 생각되었다. 오죽하면 과부들이 바늘로 몸을 찔렀다고 했을까?

여러 집이 같이 사니까, 젊은 남자가 팬티만 입고 수돗가에서 목욕 하는 것을 보고 이 집에서 오래 살지 못하겠구나 생각했다. 선이는 그렇게 살지 않아서 도저히 그런 사람들과 한 집에서 살 수 없다. 아주 힘든 상태에다가 한 집 사는 여자들이 선이가 거지같아서 남편이 바람을 피운다고 빈정대는 소리가 들렸다. 거지같던 그는 춤을 배우면서 비싼 옷을 사 입고, 선이가 옷을 사달라고 하면 '여편네가 집구석에 있으면서 무슨 옷이 필요하냐.' 고 했다. 어려서는 그 동네에서 제일 잘 입고 다니던 여자가 숙모가 들어오면서, 옷을 사 입지 못하게 하고, 자기가 입던 옷이 마음에 들지 않으면 선이에게 입으라고 주고는, 자기는 다시 맞춰 입었다. 선이에게 용돈을 주지 않으면서, 돈을 아끼지 않는다고 거꾸로 어머니에게 일러바쳤다. 세상은 거꾸로 돌고 있었다. 가족의 생계를 위해서 공장에 다니던 그들은 결혼하고 믿어주는 사람이 있어 선이를 마음대로 괴롭혔다.

간신히 집을 샀더니, 강제로 팔게 하고 앞으로 집 사기가 쉽지 않을 것 같다. 다시 이사를 하는데, 주인집에서 저녁이 되어도 돈을 주지 않아 밤에 이사를 했다. 그럴 때에도 그는 주인집에 말 한 마디 하지 않았다. 선이 혼자 큰 소리 치고 좋지 않은 소리를 해야 했다. 그는 선이에게는 욕하고 소리 지르지만, 남에게는 꼭 해야 할 말을 하지 않고 구경만 했다. 이사하고 그는 선이에게 하는 소리가 '내가 술 먹고 그 집에게 깽판을 치려고 했다'고 했다. 그는 주인에게 말 한마디 하지 못하고 선이가 싸워가면서 말 할 때는 거들지 않고 선이가 간신히 받아 낸 뒤에, 그는 그런 말은 왜 하는지 모르겠다. 밤에 이사하고 불을 켜보니 방밑에 구멍이 수도 없이 나 있는데 신문지로 틀어 막아 있었다. 연탄가스 때문에 먼저 살던 사람은 죽지 않고 어떻게 살다 갔나? 궁금했다. 그 밤에 시멘트로 바닥을 바르고 비닐 장판을 깔았다. 시멘트 냄새가 나지만 창문은 콧구멍만한 것 하나 있다. 그 집은 박수무당 집이었다. 집안 깊숙한 곳에 방이 있는데, 물은 조금씩 나와서 받아먹기가 참 어려웠다. 할 수 없이 울안에 아무도 먹지 않는 우물을 퍼서 먹고 빨래를 했다. 굿을 하는 소리가 시끄럽게 들렸지만 나가보지 않았다. 박수무당의 부인은 식모 두고 아무것도 하는 것이 없고, 여자가 어디를 나갔다 오면 무섭게 싸웠다. 밤중에 싸우는 소리가 나면 아마 그때 들어 온 모양이다. 무당이 여자를 때리면서 "이 기집애야. 이 기집애야." 하면서 욕하고 소리 질렀다. 그 집도 오래 살 수 있는 집은 아니었다. 그 집은 돈이 많이 들어오는 것 같았다. 그 여자는 맛있는 것이 많아도 주지 않았다.

두 번째 집

두 번째 집

  그 집에서 한겨울을 지내고 봄이 되었을 때, 삼촌이 회사 사람들이 조합을 만들어 집을 짓는다고 신청하라고 했다. 돈이 그만큼 없다고 했더니, 융자를 많이 해준다고 권유해서 신청했다. 그리고 그 무당집에서 이사했다. 그 때 계를 붓고 있는 것을 삼촌이 알고 있었다. 열두 사람이 모여 땅을 사고 분양해서 집을 짓는다고 했다.심지 뽑기를 해서 B급이 되었다고 했다. 집을 짓는 비용이 엄청나게 비쌌다. 선이가 알아보니 비싸서 너무 많이 빚을 지게 생겼다. 선이가 땅만 사고 집을 짓지 않겠다고 했다. 그 때 선이는 임신 중이었다. 그는 조합 사람들의 비위를 맞추기 위해서 선이 말을 듣지 않았다. 땅값 말고, 집짓는 돈이 보통 벽돌집이 남들은 평당 사만 원 내지 사만 팔천 원에 짓는데, 이곳은 누가 먹는 건지 오만 팔천 원을 든다고 했다. 땅 값까지 이백만 원이 드는데, 칠십만 원을 융자 받는다고 했다. 그는 그 집을 안 지으면 직장을 나가지 않는다고 나가지 않았다. 그의 억지를 막지 못했다. 게다가 담을 쌓는데, 남들은 돈을 주지 않는데, 선이가 주지 말라고 하니까 그는 비싼 이자를 급하게 얻어다 주었다. 선이는 아직까지 잡티 하나 없던 얼굴이 속을 썩어서 얼굴이 새까맣게 기미가 끼었다. 남들은 담 쌓는 돈을 주지 않는다고 했더니, 그 사람들이 잘못이라고 했다. 선이가 조합 사람들이 돈을 너무 먹어서 주지 않는 것이라고 하니 조합 사람들이 잘못해도, 나는 할 도리를 해야 한다고 했다. 할 도리가 무엇인가? 그는 성인군자였다. 다른 사람들은 그 돈을 주지 않았다.

전세 든 집의 주인은 진짜 주인이 아니었다. 아기 낳게 생겼으니 방에 불이 들어가지 않으면 고쳐주기로 하고 얻었다. 방은 불이 하나도 들어가지 않았다. 여름에 아기를 낳았다. 이번 아기는 순해서 토하지 않았다.

셋째 낳던 날

셋째 낳던 날

　날씨가 꾸물꾸물 구름이 끼어서 연탄 냄새가 나서 숙모가 걱정이 되어 새벽에 숙모를 깨워 창문을 열어 놓으라고 하고 집에 왔는데도, 계속 배가 아팠다. 방에는 모기가 너무 많아 잡다보니 벽이 빨갛다. 다섯 시가 되니 많이 아프기 시작했다. 사실은 이 달에 낳지 않으려고 했지만 돈이 없어 할 수 없이 참았다. 이 달에 생일과 제사가 많이 겹쳐서 며칠만 일찍 낳고 싶었다. 아홉 시에 아기를 낳았다. 그는 집에 있었지만 마루에 그냥 앉아 있었다. 아기만 나오고 태가 나오지 않아 선이 어머니가 하루 종일 배를 문질러서 밤이 늦어 태가 나왔지만, 시커멓게 썩은 물이 나왔다. 그래 그런지 훗배가 몹시 아팠다. 남의 남편 같으면 당장 의사를 불러 주었을 것이다. 그는 선이네 하숙

생인지 남의 일처럼 생각하는 것 같았다.

일주일째 되는 날. 장맛비가 많이 쏟아졌다. 선이 어머니가 아침에 숙모네 가시더니 배가 아파하는 것을 보고 간 어머니가 무슨 일이 있는지 밤에 오셨다. 그런 양반이 아니다

"나 내일 가야겠다."

"어머니 내가 이렇게 아픈데 가신다구요?"

"니 시어머니더러 해달라고 해라. 나는 친정어미인데 내가 왜 딸 밥을 해주니?"

이상하다. 어머니 얼굴이 싸늘하다. 몸이 낫지 않는 것을 걱정하던 어머니가 삼촌네 갔다 오시더니 다른 사람으로 변했다.

"어머니 너무 하십니다. 우리 시어머니는 아무것도 못하시는 것 아시잖아요?"

"아들도 없는 사람이 왜 딸에게 밥을 해 주니? 동서 밥 해주러 가야겠다."

숙모는 아프지도 않은데, 비는 억수같이 쏟아지는 날, 아무리 붙잡아도 선이어머니는 그냥 매정스럽게 뿌리치고 갔다. 선이는 아파서 배를 잡고 기다시피 하고 다니니까 동네 할머니들이 어떻게 저런 딸을 두고 그냥 갈 수 있느냐고 했다. 독한 친정어머니라고 했다. 그 뒤로 선이가 친정에 갔을 때, 어머니에게 왜 그랬느냐고 말했더니, 숙모가 왜 늙은 어머니에게 따지느냐고 선이를 나무랐다. 선이 어머니가 나중에 선이에게 말했다.

"숙모가 밥해주지 않대? 시어머니가 해주는 것이지, 친정어머니가

누가 딸 산바라지 해주느냐고 하면서 가라고 하더라. 내가 잘못 하는 것인가 싶어 내려왔다. 그러면서 자기가 해줄 테니까 걱정하지 말고 가라고 하더라. 못 들은 척 해라."

그럴 줄 알았다. 그때 참 고생 많이 했다. 태가 정상적으로 나오지 않아서 남은 태가 썩어 나오는지, 속에서 냄새가 지독한 검은 썩은 물이 나오고 배가 몹시 아팠었다. 죽지 않고 살았다. 숙모는 빨래할 것이 있으면 선이 집으로 왔다. 펌프가 있으니 왔지만 선이 심부름은 해주지 않고 귀찮기만 했다. 선이가 친정어머니에게 불효한다고 고모와 삼촌과 숙모들이 죽일 년처럼 말했다. 나중에는 고종사촌들까지 선이를 나쁜 년, 취급했다. 그래놓고 선이에게 미안 했는지, 이미 나쁜 년으로 만들어 놓고 오랜 시간이 지난 뒤에 숙모가 선이에게 말했다.

"그때는 어머니가 워낙 잘못했어."

숙모는 이미 다른 사람들에게 나쁜 사람으로 인식 시켜놓고, 무슨 소리인지 모르겠다. 그 집은 집주인은 살지 않고, 전세 사는 사람들만 있었다. 밤늦게 들어오는 사람들이 많아서 넓은 집에 밤에는 깜깜해서 무서웠다. 그나 일찍 들어오면 좋지만, 그는 언제나 밤늦게 들어왔다. 고종사촌 동생은 공장에 다니면서 된장, 간장을 얻으러 왔다가 자고 가지만, 선이는 사는 것이 힘들어 반찬을 해 줄 수가 없었다. 동생이 기침 하면 불쌍해서 잘 해주지 못하는 마음이 아팠다. 숙모는 그 애가 오면 발에서 냄새가 나고 물을 아껴 쓰지 않으니, 별 흉을 다 봤다. 선이가 그 아이들을 받아주어서 자주 오게 한다고 숙모는 좋지 않게 말했다. 선이는 안타깝기만 했다.

　선이 어머니는 부잣집에서 태어났다. 그러나 외할아버지가 바람이 나서 재산을 다 팔아먹고 외할머니는 고생만 하시다가 돌아가셔서 선이 어머니는 큰집에서 자랐다. 큰집은 큰할머니가 아기를 낳지 못해서 선이 어머니를 자기 딸처럼 아주 귀여워했다. 부잣집이라 부리는 종이 있었기에 하는 일이 없어 수를 놓고 공부를 가르쳤다고 했다. 열네 살이 되었을 때, 갑자기 외할아버지가 오셔서 선이 어머니를 시집보낸다고 했다. 큰할아버지가 안 된다고 했는데, 자기 딸이라고 가난해서 장가 못 가는 나이 먹은 총각에게 비싸게 팔았다고 했다. 시집을 갔는데, 시어머니는 죽고 시 계모가 있었다. 계모가 시집 올 때만 해도 살만 했었는데, 시아버지가 빚보증을 잘못 서 주어 쫄딱 망해서 선이 아버지는 돈이 없어 장가를 못가고 있었다고 했다. 선이 어머니가 몇 년이 지나고 아기를 하나 낳아 기르고는, 그 뒤로 계모도 같이 딸을 낳았다. 그런데 선이 어머니가 낳은 아기가 죽고 계모가 젖이 나오지 않는다고 선이 어머니가 젖을 먹여 길렀다. 그 후로 계속 아기를 같이 낳았지만 계모의 아이는 살고, 선이 어머니의 아이는 죽어서 계모의 아이들을 자신의 자식인 양 젖을 먹여 길렀다고 했다. 선이 어머니는 고모와 삼촌 둘을 길렀고 늦게 선이를 낳아서 길렀다. 다 키운 큰 딸이 죽고 오직 고모와 삼촌들을 자식같이 길렀다. 어려서 선이는 부모 밑에서 많은 귀여움을 받고 자랐다. 삼촌들도 잘해주고 고모도 잘해주었다. 그러나 삼촌들은 결혼하더니, 선이를 학대하기 시작했다. 선이 아버지와 선이 어머니는 자식처럼 기른 삼촌들 말을 들었다. 숙모들이 고자질 하면 선이를 나무랐다. 선이도 삼촌과 숙모가 시기와 질투를 해도 다 들어야 하는 것이라고 생각했다. 결국은 삼촌과 숙모가 선이를 질투에서인지 돈은 받지 않았을 테지만, 팔아먹고 말았다. 그들에게 당한 것은 선이 아버지와 선이 어머니도 모른다. 선이 어머니도 숙모의 말을 듣고 아기 낳고 죽게 생긴 딸을 버리고 집으로 갔다. 양심 없는 그들은 선이를 남들에게 아주 못된 불효한 나쁜 딸이라고 말했다.

집을 지으면서 선이는 그림을 그려서 설계 했더니, 다른 사람들도 다 그렇게 했다. 옆집 사람이 땅은 조금 사고 건평은 넓게 해서 부엌 문을 열 수 없다고 땅을 달라고 하니, 돈 한 푼 받지 않고 그는 옆 마당을 잘라 주었다. 선이에게 한 마디 상의도 없었다. 선이네 화장실을 자기네 화장실 옆에 짓는데 선이네 땅에 하는 것을 못하게 했다. 자기네는 거기다 해도 되고 우리는 안 된다고 했다. 그럴 때도 그는 말 한마디 하지 않았다. 조합을 이루어서 짓는 집이라 그들과 자주 만났다. 그 만남에서 여자들을 불러 놀기로 했는데, 다들 가고 그만 여자와 자고 왔다고 자랑했다. 다른 사람들은 실력이 모자라 그냥 왔다는 식으로 말했다. 집을 짓고도 전세를 살았다. 겨울이 되니 방에 불이 조금도 들어오지 않았다. 물을 떠다 방에 놓으면 물이 꽝꽝 얼었고 걸레도 얼어서 떨어지지 않았다. 지독한 추위였다. 선이는 아기가 얼어 죽을 까봐 아기를 이불에 안고 앉아서 잤다. 큰아이 작은아이는 감기가 들어서 코가 막히고 헐어서 숨 쉬는 것을 힘들어 했다. 그가 들어오는 날은 석유를 자기만 땔 수 있을 만큼만 사가지고 와서 난로를 피우고, 그가 나가면 석유가 없었다. 할 수 없이 계약한 사람을 찾아가 방구들을 고쳐달라고 했다. 처음에는 그 사람들이 주인인 줄 알았다. 그는 안채에 살면서 가게에 나갔다. 못해준다고 해서 그때 계약할 때, 해준다고 했잖느냐고 했더니, 언제 그랬느냐고 잡아떼고 욕만 했다. 부동산 중개사를 통하지 않고 구두로 했기에 서류가 없다. 할 수 없이 그가 들어왔기에 남자와 같이 가면 들어주겠지, 하고 같이 가자고 했다. 안 간다고 하더니, 여자가 가니 깔보니까 남자가 가면 들어줄 것이라고 사정해서 같이 갔다. 가겟집에 들어가더니 그는 무조건 무릎을 꿇었다.

"잘못했습니다. 집사람이 뭐라고 했는지 모르지만 제가 사과합니다."

"이게 뭐하는 짓이야. 젊은 서방 데리고 와서 무슨 짓 하는 거야. 당장 나가지 못해…."

선이는 하도 기가 막혀 말을 할 수 없었다. 저게 남편인가. 굶어죽어도 이혼하고 싶었다. 이런 말을 하면 이 세상 누가 곧이듣겠나.

아궁이 고치는 사람을 찾았다. 누가 소개를 했는지, 어떤 할아버지가 왔는데, 선금을 달라고 했다. 술 한 잔을 먹어야 할 수 있다고 해서 다 하면 준다고 했다. 고치는 소리가 들리다가 다 했는지 소리가 없어 나가보니, 할아버지가 없다. 불을 때보니, 고쳤는지 그냥 그렇다. 하여튼 공사를 했으니 돈을 줄려고 해도 그 집을 아는 사람이 없었다. 누구 말을 듣고 왔는지, 알 수 없었다. 어떻게 물어물어 찾아간 곳은 산 속에 굴이 있는데, 거기에 산다고 해서 굴 밖에서 불러도 대답이 없었다. 무서워서 굴속으로 들어가지는 못했다. 몇 번을 찾아 갔지만, 아무도 만나지 못했다. 그 할아버지는 몇 해가 지난 뒤에 문방구 앞에서 어떤 할아버지가 돈을 얻으러 왔는데, 그 할아버지였다. 지갑에 있는 돈을 다 털어주었다. 사실 그 비용보다 더 많았다. 사람들이 돈을 많이 주는 것을 보고 깜짝 놀라서 묻기에 그 말을 했더니, 복 받을 것이라고 했다. 돈이 없어 집을 짓고 새집에 들어가 살지 못하고 전세를 놓지만, 융자를 많이 받아서 갚기가 너무 어려웠다. 그런 중에 작은형이 아프다고 해서 병원비를 주어야 했다. 얼마를 앓다가 죽었다. 작은 동서는 십 원도 내 놓지 않고 화장은 안 되고 매장을 하라고 했다. 아이들은 큰형과 선이네가 맡으라고 했다. 다섯이나 되는 아이들을 맡아야 한다고 했다. 아들을 낳는다고 자꾸 낳아서 아이들이 많았다. 작은 동서는 재워야 한다고 자라고 했다. 선이는 하루는 밤을 새웠지만, 이튿날은 잠깐 잠이 들었나 했는데, 큰형이 오더니 잠이나 자고 있다고 소리를 질렀다. 그러지 않아도 빚이 많은데, 웬 돈을 그렇게 쓰는지, 선이네는 빚 투성이가 되었다. 은행에서 돈을 갚지 않는다고 독촉장이 나왔다. 선이네는 빚을 안게 되었지만, 작은 동서는 작은형의 무슨 연금을 타게 되어 살아가는데, 걱정을 하지 않아도 된다는 소리를 들었다. 작은형이 죽자마자 젊은 남자가 들어와 살고 있더라고, 큰형과 그가 봤다고 했다. 아기 낳고 항문 습진이 생긴 지가 일곱 달이 지났지만, 고치지 못하고 있다. 천 원만 있어도 병원을 갈 수 있을 텐데, 남편 몰래 천 원을 마련하지 못해 병원을 못가고 쑥쑥 쑤시고 아팠다.

조합에서 선이네로 올 돈이 다른 데로 갔다고 하는데도, 그는 알아보려고도 하지 않았다. 선이가 알아보려고 했더니, 여편네가 나선다고 해서 말도 못하고 마음만 답답했다. 집에 독촉장이 나와서 여기저기 급한 돈을 얻어다 갚았다. 그는 집을 짓지 말자고 할 때, 조합장 말을 따르려고 선이 말을 듣지 않더니, 독촉장이 나오거나 말거나 걱정이 없다. 돈을 빌려야 하는데, 그날 왜? 하필 영등포 일대가 전화가 되지 않아서 더 힘들었다. 너무 힘들어 밥도 먹기 싫고 입은 다 헐어서 먹을 수도 없었다. 현우는 코피를 많이 쏟았다. 간신히 잠을 자는데, 입이 이상해서 불을 켜보니 입이 함박만 하게 붓고 목구멍까지 부었는지, 물도 먹을 수 없고, 말을 할 수가 없다. 정말 죽겠지만 가까이 사는 숙모에게 말을 할 수도 없다. 선이가 아프다고 하면 말하지 않는 것이 차라리 낫다. 숨이 넘어가지 않으면 말을 하지 않았다. 자기 아플 때는 금방 죽는 시늉을 해서 삼촌이 봐주고 선이가 아무리 바빠도 시중을 다 들어주었었다. 시어머니는 종기가 나서 약을 사다 주고, 이종형에게도 급전을 얻어주었다고 했다. 선이는 거의 미치광이가 되다시피 정신을 차릴 수 없이 집을 팔아야겠다는 생각과 어떻게 빚을 갚고 사느냐 하는 생각으로 밤이면 잠을 못자고 낮에는 일할 시간이 없다. 결혼하고 육년이 되는 날이지만 그는 평소처럼 들어오면 밥을 먹고 신문을 보면서 라디오를 듣고 잠이 들고, 선이는 아이들이 떠들까봐 설거지도 제대로 못하고 아이들 단속만 했다. 잠이 깨면 어디를 갔다가 밤 열두 시에 들어와 자고 아침에 나갔다. 그가 들어오지 않는 날은 일찍 자려고 누워 있는데, 잠결에 그가 들어오는 소리가 났다. 깜짝 놀라 일어났더니, 남편이 들어오지 않았는데 잔다고 소리를 질렀다. 밤에 여자들과 놀다가 집으로 들어온 것이다. 남편이 들어오지 않는 날도 잠을 자지 않고 있어야 하는 것인지, 무슨 말인지 알 수 없다.

선이는 잠 못 이루고도 편안한 가정을 이루고자 무한히 노력했다. 어쩌다 선이가 말을 시키면 그는 귀찮아하기만 했다.

선이는 아이들을 보면서 걱정이 되었다. 내년부터 큰아이가 학교를 들어간다. 저축을 해야 아이들 대학을 가르치는데 늘어가는 은행 빚에다 사채에 살 수가 없다. 선이가 친정에서 가져온 반지까지 다 팔아치웠지만 그는 안 되었다는 생각도 없다. 아이들을 잘 먹이지 못해서인지 잘 자라지도 못하고 잔병치레를 했다.

집을 팔아야겠다고 새집으로 들어갔다. 새집인데 세 살던 사람이 못을 너무 많이 박았고 집을 팔지 못하게 아궁이에 물이 샌다고 거짓말을 해서 할 수 없이 들어갔다. 집을 팔려고 들어갔지만, 그 동네가 그린벨트로 지정이 되어 더욱 집은 팔리지 않고 빚은 늘어났다. 깎아달라고 하면 깎아준다고 해도 집을 보기만 하고 계약하자는 사람은 없고, 젊은 여자가 집을 팔려는 것을 장난만 치려는 것 같은 사람만 있었다. 작은형 때문에 빚이 더 늘어났는데, 시어머니가 변을 싸기 시작했다. 의사를 불러 왔더니 창자가 썩는다고만 했다. 선이는 하루에 시어머니의 똥 싼 이불 빨래를 열 번도 더 빨았다. 좍 싸면 기저귀로는 감당이 되지 않고 썩은 냄새의 설사는 이불 전체가 다 젖었다. 펌프질을 해서 빨려니 정말 힘들지만 남편은 물 한 번 퍼주지 않았고, 다른 아들딸들도 심부름 한 번 해주는 사람 없었다. 며칠을 통 빨래를 하고나니 너무 힘이 들어 시어머니 미음을 쑤다 먹여드리고, 남편 밥 챙겨주고는 다락에 올라가서 쓰러졌다. 시어머니 통 빨래하다 지쳐서 밥도 먹지 못하고 누워있는 선이에게 그는 수고했다는 말도 없이, 다락을 올라와 보지도 않고 나가 버렸다. 날마다 의사가 왕진을 오고, 주사 놓고 약을 먹고 몇 달 만에 시어머니는 나았다. 변에서 썩은 냄새가 나던 것도 없어졌다. 병이 나으니 또 다시 선이를 볶기 시작했다. 그는 어머니에게 맛있는 것 해드리라고 하고 고기나 생선은 그와 시어머니만 먹어야 되고 아이들은 먹으면 안 되는 것이었다. 어쩌다 남기기라도 하면 아이들에게 먹으라고 하면, '우리가 먹어도 되는 거야?' 물었다. 빚이 많아 집 짓느라고 들어간 돈이 깡그리 날아가고 집은 없어지고 빚만 안았다. 전세 얻을 돈도 없어졌다. 선이와 아이들만 고생을 했다.

큰 방 두 개와, 중간 방 두 개에 부엌이 둘이 있고. 큰 대청마루와 다락이 두 개 있던 마당이 넓은 집을 팔고, 이웃집에 간신히 방 한 칸을 얻어갔다. 그 집은 조합장의 말 듣지 않고 사만 오천 원에 지었고 담 쌓을 때도 마음대로 했기에 빚을 지지 않았다. 선이는 우리도 그렇게 하자니까 말을 듣지 않고 빚 투성이가 된 것이다. 전세를 들어갔지만, 시어머니는 돈 주지 않는다고 욕을 하고 날마다 동네 다니면서 며느리 흉만 봤다. 둘이 끌어안고 자면서 소곤소곤 밤새 이야기한다고 했다.

선이는 밤새 시어머니 옆에서 자주 보는 소변볼 때 요강을 대주느라고 그와 마주 보고 잘 수 없었다. 힘들게 간신히 살아가는 여자에게 거짓말이나 하지 말았으면 좋겠다. 한 번은 밖을 나가려고 하는데, 수돗가에서 집 주인 여자에게 선이 흉을 보고 있어, 그냥 그 옆을 지날 수가 없어 섰었다. 선이는 모르는 척 했지만 집 주인 여자가 나중에 말하는데, 날마다 그 집에 가서 선이 흉을 봐서 제발 와서 그만 말하라고 직접 말하라고 현우엄마가 들으면 얼마나 속상하겠느냐고 해도 날마다 마실 와서 지겨워 죽겠다고 했다. 잠자는 이야기뿐 아니라, 별의별 듣기 힘든 이야기를 한다고 동네 할머니들도 말했다. 밥을 선이의 세 곱 이상도 더 먹고는 열한 시가 되기 전에 부엌에 몰래 와서 또 먹었다. 시어머니는 밥을 먹지 못해서 어지럽고 코피를 흘린다고 남들에게 하고 다녔다. 가겟집에 외상을 하고는 아들 욕을 하고, 선이에게도 좋지 않은 말을 했다.

"염병할 놈이 돈 한 푼이라도 주는 줄 아니? 니가 나 아이스크림이나 한 번 사준 적 있냐?"

문 앞에 가게가 있는데 남들이 맛있는 것을 사먹어도 아이들 아이스크림도 사 주지 못했다. 그래도 가게 앞에 앉아 있어서 시어머니는 아이스크림을 사 드린 적이 있었다. 선이는 군말 없이 외상값을 갚아드렸다. 시어머니는 가겟집에 외상을 지어놓아 가끔 갚아 드려야 했다.

"어머니가 아이스크림 사주지 않았다고 하는데 너무 죄송했어요?"

그에게 말했다.

"내가 당신 모르게 돈을 얼마나 드렸는데…"

그는 처음으로 선이에게 말했다. 시어머니나 아들이나 선이를 속이고 산다. 전세로 가고 나니, 동네 같이 집을 지은 사람들이 여행을 가도 선이는 빼고 갔다. 집을 팔기 전에, 시어머니가 몸이 가렵다고 몇 십 년 전에 옷이 올랐었는데, 그것이 재발했다고 가렵다고 해서 보니 이가 옷에 가득 했다. 이를 어디서 옮았나보라고 했더니, 동네 할머니들에게 가서 며느리가 당신들에게 옮았다고 하더라고 해서 옆 방 전세 사는 할머니에게 선이는 진창 욕을 많이 먹었다.

집을 팔고 잠이 오지 않는데, 그가 작년에 바람피웠던 이야기를 했다. 카바레에서 여자를 안고 비비다가 여관으로 갔더니, 여자가 먼저 옷을 벗고 누워서 자기도 벗고 들어갔더니, 수술을 해서 그런지 간신히 들어갈 정도이고 그 여자 기교가 정말 미치게 좋았었다고 했다. 한 번 하고 났는데, 순검 나온 경찰에게 들켜서 새벽에 몇 번을 더 할 것을 못하고 나왔다고 아쉬웠다고 했다. 지금 생각해도 그날 그 일은 생전 잊지 못한다고 하면서 도원동에 사는데, 전화를 하면 할머니 아니면 아들이 받는다고 했다. 그는 그때의 기분으로 자랑을 하지만, 선이는 피가 거꾸로 솟고 있었다.

그때 선이는 집을 짓느라고 돈이 없어 아기 낳고 죽을 뻔 했고, 항문습진이 생겨서 미치게 가려운 것을 병원에도 가지 못했다. 빚 때문에 집을 팔려고 미친 사람처럼 돌아다니고 밤에는 잠을 못자고 울면서 살았다. 그는 선이 말을 무시하고 빚을 얻어다 조합 사람들에게 남보다 더 주고 집을 짓고, 작은 형의 병과 사망으로 장례 빚에다 시어머니의 병으로 선이는 죽지 못해 살고 있었다. 아기 낳을 때도 병원에 가서 아기 낳고 싶다고 했다고 욕만 퍼붓고, 산후 조리 할 사람을 말해 놨더니 취소하라 해 놓고, 물 한 번 길어주지 않았다. 더 이상 더러운 말을 듣고 싶지 않지만, 다음 말은 무슨 말을 하나 했더니 눈치를 챘는지 말을 멈추었다. 결혼 전에 여자들과 놀다가 성병에 걸렸었다면서 결혼하고 수 없는 여자와 놀아나고도 미안한 생각을 하는 것이 아니라 자랑을 하고 있다. 선이는 팬티 살 돈도 없어 남편의 떨어진 팬티를 기워서 입었다. 아이들 내의도, 양말도 사 줄 돈이 없다. 몸은 극도로 쇠약해졌지만, 약도 사먹지 못했다. 그는 결혼할 때는 거지같았지만 지금은 멋진 옷이 아주 많다.

선이는 아기 낳은 지 얼마 되지 않아서 사촌언니를 만나러 갔더니 점심을 주지 않아 굶고 왔다. 시집의 사촌동서네 갔을 때도 빵 한 조각도 얻어먹지 못하고 젖먹이 엄마가 거지 취급 받고 굶고 다녀야 했다. 가난한 아기 엄마는 어디를 가도 밥을 주지 않았고, 거지 취급만 받고 다녔다. 어려서 남들이 보리 겨로 만든 개떡을 먹으면서 '너는 이런 것 먹지 않지' 하던 생각이 났다. 밭에는 수박과 참외와 오이가 널려 있고, 앵두나무와 자두나무, 복숭아와 살구나무, 대추나무와 배나무, 감나무, 밤나무, 호두나무가 계절을 바뀌면서 나무마다 주렁주렁 열려서 먹고 싶은 대로 먹을 수 있고, 종가집이라 제사가 많아서 떡도 자주 해먹었다. 입이 짧은 선이는 밥은 조금 먹고 간식으로 살았다. 봄에는 쑥버무리와 쑥 개떡이 있고, 여름에는 어머니가 음식솜씨가 좋아서 빵을 몇 소쿠리씩 해서 삼촌과 친구들이 고기를 잡아오면, 거기에 수제비 떠 넣고 매운탕을 하면, 동네 사람들이 다 모여들었다. 호박과 감자를 넣고 칼국수를 해먹고, 마당에 멍석을 깔고 식구들이 다 모여서 콩국수를 먹던 생각도 났다. 감자도 구워먹고, 앙금을 만들어 감자떡도 하고, 좁쌀가루를 찧어서 만든 감자떡도 해먹었다. 부추 부침개와 애호박 부침개도 많이 해먹었다. 가을에는 기지떡과 호박떡을 먹었고, 풋수수를 찧어서 거기에 풋팥과 풋콩과 동부를 넣고 찐 떡은 정말 맛있었다. 고구마는 큰 가리 안에 가득 있어 겨우내 쪄서 먹고 날로도 먹었다. 배추 뿌리도 쪄서 먹고 날로 먹었다. 서울에서도 삼촌이 나갔다 올 때마다 워낙 이것저것 많이 사 와서 먹을 것은 넘쳐났었다. 사촌오빠들이 산에 갔다가 머루랑 다래랑 밤을 따다 주던 생각도 났다. 선이는 남보다 잘 입고 남보다 귀여움을 받고 자랐다. 닭이 꼬꼬댁하고 알을 낳고 나오면 따뜻한 알을 꺼내어 먹었지만, 지금은 선이가 먹을 달걀은 없다. 남편도 거지 취급하고 남들도 거지 취급했다.

"우리 이제 정말 그만 삽시다. 당신 좋아하는 여자들도 많고."

그는 뾰족한 송곳을 둘째의 목에 갔다 대었다.

"그래 마음대로 해. 새끼들 다 죽이고 이혼하자."

그는 이혼하자고 하면 선이에게 잘못했다고 용서를 비는 것이 아니라 칼이나 뾰족한 송곳을 아이들 목에 대고 찌른다고 했다. 아이들이 놀라서 정신적인 병이 될 것이라는 생각은 하지 않았다.

그가 나가는 날 숙모에게 어떤 여자인 척, 사무실에 전화를 해달라고 했다. 다음날 가서 숙모에게 물었다.

"전화 안 하셨지."

"너는 왜 숙모를 네 마음대로 시키려고 해. 창피해 죽겠다. 지가 잘못하고 왜 내게 와서 전화하라고 하니. 네 숙모 같은 사람도 없다. 눈물이나 찔찔 짜러 오구."

나는 울고 싶어도 그 집에 가서 울지 않았다. 숙모는 울기만 하면 삼촌이 다 들어주지만 선이는 운다고 받아줄 사람도 없다.

"누가 그런 집으로 가라고 하랬어요?"

"저 좋아서 가 놓고 이제 와서 남편 건사도 못하고 누구 탓을 하는 거야? 그럼 너는 병신이었니?"

어떻게 저렇게 얼굴 바꾸고 말 할 수 있는지 모르겠다.

"왜 결혼하고 이제 와서 죄 없는 삼촌을 원망하고 있어, 왜? 만나서 서방질 했다고 제 입으로 그 사람에게 말하구는 뭘 잘했다구 누구 탓을 해. 꼴도 보기 싫으니 다시 찾아오지도 마."

그 사람에게 가기 싫어 약혼한 남자가 있다고 했다고 서방질을 했다고 했다. 선이는 다른 남자는 손도 잡아보지 않은 사람인 것을 삼촌도 안다. 숙모는 남편 바람피우는 것은 여자 탓이라고 자주 선이에게 말했다. 삼촌을 위해서 희생해달라고 하고, 약혼하고는 숙모 말 듣고 잘못했다고, 지금이라도 파혼했으면 좋겠다고 했었다. 생전 삼촌 원망하면서 살라 하고, 그 집은 그런 집이니 그 집에서 선이더러 나쁘다고 하면, 그 집말을 듣지 말라고 하니까 절대로 그러지 않는다고 삼촌도 숙모도 약속했던 것을 잊었는지, 생선 뒤집듯 뒤집어 말했다. 선이는 왜 삼촌과 숙모 말을 들어서 이 고생을 하는가? 한탄을 하지만, 호소할 곳은 아무 곳도 없다. 숙모는 돈놀이 한다고 남의 돈을 6부에 얻어 7부에 주고, 전세 돈보다 더 많이 홀랑 떼이고는 죽는다고 왜 선이에게 와서 말하는가. 팔만 원에 전세를 살면서 이십만 원을 떼었다고 했다. 선이에게 살려달라고 왔었다. 결국 죽지 말라고 달랬지만, 선이가 아는 것만도 숙모가 떼인 집이 열 집도 훨씬 더 되었다. 누가 돈 떼어먹고 도망갔다고 소문나면 거기에 숙모는 꼭 끼었다. 그 병을 고치지 못했다. 남편을 잘 만났으니 망정이지 다른 집 같으면 벌써 쫓겨났다. 그 집 자식들은 아버지가 돈을 벌지 못해 어머니가 고생한다고 생각했다.

선이는 몸이 망가지면서도 어떤 유혹도 돌아보지 않고 열심히 살았지만, 집을 사도 지탱하지 못하게 했다. 선이 마음대로 할 수 있는 것은 아무것도 없었다. 자존심이 상했지만 도원동을 찾아갔다. 남편은 앓아누워 있고, 아들 하나 데리고 전세 살면서 공장에 다니는 여자였다. 그의 말에 돈이 지갑에 많이 있더라고 했다. 계주를 한다고 들었다고 했다. 수단이 좋은 여자인가 보다. 안집 전화를 쓰고 있었고, 며칠씩 자고 온다고 동네 여자들이 까르르 웃었다. 선이는 그 여자 친구라고 하고는 말없이 왔다. 내가 이게 무슨 짓인가, 부끄러워서 아무에게도 말하지 않았다. 아이들에게는 더욱 말하지 않았다.

그는 구절초가 어떻게 생겼느냐고 물었다. 어떤 여자를 주려고 구절초를 사려고 하나. 뭐하려고 묻느냐고 했더니, 그냥 물어봤다고 했다. 그것은 여자가 먹는 한약재인데 왜 물어보나? 선이가 사고 싶다고 하면 관심도 없을 것이다.

선이는 성형수술을 했다. 며칠을 누웠지만, 그는 눈치 채지 못했다. 누워 있다고 신경질만 부렸다.

이사 하고 선이는 장사를 했다. 그는 죽을 먹더라도 장사하지 않으면 안 되느냐고 했다. 정말 가족을 위해서 사는 남편이 있다면, 죽을 먹어도 선이는 행복하게 살 사람이다. 하루 종일 돌아다니고 오면, 그는 아무것도 해 주지 않았다. 그는 폐결핵이 생겨서 날마다 고기만 사다 해주고 좋다는 약은 다 해주었다. 녹용을 넣은 약을 수없이 해주었다. 집안에는 약냄새가 진동했다. 밤에는 약을 달여야 했고 빨래를 해야 했다. 육 개월이 되니 의사가 참 빨리 낫고 있다고 했다. 어떤 것을 먹었느냐고 해서 보약을 먹였다고 했다. 한약은 절대 먹지 말라고 했던 양의사였다.

"보약이 좋기는 해."

의사가 혼자 중얼거렸다. 그 뒤로 일 년을 더 치료했다. 시어머니는 아들을 고치려고 고기를 사서 주는데, 자기가 더 먹겠다고 했다. 그는 더 드리라고 했다. 시어머니가 많이 먹고 똥을 싸면 고기값도 문제지만 치우는 것도 문제였다. 그는 잘 먹고 병을 고치려고 했지만 가끔 나가서 놀다 왔다. 술이 잔뜩 취해서 오기도 했다. 우물은 말라서 두레박만 대롱대롱 매달려 있다. 집에 물이 나오지 않으니 장사 나갔다 오면, 남의 집에 가서 물을 얻어오는데, 해가 떨어지면 주지 않았다. 낮에 간신히 몇 번을 길어왔고 남의 남자들은 받아주는데, 그는 집에 있으면서도 물 한 번 받아주지 않았다. 그렇게 그의 병을 고쳐주었더니, 다시 여자들을 만나러 다녔다. 선이 돈을 뺏어다가 춤을 추었다. 선이는 장사하고 시어머니 똥 빨래와 남편의 병간호를 하다 보니 지쳤다. 동네 통장이 똥을 대야에 담아서 우물가로 가는 것을 보고 밥을 적게 주라고 했다. 선이는 노인이 먹고 싶은 것을 참게 할 수는 없어 마음대로 먹게 했더니, 변은 많고 일은 더 많았다. 시어머니와 그는 선이의 고생은 생각하지 않았다. 선이는, 어느 날은 머리를 큰 바위가 짓누르는 것 같아, 머리를 들 수가 없었고, 또 어떤 날은 손과 발이 움직일 수가 없어 병원에 갔더니 신경쇠약이라고 꾸준히 육 개월 이상은 약을 먹어야 낫는다고 했다.

그는 회사가 망할 것 같다고 했다. 삼촌이 집안 조카가 대기업에 다니는데, 취직을 잘 시켜줄 수 있다고 해서 선이는 손아래 사람에게 사정해서 그를 취직 시켜주었다. 아직 정식 직원이 아니었는데, 사람들에게 자기가 정식 직원이 될 것이고, 다음에는 한 자리 할 것이라고 떠들고 다녀서 선이 입장이 곤란했다. 선이에게는 월급이 적다고 볶아댔다. 선이는 정식 직원이 되게 해달라고 손아래 조카에게 머리를 숙이고 다녀야 했다. 조카의 부인은 선이를 아주 깔 봤다. 그는 일요일만 되면 춤을 추러 갔고 여자와 자고 왔다. 집을 팔고 전세를 얻고 폐결핵이 생기면서 다시 춤추러 가지 않는다고 약속했었다. 폐결핵을 고치고도 몸이 좋지 않다고 해서 녹용뿐이 아니라 정력에 좋다고 뱀을 해달라고 해서 몇 마리를 먹었는지는 모른다. 선이가 해준 것만도 오십 마리는 해주었다. 그 뒤로 더 먹는다고 했으니 선이 돈을 뺏어다가 해 먹었을 것이다. 그리고 성병을 옮아오면 그 빨래는 자기가 했다. 다만 선이에게 그 더러운 병을 옮기지 않은 것만 고맙게 생각했다. 그럴 때는, 아이들에게 용돈도 주었다. 선이는 밤에도 낮에도 손과 발에 마비가 되어 발도 손도 깨물고 별짓을 다하지만,

그는 못 본 척이고 눕고 쉽지만, 시어머니가 누워있으니 누울 자리도 없다. 부부동반으로 회사에서 놀러간다면서 같이 가자고도 하지 않았다. 그는 갔다 오더니 기분이 좋지 않다고 돈만 많이 썼다고 신경질을 부렸다. 집 팔고 방 얻을 돈도 없어서 십만 원이나 빚을 얻어 쓰고는 신경질을 왜 부리나? 그나마 지금 선이가 벌어서 생활하는데 미안한 줄도 모른다.

동네 여자들이 양복에 브로치 자국이 나서 남자들 춤추고 오면, 표시가 난다고 했다. 그가 새 양복을 맞추어 입고 나갔다 왔는데, 가슴 쪽이 다 뜯겼다.

"어제 춤추러 갔나봐?"

"춤추는데 가지도 않았다. 멀쩡한 사람을 뒤집어씌우고 지랄이야."

"그런데 새 옷이 왜 다 뜯겼어?"

"아니라는데 이 쌍년이 왜 또 지랄이야. 개 같은 년, 시팔 년이 서방을 잡아먹지 못해 환장했어. 이 좆 같은 년, 죽여 버릴 꺼야."

주먹으로 얼굴이고 머리를 정신없이 때리더니 순모 양복 조끼와 바지를 좍좍… 찢어버렸다. 찢은 옷으로 선이 목을 감았다. 숨을 쉴 수 없어 캑캑 거리는데, 안집 아줌마가 싸우는 소리 듣고 방문을 열었다.

"이게 무슨 짓이에요?"

안집 아줌마가 깜짝 놀라 소리치면서 말렸다.

"아니에요. 들어가세요."

"아니 무서워서 그냥 들어갈 수 없네요."

"그러지 않을 게요. 염려 말고 들어가세요?"

남의 말은 잘 듣는 그가 퍼붓던 입과 손을 멈추었다. 선이는 안집 아줌마 덕분에 죽지 않고 살았다. 며칠이 지나고 낮에 자고 일어나더니 말을 했다.

"그년이 브로치를 했는지 몰랐지."

춤추러 가지 않았는데 선이가 뒤집어씌운다고 때리고 죽이려고 하더니 무슨 소리인지 모르겠다. 얼마나 재미있는지 이야기를 하면서 싱글싱글 웃었다. 그 버릇은 여전하더니 다시 성병을 옮아왔다. 팬티가 더러웠다. 이게 뭐냐고 물었더니, 그런 일이 없는데 뒤집어씌운다고 그가 또 욕을 하고 난리가 났다. 선이가 못 살겠다고 삼촌을 데려왔다.

"어떻게 할 건가?"

"현우 엄마가 하자는 대로 할게요. 이혼하죠. 뭐."

"그럼 자네 어머니는 누가 모시고? 그러지 말고 어머니도 계시고 하니 이혼은 안 되네. 어머니는 모셔야지."

삼촌이 와서 그렇게만 말하고 갔다. 그러니까 선이가 그의 어머니를 모셔야 하니까, 이혼을 하면 안 된다고 하는 것이다. 선이는 사람이 아니고 팔려간 몸종인지 개새끼인지 모르겠다. 그의 어머니 똥 빨래할 사람이 없으니, 그가 여자들과 실컷 놀고 성병을 옮아와도, 때리고, 굶기고, 짓밟아도 좋으니, 이혼하지 말고 마음껏 부려먹으라고 하는 소리인 모양이다. 삼촌은 젖 먹여 길러준 형수를 모시지 않고 힘들 때, 일이나 시키니 선이의 힘든 일은 모르는 것인지도 모르겠다. 숙모는 시어머니 모시는 사람들에게 시어머니에게 잘못한다고

셋째 낳던 날 227

흥을 봤다. 그런 소리 할 자격이 있는지 모르겠다. 겨우 그 소리 하러 왔었나? 그 소리가 선이를 도와주는 말인가? 삼촌은 선이를 도와주러 온 것이 아니고 그에게 잘했다고 힘을 주고 용기를 주러 왔다. 그에게 파이팅! 해 주었다.

안집 아줌마가 동네에 가서 물을 길어다 통 빨래하는 우물가로 오더니 옆에 앉아서 말했다.

"현우 엄마. 나이 먹은 내가 할 말이 아니지만, 도저히 쳐다볼 수가 없어서 하는 말인데, 이제는 현우 아빠에게 그렇게 잘할 필요 없어. 약도 이제 그만 해줘. 내가 지금까지 지켜보니까, 현우 엄마 불쌍해서 쳐다 볼 수가 없어. 내말 허투루 듣지 마."

"……."

추석은 또 돌아왔다. 그는 나갔고 선이는 무엇을 잃어버린 것 같이 마음이 허전했다. 그는 오늘 할 일이 없으니 춤추러 가서 놀다가 여관에 가서 여자들과 재미를 볼 것이다. 안집과 건넌방도 어디 갔는지 조용하고 선이만 집에 있는 것 같다. 선이는 소가 고삐에 묶여 살듯이 살고 있다. 내 자식들만 잘된다면 좋겠다. 선이는 몸도 아프지만 정신적인 병이 더 심각하다. 그가 다른 여자와 살면서 언제 선이를 죽이려고 할 지, 아이들까지도 죽이려고 할 지 모른다는 불안감에 하루가 지나면 오늘도 죽지 않고 살았구나? 하고 살고 있다. 옆방 여자가 아기 낳았을 때, 남편이 꼼짝하지 말라고 하면서 산후조리를 해주었다고 하고, 또 다른 여자는 두 달 동안 산후조리를 잘 해주었다고 하는 소리를 듣고 선이는 여자도 아니고 남편도 없는, 남의 나라

이야기로 들었다.

　복수를 하고 싶었다. 동네 여자들이 같이 가자고 꼬드겨서 못 이기는 체, 하고 카바레를 따라 갔다. 춤을 출 줄도 모르면서 남자의 손을 잡았더니 으슥한 곳으로 가더니 얼굴을 비비려고 했다. 그냥 밀어버리고 나왔다. 복수를 하려고 미쳐서 갔는데, 아이들이 눈에 선했다. 화장실에 갔더니 여자들이 화장을 진하게 하고 멋있어 보였다. 선이처럼 화장도 하지 않고, 허술하게 옷을 입고 온 사람은 없었다. 선이는 도저히 복수를 할 수 없다고 생각했다. 선이는 이런 삶을 살고 싶지 않았다. 마음속으로 통곡했다. 그는 밤마다 여자들과 놀고 와서 돈이 없어 굶었다고 하면서, 일을 많이 해서 허리가 아프다고, 다리가 아프다고 주물러 달라고 했다. 회사에 골치 아픈 일이 있다고 하고는 입을 닫고, 물어보면 신경질만 부렸다. 방이 하나뿐이라 한 이불속에서 자면서, 한 마디도 하지 않고 사는 것이 이것도 부부인가? 선이는 그에게 물어보고 싶다.

　장사 하러 갔다 집에 들어오면, 시어머니는 똥을 싸서 옷으로 닦아 장롱 틈바구니에 끼어놓고 방바닥에 묻어 있어 어디다 감췄느냐고 물으면 모른다고 했다. 물이 나오지 않아 아래 동네로 물을 얻으러 갔다 와서 구석구석 찾아서 빨래를 하려니 도와주는 사람은 없고 선이는 정말 힘이 들었다. 지독한 고문을 당하고 있다. 밥을 앞에 놓고도 먹을 수가 없다. 몸이 온통 쑤시고 가슴이 미어지도록 아프고 머리가 빠개질 것 같아 잠을 잘 수 없어 밤을 지새우는 고통은 칼과 창으로 찌르는 것과 무엇이 다른가? 선이가 얼굴을 들면 잡아먹을 것 같은 귀신같은 시어머니 얼굴이 보이고, 그 옆에는 잔뜩 찡그리고 무슨 핑계를 잡아 내려칠 것 같은 험악한 악마가 보였다. 시어머니가 전에 '내가 똥 싸면 네년이 치워줄 년이냐, 어림도 없지. 진작 내가 약 먹고 죽는 것이 낫지.' 말했는데, 지금은 왜 그런 말은 하지 않는지 모르겠다. 날마다 욕이나 먹고 험악한 얼굴로 소리를 질러도 말 못하는, 죄 지은 사람처럼 사는 것은 인생이 아니다. 선이는 간신히 잠이 들면 악몽 속을 헤매다가 깼다.

"어머니 왜 작은 아주버님과 형님과 현우 아빠가 모두 성이 달라요?"
"얘도 참 아주 바보네. 아버지가 다르니 성이 다르지."
"예에? 현우 아빠하고 작은 아주버님하고 아버지가 달라요?"
"그래. 그걸 몰라서 묻냐?"
"그러면 현우 아빠와 큰 아주버님과는 아버지가 같은가요?"
"그래. 그걸 몰랐니. 새삼스럽게 왜 물어?"

어떻게 한 칸 건너 그와는 성이 같은지 물으려다 그만두었다. 선이는 형제간에 성이 다른 것을 처음 들었다. 그래서 아버님 밀례 한다고 하고는 말들이 많아서 그만두었는지 모르겠다.

시어머니를 목욕시키려면 옷을 벗기기도 힘이 들고 입혀주기도 쉽지가 않다. 몸을 씻어주기는 더 힘이 들었다. 아이들 같으면 야단이나 치지만, 그러지도 못하고 이것은 정말 장난이 아니다. 옷을 벗기고 입히는 것이나 자기 어머니면서 그가 해주면 얼마나 좋으냐. 게다가 시어머니가 아들에게 잘못한다고 일러바치면 잘하지 않는다고 때리고 욕했다. 맛있는 것 사주지 않는다고 욕하고, 용돈 적게 준다고 욕하고, 견딜 수가 없다. 또 다시 바짝 말라서 사람들이 왜 그러냐고 어디 아프냐고 하지만 장사하는 사람이 아프다고도 하지 못했다. 많이 돌아다녀서 말랐다고 말하고, 속으로 울면서 남 앞에서는 늘 웃는 얼굴을 했다.

너무 고통스러워서 선이는 눈물이 주르륵 흘렀다. 민우가 책 보다가 선이를 봤다.

"엄마 왜?"

"아니 공연히 눈물이 나오네."

선이는 말하면서 목이 멨다. 민우가 울고 근우가 울려고 했다. 얼른 이래서는 안 되겠다 싶어 웃으면서, 연속극에 나왔던 것이 생각나서 눈물이 나왔다고 했다.

"아빠가 육성회비 안 주면 어떡해?"

"엄마가 줄게."

언제 그가 아이들 육성회비를 주었었나? 기억이 없다. 육성회비를 아버지가 벌어서 주는 것으로 알고, 생활비도 아버지가 벌어서 사는 것으로 아는 아이들이다. 선이가 육성회비 마련해 놓으면, 아비가 뺏어다가 무슨 짓을 하고 다니는 줄을 아이들은 모르고 있다.

"엄마, 죽지 마?"

"엄마가 왜 죽어. 절대로 죽지 않아."

얼마 전에 선이가 약봉지를 그의 앞에다 내밀며 말했다.

"이제 술 그만 먹어?"

대꾸가 없다.

"술 좀 조금씩 줄이라구요?"

느닷없이 일어나서 장사 보따리를 부엌 바닥에 던지더니, 다시 참깨 봉지를 던졌다. 이사하면 그 집에 가서는 조용했으면 했지만, 이사 갈 때마다 소리 지르고 때리고 많지도 않은 그릇들을 마당에 던지고, 밥상도 마당에 집어던졌다. 옷도 찢어버리고, 시집올 때 해온 장롱 유리도 깨어버리고, 라디오도 박살이 났다. 살벌해서 살아가는 것이 힘들었다.

작은형이 죽었을 때는 선이가 잠을 못자고 고생했건만, 자주 찾아와 돈을 얻어간 형이건만, 장례 끝내고 빚이 더 많아져서 걱정이 되어 힘든 선이에게 집에 와서 고맙다고, 미안하다고도 하지 않았다. 제 형이 선이 때문에 죽었나? 선이에게 죽일 듯이 신경질을 부렸다. 형이 죽어서 속상해서 그렇겠지 하고 그냥 참아 주었다.

시누이는 작은 동서가 남편이 없는데도, 가게만 차려주면 시어머니를 모신다고 하니 가게를 차려주라고 했다. 작은 동서는 전에 계를 붓고 있으니, 딸이 수술을 해서 병원비를 보내주면 갚을 것이라고 전보를 치더니, 돈 받고는 그 뒤로 한마디 고맙다고도 하지 않은 사람이 돈 갚을 생각이라도 했는지 모르겠다. 작은형도 맹장수술 했다고 해서 그가 가서 병원비를 주고 왔다고 들었다. 그 소리를 듣고 선이가 남편이 결혼 전에, 다쳐서 갈비가 없어진 것이 원인이 되어 수술을 하라 하는데, 돈도 없지만 어머니를 잠깐만 누가 모셔주었으면 좋겠다고 했다. 그랬더니 시누이가 갑자기 남편 없는 사람도 시어머니를 모신다고 하는데, 시어머니 모시기 싫다고 했다고 욕을 퍼부었다.

그리고 선이네 아이들이 할머니를 잘 따르지 않는다고 욕을 하기에, '왜 외손자는 따르지 않지요?' 했더니 외손자하고 같으냐고 했다. 그러면서 아이들을 때려서 가르치지 않는다고 했다. 시누이에게 옷을 팔고 외상값을 받으러 갔는데, 돈은 주지도 않고 욕만 했다. 사실 시누이에게는 팔아 주는 것이 고마워서 옷값을 본전에 주는 것이었다.

"너는 친정에서 고춧가루와 잡곡을 갖다 처먹으면서 내게 고추 씨 한 개라도 먹어보라고 주어 봤냐?"

"죄송합니다."

선이는 친정에서 고추를 돈 주고 사다 먹었지, 거저 가져온 적이 없다. 그것은 자기 친정어머니에게 말해야지, 왜 선이에게서 뺏어먹으려고 하는가. 다들 도둑 같은 사람들이다. 선이는 시누이를 위해서 시누이 남편의 생일에 해마다 고기를 사가지고 갔다. 올해는 그날 공무원 월급 나오는 날이라서 외상값 받으러 가는 날이라 그날 가지 않으면, 받지 못하기에 못 간다고 했었다. 미리 말했건만, 왜 오지 않았느냐고 야단을 쳤다. 참 염치도 없다. 반지 계를 해서 시누이 생일에도 금반지 서 돈을 해주었고, 몸에 좋다는 약도 사다 주었다. 선이는 시집 식구들 생일을 챙겨 주었지만, 그들은 받아먹기만 하고 선이에게는 결혼하고 누구 하나 생일이라고 양말 한 짝도 사준 적 없고, 그날 찾아오는 사람을 구경도 못했다. 작년에는 시어머니를 시누이가 모신다고 해서 갔다가 다시 오게 되면 서로가 더 힘드니까 모셔가지 말라고 했더니 기어이 모셔갔다. 한 달이 지나니 못 모시겠다고 했다. 코피를 쏟고는 밥을 먹지 못해서 그렇다고 하고, 도저히 모시지 못하겠다고 했다. 큰아들도 있고 딸도 있는데, 바짝 마르고 장사하느라고 바쁜 막내며느리인 선이에게 모셔가라고 했다. 모시러 갔는데, 시누이는 쳐다보지도 않고 보따리도 들어다 주지 않았다. 할 수 없이 시어머니 손을 잡고 길에 나가서 택시를 얼마 만에 간신히 잡았는데, 왜? 있는 힘을 다해서 택시 문을 잡고 들어가지 않았다. 확 밀어 버릴 수도 없고 기운이나 있어야 안고 들어가게 하느냐. 웬 기운이 그렇게 센지 정말 힘이 들었다. 지금 생각해도 그 택시 기사가 기다려 준 것이 고맙다. 그렇게 힘드니까 딸이 내다보지 않았고, 아들도 모셔오지 않았던 모양이다. 아마도 이 세상 사람들이 지금 선이가 말하는 것을 이해 할 사람은 아무도 없다. 무슨 말을 하는지 모를 것이다. 하여튼 선이는 정말 죽을 뻔했다. 내릴 때도 누가 죽이려고 하는지, 택시 탈 때와 똑 같이 내리지 않으려고 택시 문을 붙잡고 있는 힘을 다해서 내리지 않았다. 밖으로 확 떠다 밀 수도 없고, 그때의 광경을 사진이 없으니 누가 아느냐. 거짓말 같은 선이의 고생이었다. 누구도 고생했다고 말해주는 사람을, 선이는 보지 못했다.

 그의 친구 누나와 시누이는 친구였다. 친구 누나가 이사 가고 친구 어머니도 진작 멀리 이사 갔으니 다행이다. 아마 그들이 지금까지 그 동네 살았으면 같이 시집살이 시켰을 것 같다. 숙모는 그 여자들과 짜고 선이를 팔아먹었다. 설마 돈을 받지는 않았을 것이지만 그들의 속은 아무도 모른다. 다른 무엇이 있었을 것이다.

 그의 큰형과 동서는 선이네 집에 와서 이혼을 한다고 별별 욕을 다 하면서 싸우더니, 아이들을 두고 갔다. 방은 좁은데, 조카들까지 와서 부스럼이 나서 약을 사다가 내 자식 아픈 것은 그냥 두고 열심히 치료해 주었다. 여드레가 지나고 아이들을 데려가면서 수고했다고 한마디 없이 시어머니에게 맡겼다가 데려가는 것이라고 했다. 차라리 아무 소리나 말았으면, 덜 서운하겠다.

그는 버릇을 고치지 못하고 돈을 숨기고 춤을 추러갔다. 썩은 물에서 살던 벌레가 깨끗한 물에서는 살 수가 없고 더러운 물을 찾아가는 모양이다. 회사에서 성과급이 나왔다고 했다. 선이에게 조금 나왔다고 했다가 이쪽과 저쪽 호주머니에 나눠 넣었다가 선이에게 들켰다. 집에는 내놓기가 아까운 모양이다. 큰 아이가 그것을 보고 웃었다. 이러다가는 오래 살기 어렵겠다. 밥을 먹으려고 억지를 써도 모래알 같은 밥이 넘어가지 않았다. 가슴이 터지도록 아파서 먹지 못하고 밤을 새웠다. 한 달만이라도 남들처럼 살아봤으면 좋겠다. 선이는 지난 세월이 지긋지긋한 기억만 있고, 좋았던 기억이 생각나지 않는다. 거지 출신이 부잣집으로 시집간 것도 아닌데, 이렇게 구박을 받고 산다. 선이 얼굴이 남보다 못난 것도 아니고, 자식을 못 낳은 것도 아니고, 사치와 허영을 모르고 남편의 월급 봉투가 비어있어도, 귀가 시간이 늦어도 잔소리를 하지 않은 것이, 죄가 되는 것을 몰랐다. 시어머니와 시집 식구에게 잘하려고 노력했던 마음이 잘못이 되는 줄 몰랐다. 자기 몸을 걱정하지 않고 진심으로 남편과 시어머니를 걱정하는 마음만 있었다. 그가 다른 여자를 생각할 때, 선이는 남편만 생각했다. 풀뿌리를 캐어먹고 나뭇잎을 두르고 살더라도 서로 아끼고 진실한 사랑을 하면서 살고 싶어 한 것이 잘못된 생각인 줄 몰랐다.

그가 술이 취해서 오면 새벽에 나가서 소고기 사고, 북어 사고, 계란을 사다가 아침 일찍 술국을 끓여 주었다. 가게들은 그렇게 아침 일찍 문을 열어서 다행이었다. 결혼하고는 인삼을 사서 절구에 곱게 빻아 뜨거운 물에 인삼과 들깨 가루를 넣고, 계란을 풀어 저어서 조금 식은 뒤에 토종꿀 한 스푼 넣고 아침마다 주었다. 남들은 선이처럼 하지 않아도 남편들이 아내를 아껴주는 것을 봤다. 숙모들은 자기 몸만 챙기지만 삼촌들은 숙모들의 말이라면 다 들어주었다. 선이 어머니가 딸을 잘못 가르쳤다. 선이 어머니가 선이 아버지에게 정성을 다해서 봉양하는 것만 봤다. 선이는 세상 물정을 몰라 어머니 하는 것만 따랐다. 선이는 슬프고 힘들어 날마다 울면서 살았다.

선이는 불안하면서도 많은 기대를 하고 병원에 갔다. 의사는 넉 달 동안 연구하고는 다른 병원으로 가라고 했다. 종양이라고 수술을 해야 한다고 했다. 진작 다른 병원에 가라고 하지, 기다리는 병자를 장난질 하는 것이라고 생각되었다. 선이는 그가 병실에 들어간 사이에 의자에 앉아보니 새끼 손톱에 매니큐어를 보고, 남편은 아픈데, 아내가 이게 뭐하는 짓인가. 집에 와서 지웠다. 그 이후로 선이는 다시는 매니큐어를 칠하지 않았다. 그의 병을 고치려고 선이는 참 많이도 고생했다.

민우가 얼굴이 붓고 일주일동안 열이 나서 약을 지어다 먹이고, 현우는 머리가 헐고 밥을 먹지 못하였다. 그는 이주일 동안 술을 곤드레가 돼서 오더니 변을 보고는 변이 새까맣다고 했다. 약국에 가서 알아보니 빨리 병원에 가라고 했다. 당장 입원하라고 했다. 그는 입원하기 싫다고 했다. 지금 회사에 가지 않으면 퇴출 된다고 하지만, 어쩔 수 없다. 술을 너무 많이 먹어 장이 파열 된 것 같다고 했다. 약방에서 암포젤 엠을 사서 움직이지 못하게 하고 세 시간마다 약을 먹였다. 자명종시계가 없으니 잘 수가 없다. 삼일 정도 지나니 변이 노래졌다고 하고 이틀 정도 약을 더 먹였다. 아이들도 아픈데 제대로 돌볼 시간이 없었다. 아이들이 많이 고생했다. 선이는 잠을 못자서 정신이 하나도 없다. 그는 고맙다는 말 한 마디 하지 않았다.

선이는 점을 보러 갈까 했다. 혼자 아무도 듣지 않는데 그에게 욕을 했다. '나쁜 놈. 사람도 아닌 놈, 짐승만도 못한 놈.' 욕을 했지만 시원하지가 않다. 선이는 욕을 할 줄 몰랐다. 시어머니와 그와 그의 형과 동서가 입에 달고 사는 욕에 진저리를 친 사람이다. 심한 욕을 듣고도 배우지 않으려고 했다. 어제 바빠서 동회로 서울역으로 중대본부로 병원으로 약국으로 돌아다녔지만 분해서 잠이 오지 않았다.

아이들은 상급생이 되어서 책을 사달라고 하고 가방이 떨어졌다고 창피하다고 했다. 월급을 타서 어디다 썼는지, 빈 봉투를 들고 왔다. 조카가 아프다면 입원을 시킨다고 하고, 동서가 아프다면 밥도 먹지 않고 뛰어가는 사람이 자식이 아프다면, 못 들은 척 했다. 선이가 아프다고 하니까 "네까짓 년이 아프면 얼마나 아프냐"하고 몸을 들어서 방바닥에 메치던 일이 생각났다. 머릿속이 깨지지 않았으니 다행이다. 그가 병이 나면 선이는 잠을 자지 않고 정성껏 치료해 주었다. 고기반찬은 없는 날이 없지만, 아이들은 먹으면 안 되었다. "나 저거 먹어도 돼? 아빠한테 혼나잖아" 아들이 하는 말이 선이의 가슴을 때렸다.

공휴일이라 그도 아이들도 집에 있었다. 점심준비하려고 하는데, 열한 시부터 아래가 뜨끔뜨끔하고 옆구리가 뒤틀리면서 배가 많이 아픈 것을 참고 있는데, 느닷없이 굉장히 아파서 그와 같이 병원에 갔다. 요로에 돌이 생겼다고 했다. 육년 전에 이런 일이 있었다고 말했다. 의사가 전에 그런 일이 있었으면 틀림없다고 했다. 진통제 주사를 맞았다. 기다려도 낫지 않아 다시 놨다. 깜박 잠이 들었는지 깨어나 보니 어지럽고 토할 것 같다. 의사가 누워있으라고 하는데, 집에 와서 눕고 싶었지만, 그가 없어졌다. 어지러워서 혼자 오기는 어려운데, 남편이 오지 않는다고 하니까 의사가 말했다.

"너무했다. 남편이 어떻게 그럴 수가 있어."

혼자 중얼댔다. 병원에서 나오는데 어지러워 간신히 기어오다시피 하고 와보니, 아이들을 굶기고 조카와 어머니를 만나러 갔다고 했다. 먹을 것이나 챙겨주고 가지, 가까운 곳이니 금방 오겠지. 그는 밤중에 왔다. 선이는 진통제 약효가 떨어졌는지, 병원에서 오다가 약방에서 진통제 약을 사가지고 왔다. 다시 아프기 시작해서 두 알을 먹었는데, 가라앉지 않아 다시 두 알을 먹고 또 두 알을 먹으니까 덜 아팠다. 토하고 땀이 나서 온몸이 흠뻑 젖었다. 그리고 아픈 것이 서서히 가라앉았다. 며칠 있다가 삼촌댁에 갔을 때, 그 이야기를 했다.

"인간 같지 않은 사람과 사느니 어서 빨리 이혼해라."

삼촌이 분하다고 하면서 그것도 사람이냐고 했다. 그러나 삼촌도 믿을 수 없는 사람이다. 숙모는 모르고 중매했는데, 그런 줄은 몰랐다고 했다. 왜 모르나? 동네 사람 다 아는데, 날마다 이웃사람들과 만나서 하는 일 없이 남의 흉이나 보는 숙모가 몰랐다고 했다.

"무슨 중매를 싫다고 죽는다는 사람을 거기는 강제로 가게하고, 왜 이모네는 못 가게 했나요?"

"거기는 왜 안 갔대?"

"숙모가 못 가게 했잖아요?"

숙모는 자기가 말하지 않았으면 펄펄 뛸 사람이 웃는다. 그러면서 자주, 그가 참 미련한 사람이라 제 어머니에게 잘못 한다고 하고, 선이에게는 남자가 바람피우는 것은 여자 탓이고, 집안 우애도 여자가 잘못해서 나쁘다고 선이의 염장을 질렀다. 그러면 삼촌들이 싸우는 것은 누구 탓인가? 그가 결혼하기 전에 날마다 형들과 싸운 것도 선이가 잘못해서인가? 싸우는 것을 동네사람들이 다 보고 이야기 했으니 모를 리 없건만, 왜 그런 집으로 꼭 가야만 했던가?

바람 부는 모래벌판에 물 한 모금 얻어먹지 못하는 민들레 한 포기, 어떡하다 빼빼마른 잎에도 꽃은 피었는데, 무슨 수로 씨앗을 맺을 수 있게 할 수 있나. 마지막까지 대공을 비틀어, 남은 물까지 다 짜주어, 건강한 씨앗으로 만들어서 훨훨 날아 너른 벌판으로 날아가도록 안간힘을 써 본다. 하늘을 올려다봐도, 검은 하늘이고, 해가 온 세상을 비쳐도, 선이에게는 빛이 보이지 않고, 캄캄한 장막 속이다. 늙으신 부모님 밑에서 곱게 약하게 자라서 이리떼 굴 속에 버려진 인생이다. 앞이 캄캄하다. 그는 동서와 살 때는 십 원 한 장 속이지 않았다면서, 동서는 선이가 거짓말 한다고 했다. 그에게 물어보니 밥해주는 사람에게 속일 수 없어서 다 주었다고 했다. 선이에게는 편해서 속인다고 했다.

속상해 죽겠는데, 삼촌이 선이 가슴을 뒤집어 놨다.

"시골 땅을 사라고 했으면 좋겠지만 너한테는 권하지 않아. 중매 잘못했다고 지금까지 원망만 하는 사람에게 말했다가 또 무슨 말을 들으려고…."

그렇게 고생하게 해놓고도 반성을 하지 않았다.

시어머니가 없어서 오랜만에 처음으로 편안하게 잤다. 그러나 언제 또 무슨 소리가 나올지 불안하다. 멀미약을 사 주었건만, 차안에 다 토해서 힘들었다고 했다. 선이가 얼마나 고생했는지 모르고 좋은 소리 한마디 못 들었지만, 금방 다시 모셔올까 걱정이다. 그 양반 하루 보지 않았는데도 살 것 같다. 그의 시집살이도 심한데, 똥 싸는 시어머니까지 모셨지만, 그의 도움은 없었다. 사지가 멀쩡한 젊은 여자가 아기의 얼굴을 닦아주지 않아 파리가 얼굴에 알을 실어서 구더기가 살았다면, 얼마나 아기를 더럽게 키웠나? 도대체 이해가 되지 않는다. 게다가 낭비벽은 심해서 다음에 월급타면 줄 것이라고 빚 얻는 것을 좋아했고, 자식 사랑이 없어 아들이 폐결핵이 들어 며느리가 고기를 사다 주면, 시어머니가 자기 몫을 다 먹고 아들 것을 빼앗아먹었다. 어머니를 닮은 그는 자식의 교육비 마련한 돈도 빼앗아 춤을 추러 갔다. 호주머니에서 돈을 뺐다. 전에는 돈이 있는 줄 알면서도 여자가 남자의 호주머니를 뒤지면 안 된다고 생각해서 절대로 빼지 않았는데, 돈이 없다고 앓는 소리를 하기에 오천 원을 남기고 뺐다. 그는 돈 내 놓으라고 난리를 쳤다. 공금이라고 갖다 주어야 한다고 했다. 사업을 하는 것도 아니고, 무슨 직급이 있는 것도 아니면서 공금이라고 했다. 동네 춤추는 아줌마들이 남편은 춤추면서 슬기롭게 사는데, 인생을 즐기면서 살아야 한다고 선이가 미련하다고 했다. 자식 키워 봤자 아무 소용없다고 엄마가 저희들 위해서 고생했다고 알아줄 줄 아느냐고 했다. 그래도 선이는 자식들을 위해서 살 것이라고 다짐했다. 그들은 아내와 자식을 위해서 사는 남편들이 있지만, 선이의 자식들은 엄마가 정신 차리지 않으면 살아갈 수 없다. 날마다 그는 선이 몰래 돈을 감추려고 애를 썼다. 선이가 아파서 잠을 못자거나, 자식들이 교육비 안 준다고 울거나, 책을 사달라고 해도 귀에 들어가지 않았다. 선이는 먹지 못하고 일은 많고, 속을 썩다보니 날마다 아픈 곳이 많았다.

그는 보약을 먹고, 고기를 사다 잘 먹여서 그런지, 회복이 빨리 되었다. 며칠이 되니 몸의 병은 낫고 있지만, 정신속의 못 된 고질병은 염치도 없이 다시 시작 되었다. 장사 갔다 와서 힘들고 아파서 누워있는데, 여자들과 놀다 와서 뭐가 못 마땅했는지 아프다고 했다고, 아픈 선이를 마구 때렸다.

동네에 며느리 삼으려 했던, 아주머니가 첫아이 임신했을 때, 그 집에 오라고 해서 갔더니, 먹을 것을 많이도 주었었다. 정말 며느리를 삼고 싶었던 모양이었다. 부잣집 아주머니는 시골 가다가 차에서 내렸을 때, 그분을 보고 인사를 했더니, 자기 아들을 싫다고 거절했는데도, 차에 올라와서 선이네 아이들에게 맛있는 것을 사 주었다. 지난 일을 생각하면 뭘 하나. 선이는 지금 거지가 되었는데. 나중에 들으니 그 집 아들은 큰 회사 회장님이 되었다는 소문이 들렸다.

임신하고 밥을 먹지 못해서 변을 보지 못해 화장실만 들락거리다가 간신히 변을 보면 항문이 찢어져서 피가 났었다. 그 뒤로 변비만 생기면 항문이 찢어지고 피가 나오고 아팠다. 그랬던 것이 탈이 났는지 항문 주위가 염증이 생겼는지 뜨끔 뜨끔 쑤시고 많이 아팠다. 아프기는 하고 돈은 없고 그는 신경 써주지 않고 더러운 거지 취급만 하고 힘들어서 죽고만 싶었다. '엄마 죽지 마.' 하는 소리가 귀를 울렸다. 선이는 자식을 잘 가르쳐서 남들이 우러러 보는 사람으로 키우는 것이 소원인데, 이렇게 아프니 어머니 노릇을 잘 할 수 있을까 날마다 걱정했다. 죽어서는 안 된다. 어떻게라도 살아서 자식들을 잘 키워야 한다고 다짐했다. 장사 나갔다가 늦게 들어와 집안 일을 다 하고 아이들 숙제 보살피면, 시끄럽다고 불 끄라고 소리치고 그는 쿨쿨 잤다. 아이들이 공부하는데도 텔레비전 볼륨을 크게 틀었다. 아이들이 공부한다고 하면 공부는 학교에서 하는 것이라고 소리치고 욕을 했다. 아이들은, 어머니가 말하면 더 시끄러우니 아무 소리 하지 말라고 했다. 선이 가슴은 불이 활활 타 들어가고 있었다. 속이 아파 잠을 못 자고 제대로 먹지도 못 했다.

옆방 총각이 제 방에 오라고 하더니, 누워서 왜 그리 추우냐고 이불속을 만져보라고 했다. 그러면서 선이와 여행을 해 봤으면 좋겠다고 했다. 별 미친 사람이 다 있구나, 하고 나왔다. 선이가 사실 끼가 있는 사람이라면 같이 놀았을 수도 있다. 선이는 기막힌 병도 있다. 죽을망정 그런 짓은 하고 싶지 않았다. 안집 아줌마가 있을 때에도 선이와 같이 여행을 가봤으면 좋겠다고 해서 숙모에게 무섭다고 했다. 그는 잘 나가는 패션모델이었다. 숙모가 지지리도 못난 것이라 선이에게 추파를 던진다고 했다. 삼촌이 못났다고 하던데, 정말 그러냐고 선이에게 묻기에 그렇다고 대답해 주었다. 숙모가 그런 것도 질투가 나서 하는 말인데 그렇게 말해 주어야 편할 것 같았다. 그 사람은 멋이 있고 잘생겼지만 그런 생각을 하는 총각이 선이는 미친놈으로 보였을 뿐이었다. '내가 그렇게 하찮게 보였나' 생각하니 선이는 기분이 더러웠다. 언젠가는 고향에 가다가 읍내 시계방에 들어가 시계 줄을 바꾸는데, 한사코 돈을 받지 않고 서울에 가면 신세계백화점 금은방에 찾아오라고 했다.

　삼촌은 선이의 염장을 또 질렀다.

　"니네는 우리보다 수입이 많은데 왜 그렇게 사니?"

　"우리가 수입이 많대요?"

　물었더니, 그가 월급이 많고 부수입도 많다고 자랑을 했다고, 삼촌은 선이에게 신경질을 부렸다. 선이네가 수입이 많으면 삼촌이 선이에게 신경질을 부려야 하는 것인가. 그가 수입이 육 만원이 넘는다고 자랑을 하더란다. 삼촌은 보너스도 나오고 월급도 많으면서 선이네 수입이 많은 것이 배 아픈 모양이다. 보너스가 없을 때는 부수입이 엄청나게 많았지만, 돈을 모으지 못했다. 시골 시집에 보태주는 것도 아니면서 왜 돈을 모으지 못했나? 거꾸로 수입을 바꿨으면 좋겠다. 숙모는 돈 놀이 해서 빚을 지고 빚 갚느라고 돈을 많이 타오면 뭘 하나. 그리고 돈 없다고 날마다 짜증만 부렸다.

그는 수입이 그렇게 많으면 어디 가서 다 쓰고 선이는 주지 않았나? 모두가 알 수 없는 말들이다. 숙모는 선이 어머니가 메주를 가져오면 선이를 한 덩이도 주지 않았다. 한 덩이만 달라고 사정해도 주지 않았다. 잡곡도 선이는 주지 않았다. 선이 어머니가 딸도 주라고 했는지, 안했는지는 모른다. 혹시 주라고 했어도 딸에게 왜 친정에서 그런 것을 주느냐고 했을 것이다. 선이 어머니가 그 혼사를 반대한 마음을 알 수 있을 것 같다. 지금 생각하니 그 말이 맞다. 어려서 구박받고 사랑을 받지 못한 사람은 사람 나름이기는 하지만, 남에게 사랑을 베풀 줄 모르는 사람이 많다. 겉으로 온화한 척 하고 비수를 지니고 있는 사람도 있다. 삼촌 몰래 숙모가 친정으로 돈 부치는 것을 선이는 모른 척 했지만, 도둑이 제 발이 저린지 숙모는 변명을 했다.

숙모가 공연히 착한 남편을 선이가 의심한다고 했다. 고종사촌 동생이 형부는 착한 사람이라고 했다. 자기 어머니는 언니처럼 남편을 싫어하지 않았다고 했다. 자기 어머니인 선이 고모는 시집가서 시어머니가 시집살이 시킨다고 친정에 와서 가지 않아, 그 시절에 선이 어머니가 참 힘들었다. 선이 고모는 결혼을 한 번 했었지만, 총각인 고모부는 결혼식을 올리지 못했다. 재혼하고도 친정에 오기만 하면, 시어머니가 없고 동서들도 같이 살지 않는데, 남들에게 손윗동서들 흉을 입이 마르게 봤다. 어린 선이가 기억하는 것은 고운 옷을 입고 시집 험담만 하는 것이 생각되어, 고모네 시집사람들이 나쁜 사람들이라고 머리에 박혔다. 고모부가 죽고 딸이 고생해서 돈 버는데, 그 돈을 빼앗아 쓰기 위해서 시집가는 것을 선이 고모는 반대했다. 딸이 자기가 벌어서 시집갔는데, 사위가 마음에 들지 않아 딸을 이혼시켜서 다른 데로 시집보내야겠다고 했다. 선이가 그러면 안 된다고 극구 말렸다. 그러면서도 선이가 남편이 바람을 피우는데도 사는 것을 보고 '너. 나 때문에 이혼하지 못하는 거지.' 했었다. 정말 선이는 어머니를 생각해서 이혼하지 못하고 있다. 선이 고모가 이혼하고 속 썩힌 것을 알기에 이혼하면 안 된다는 생각이 머릿속에 박혀 있었다. 죽어도 이혼하면 안 된다고 생각하는 선이였다. 고모는 남편이 죽어 고생하면서 수절했다고 자주 자랑했다. 선이네 아이들이 아프면 고모가 믿는 신을 믿지 않아서 아프다고 무던히도 괴롭혔다. 선이가 장사하는 것을 보고 물건을 해다 달라고 하면, 도매로 사다 주었다. 고모가 직접 가면 도매로 주지 않는다고 선이를 시켰다. 어떤 때는 선이는 필요도 없는데, 꼭 사오라고 해놓고 가져가지 않아 팔 수 없는 물건이라 그냥 선이가 손해를 보게 했다. 실컷 이용해 먹고 삼촌네 집에 가서 고자질 했다. 메주를 쑤어준다고 하면 콩 값 주고, 나중에 콩 값까지 메주 값 다시 주었다. 선이는 고모가 불쌍해서 고모가 물건을 가지고 오면 무조건 팔아주었다. 고모네 아이들이 오면 있는 힘껏 했다. 돈이 없어 잘해주지 못하는 것만 미안해 했다. 고종 사촌들도 숙모가 삼촌에게 고자질하는 것이 싫어 선이네 집으로 오면서, 삼촌에게 선이를 고자질했다. 숙모는 고모네 동생들 욕을 하면서 고모네 식구를 받아 주어서 선이네 집으로 간다고 말했다. 삼촌이 고모네 식구들을 욕하면, 선이는 변명해 주고 혼나기만 했다. 삼촌은 물류창고에서 장사꾼들이 물건을 가져가면서 수고비로 주는 물건들을, 고모에게 팔아 쓰라고 주기도 했다. 빼내기도 한다고 했다. 모두들 그것을 도둑질이라고 생각지 않고 그렇게 하는 것이 공식적으로 하는 것인 모양이었다. 전에 아이들을 버리라고 하던 사람이 많이 변했다. 고모는 삼촌이 고맙다고 했다. 그러면서도 선이에게 와서 삼촌과 숙모를 나쁘다고 험담했다. 선이에게는 어려울 때 도움 받고, 빚을 갚았다고 생각해서 물에 빠뜨려 죽여도 된다고 생각하는 사람들이다. 고종사촌 동생이 선이의 물건을 동네 사람들에게 팔아주었다. 그때는 정말 고마웠다. 그러나 동생이 힘든 생활에 있을 때에 겁이 많은 선이가 위험을 무릅쓰고 데리고 왔을 때를, 그들은 모르는지 잊은 모양이다. 선이가 고통스럽게 살고 있을 때, 찾아왔던 그때의 입장은 생각지 않고 모두들 잘한 것만 생각하고 있다. 받은 것은 기억에 없는 사람들이 있다. 고종사촌동생의 남편은 선이에게 선이처럼 남편에게 잘못하는 사람은 싫다고 했다. 숙모처럼 남편에게 복종하는 여자가 좋다고 했다. 역시 숙모는 똑똑한 사람이다. 삼촌이 아프다고 하기에 거기에 녹용이 좋다고 하더라고 했더니 소식을 듣자마자, 식전 댓바람에 살이 쪄서 뒤뚱뒤뚱 식식거리며 찾아오더니 식구들이 다 있는데, 누가 그따위 소리 하더냐고 소리소리 질렀다. 미쳤나? 그 비싼 것을 왜 해주느냐고 했다. 그리고 숙모는 자기는 삼촌이 먹으라고 했다고 녹용이 들어간 보약을 자주 먹었고, 좋다는 약을 다해 먹었다. 숙모가 똑똑한 것인지 삼촌이 바보인 것인지 잘 모르겠다. 선이가 바보인 것은 확실한 것 같다. 자주 찾아와서 선이를 힘들게 괴롭힌 고종사촌 동생이 이유 없이 핑계를 만들어 소리 지르고 욕을 퍼부었다. 선이는 살기 어려워서 잘해주지 못하는 것만 안타까워했지, 그들에게 욕을 퍼부은 적이 없다. 고모네 대소사가 있을 때, 선이는 힘겹게 도왔다. 고종사촌 동생은 선이에게 잘하지 않은 짓인데도 별의 별 것을 다 삼촌에게 일러바쳤다. 고종사촌 동생이 초등학생과 중학생에게 하지 말아야 할 연애담을 말하는 것이 마음에 들지 않지만 참았었다. 사심 없이 공부하는 아이들에게 그런 말을 자랑스럽게 말하지만 선이는 싫었다. 결국 저울질을 해서 고종사촌 동생들은 제 잘못은 모르고 삼촌들을 부추겨서 인연을 끊었다. 선이의 고통 같은 것은 보이지 않았고 이제는 선이의 도움이 필요하지 않았다. 그들은 뒤에서 즐거웠겠지만, 선이는 그들에게 배신당하는 것이 굉장히 괴로웠다. 그들이 힘들 때, 선이는 그들을 도왔다. 고모는, 선이가 시어머니는 모시지도 않고 어쩌다 다니러 온 것을 선이가 잘못 했다고 말했다. 하늘이 있는지 잘 모르겠다. 선이가 요로결석으로 병원에 입원하게 되니 고모는 선이네 집에 왔다가 다슬기 잡으러 간다고 병원에 같이 가 줄 수 없다고 했다. 다른 때 같으면 자고 가지만 그냥 급하게 갔다. 아쉬우면 심부름 다 시키고 선이가 힘들게 생기자 그냥 갔다.

숙모는 선이가 복이 겨워서 성질이 못 되어서 빼빼 마른다고 했다. 선이의 친정 딸들은 시집가서 잘되지 않는 집이라고 말했다. 남의 아들 욕도 많이 했다. 자기의 잘못을 묻으려고 하는 말이지만, 숙모의 아들과 딸들이 팔자가 사나워 진다면, 그것은 숙모의 입방아일 것이다. 숙모가 하혈할 때, 선이는 병원을 데리고 가고, 별별 약을 사다가 치료해 주었다. 자기들이 힘들 때는 이용하고 선이가 위급해서 도움이 필요할 때는 아무도 도와주는 사람이 없었다. 선이가 집사려고 하는 것을 보고, 숙모는 돈도 없이 집 산다고 꾸어달라고 해서 집을 샀다. 그때 선이는 삼촌이 집을 사야 한다고 앞장서서 뛰어다녀 집을 사는데 도왔다. 그래서 선이는 그때 집을 살 수 없었다. 집값이 많이 뛰었다. 그 도움으로 얼마 후에 선이가 집을 샀을 때, 방이 빨리 빠져서 삼촌네 옆방을 빌려 며칠 살았다. 그것만 말고는 자기들이 힘들 때는 도움을 받으려고 했고, 선이가 힘들어 죽게 생겼을 때는, 아무것도 도와 준 적 없고 심술을 부렸다. 삼촌이 그 집을 팔았을 때, 선이에게는 만나도 말하지 않아 남에게서 집 팔았다고 들었다. 이제는 땅도 사고 집도 사고 먹고 사는데 걱정이 없다고 했다. 자기들이 사는 것이 좋아지니까 남편의 학대로 힘들어 하는 선이를 혹시 몰랐다 하더라도 자기들이 얼마나 안다고 위로하는 것이 아니라 따돌렸다. 선이가 장사하느라고 디스크에 걸려서 병원도 다니고 침도 맞으러 다녔다. 그날도 침을 맞고 집에 와서 누우려고 하는데, 삼촌네 도둑이 들었다고 빨리 가보라고 해서 앉지도 못하고 갔다. 집안은 난장판이 되어 있었고, 삼촌과 숙모는 해외여행을 갔다고 했다. 아파서 눕고 싶은데, 현장을 보전해야 한다고 경찰이 앉지도 못하게 했다. 방에는 작은 시계가 선물을 받았는지 많이도 나뒹굴었다. 선이는 그런 것들이 아쉬운데도 한 개도 주지 않았다. 선이가 필요한 것은 남은 주어도 선이는 주지 않았다. 세 시간이 지나 사촌동생이 와서 집에 왔다. 선이는 아파서 이튿날도 그 이튿날도 침 맞으러 갔다. 숙모가 여행 갔다 와서 딸기와 오렌지를 사 왔는데, 썩어서 먹지 못할 것을 사왔다. 일부러도 그런 것을 사오기는 참 힘들었겠다. 숙모는 자기가 싫어서 버릴 것은 선이가 가져오지 말라고 해도 기어이 가져 왔다. 쓰레기통에 버리는 것이다. 선이가 원하는 것은 달라고 해도 절대로 주지 않았다.

숙모가 아는 사람들과 관악산을 가는데 같이 가자고 해서 선이가 거기 갈 줄 모른다고 했다. 버스를 타고 서울대 전 역에서 내리면 그 자리에 기다린다고 해서 서울대 전역에서 내렸다. 아무도 없어 우왕좌왕하고 한 시간을 기다리니까, 거기 같이 온 사람의 남편이 찾으러 왔다. 그러나 숙모는 산속에 들어가 가만히 앉아 있다.

"그것도 못 찾아와?"

그렇게 골탕을 먹였다.

어느 날 갑자기 삼촌에게서 전화가 왔다.

"니네 제사 지내지 않지. 형들이 제사 지내지 않으면 니라도 지내야지."

"무슨 소리에요. 누가 제사 지내지 않는다고 해요?"

"제사도 지내지 않는 것들, 네 새끼들도 우리 집에 오지 마?"

선이 아버지가 돌아가시고 몇 년 후에 삼촌이 제사를 지냈다. 전에도 친정에 제사 지내러 가면 마음에 들면 아무 소리 않고, 마음에 들지 않으면 오지 말라고 했다. 집안 조카들이 오는 것도 욕을 했다. 왜 그러느냐고 했더니 그 사람들이 오면 자기네 자식도 가야 하니까 싫다고 했다. 그래놓고 제사 지내러 오지 않았다고 욕을 했다. 어느 장단에 춤을 추라는 것인지 알 수 없다. 집안에 누가 대학을 간다고

셋째 낳던 날　249

하면 '무슨 지가 그런 곳을 가느냐'고 빈정거리고, 여자들이 대학에 가면 '개 같은 년, 나쁜 년' 제 어미 생각지 않고 대학에 간다고 이유 없이 욕했다. 자기 딸은 대학에 가도 되고, 남의 딸은 대학에 가면 안 된다고 했다. 회사에 있을 때, 동네 사람이 지나다가 만나서 인사를 했다고 욕을 했다. 선이도 그 회사를 지나다 만나면 인사를 해야 하나 말아야 하나 걱정을 해야 했다. 선이나 아이들이 그 집에 가면 그냥 빈손으로 가는 것이 아니다. 받을 것 다 받아먹고 실컷 이용해 먹고 살만 하니 대소사에도 부르지 않아서 남들에게 들었다.

시어머니가 오면서 자연스럽게 제사를 선이가 지내게 되었다. 제사를 지내면 형제들이 아무도 오지 않았다. 그러면 그는 선이에게 공연히 신경질을 부렸다. 윗대 조상이 많아서 설에는 떡국을 많이 끓이고 그가 많이씩 담으라고 해서 차례 지낸 불어터진 떡국을 며칠동안 먹어야 했었다. 아무도 먹지 않아 선이 혼자 먹어야 했다. 시어머니가 큰 집으로 가면서 제사도 같이 갔다. 시집으로 제사가 가고 나서 추석에 못 갔더니 그의 형이 선이를 욕했다.

"개 같은 년이 추석 차례도 지내러 오지 않아."

동네방네 사람들에게 욕했다. 선이는 욕을 먹으면서 제사 지내러 꼬박꼬박 갔으나 추석명절에 세를 사는 죄로 주인 여자가 집 봐달라고 해서 한 번 못 갔었다. 그들은 선이가 제사 지낼 때, 한 번도 온 적 없었다. 그런 것을 남들이 어떻게 아는가? 그들은 나발을 불고 다니지만 선이는 창피해서 남에게 말을 할 수 없었다.

장사

장사

선이는 돈을 벌기 위해서 죽기 살기로 장사를 했다. 처음에는 남대문 시장에도 가고 동대문 평화시장에도 가서 도매로 옷을 사다가 팔기 시작했다. 그때부터 거지 때를 벗어났다. 사람들이 참 예쁘다고 입은 옷을 사다 달라고 하기도 했다. 옷장사가 잘되었다. 무거웠지만 돈을 벌어야 했다. 그러나 아이들이 어려서 언제나 마음은 집에 있었다. 어쩌다 늦게 오면, 주인집 큰개가 무서워 대문 밖에서 들어가지 못하고 쪼그리고 앉아 있었다. 마음이 아팠다. 손님들이 약을 사다 달라는 사람들도 있었다. 종로에 가서 손님들이 갖다 달라는 약을 사다주고 이익을 남겼다. 짐은 더 무거워졌다. 동대문 지하상가에 가서 털실을 사다가 뜨개질을 해서 팔았다. 원래 솜씨가 좋았던 선이는 처음에 목도리와 조끼를 짜고 다음에 스웨터와 코트도 짜고 원피스 등, 못하는 것이 없었다. 인기가 좋았다. 장사를 하러 가서 털실도 팔고 뜨개질을 가르쳐 주기도 했다. 짐은 갈수록 더 무거워졌다. 전철에 앉으면 뜨개질을 했다. 장사를 하고 늦게 1호선 전철을 타면 퇴근하는 사람들이 많아서 탈 때보다 나올 때는 빠져 나올 수가 없었다. 물건이 많을 때는 앉으면 괜찮지만, 서 있으면 물건은 물건대로 제멋대로 굴러 다녀서 붙들고 있기도 힘들었다. 오십견이 생겼을 때는 손을 올리지 못해 손잡이를 잡을 수 없어 힘들었다. 등에 짊어지고 양손에 들고 다니다 보니 결국은 물건을 많이 들고 다녀서 허리 디스크가 빠져 나왔다고 했다. 몸이 아프지만 선이는 돈은 벌어야 했다. 저녁에 집에 오면 몸은 녹초가 되었지만, 똥 싸는 시어머니와 어린 아이들이 기다리고 있었다. 산꼭대기 집의 우물은 말라 나오지 않았지만, 춤바람 난 그는 집에 없었다. 오히려 늦게 들어와 도와주지는 않고 신경질만 부렸다. 그렇게 벌다보니 빚을 조금씩 갚기 시작했다.

시어머니가 주민등록이 큰형네 집으로 되어 있어서 주민등록증을 해야 한다고 큰형네 집으로 갔다. 방 하나 만들게 돈을 달라고 해서, 시누이와 같이 오만 오천 원을 주어서 방을 하나 만들었다. 그때 선이네 전세는 육만 원이었다. 빚이 다시 늘었다. 그리고 시어머니를 찾아가면, 그의 큰형과 동서는 자주 찾아오지 않는다고 욕을 퍼부어, 시어머니 뵈러 가는 것이 무서웠다. 그 집에 마실 온 여자까지 동서 편을 들어 선이더러 자주 찾아오지 않는다고 면박을 주었다. 선이는 왜 저런 여자들에게까지 욕을 먹어야 하나. 따지려고 했다. 그가 당장 말을 하지 못하게 막았다. 그는 한 번도 선이가 억울하게 당해도 선이 편을 들어 준 적 없다. 빚을 갚기 위해서 장사하고 남편 약까지 달여야 하면서 간신히 짬을 내서 간 사람에게 동네 사람들까지 욕하니까 선이는 억울했다.

"잔소리 마. 입 닥쳐."

그 여자들 앞에서 그는 선이에게 소리를 쳤다. 까딱 한마디 더 하면 손이 올라갈 판이었다. 선이는 종합 진찰을 받고 싶을 정도로 아픈 몸이었다. 시어머니는 큰형네 집으로 가서 얼마 살지 못하고 돌아가셨다. 시어머니가 돌아가시고 큰형이 어머니를 화장한다고 해서 화장장에 갔는데, 그가 그 자리에서 게거품을 품고 금방 죽을 것 같아서 선이가 태운 재라도 산에 모시자고 하니 풀어졌다. 큰형과 동서는 선이를 죽인다고 했다. 시외숙모와 시이모가 말려서 맞지 않고 죽지 않았다. 그들은 산에 따라가지 않았고, 아무도 돈을 내 놓지 않았다. 선산이 있는 시골에 연락을 하지 않았기 때문에, 친척들이 없어 급하게 동네 사람을 불러 돈을 많이 주고 묻었다. 회사에서 많은 돈이 나와서 다 내 놓았건만, 큰형은 자기에게 들어온 부의금을 내 놓지 않았다. 동서는 나만 며느리냐고 큰 소리 쳤다. 시누이가 다 속일 테니 적는 것을 잘 보라고 했다. 정말 두부 한 판 사온 것을 다섯 판이라고 적고 있었다. 다른 것들은 얼마나 속였을지 모른다. 그가 하는 말이 동네 사람들이 말하는데, 동서가 밥을 굶겼다고 하더라고 하고, 똥을 싸면 빨지 않고 옷을 버렸다고 했다.

선이는 선산에 자주 갔었고, 어느 해는 금초를 그와 둘이서 했다.

장손이라 산소가 많아서 더운데 잘하지 못하는 낫질로 힘들었다. 감기 몸살로 무덤 마당 잔디에 누웠다 일어나기를 반복했다. 갈 때마다 산지기에게 잘 봐달라고 먹을 것을 사다 주고 돈도 주었다. 선이는 극도로 피로가 겹쳐서 앓아눕고 말았다.

시어머니와 그가 화내고 나갈 때마다 문을 '꽝!' 하고 닫으면 가슴을 망치로 때리는 것 같이 아프고 부들부들 떨렸었다. 그것이 병이 되어 버스 문 닫히는 소리를 들어도, 전철 문 닫히는 소리만 들려도, 가슴이 떨려서 고생을 해야 했다. 다른 집에 가서도 문 닫는 소리가 들리면, 선이 얼굴이 하얘진다고 했다. 사람들이 놀라서 왜 그러느냐고 하지만, 그 말을 할 수는 없었다. 그 뒤로 악착 같이 벌어서 빚을 갚고 그가 모르게 돈을 모았다. 그가 알면 다 빼앗아갈 것이라 감추었다. 그런데 하루는 난리가 났다.

"개 같은 년, 시팔 년, 돈 모아서 서방 모르게 누구 갖다 주려고 모으냐?"

선이는 말을 할 수 없었다.

"그래 내가 네 돈 삼십만 원 썼다. 나는 네 서방이야. 그 돈은 누구 줄래?"

"그 욕 좀 이제 그만 해요. 자식들이 배워요?"

"흥. 자식. 자식이 네 새끼인지, 내 새끼인지 어떻게 알아. 알게 뭐냐."

"무슨 소리를 그렇게 해요. 그럼 당신도 아버지 자식이 아닌지 모르겠네?"

"모르지. 그럴 수도 있겠지."

아무 말이나 무조건 지껄이고 본다. 선이는 돈을 그 사람 모르게 숨기지 않으면 집을 살 수도 없고, 아이들 가르칠 수도 없다. 민우가 하루는 밖에 나갔다 오더니 작은 방에 들어가서 울고 있었다. 왜 그러냐고 했더니 아버지는 아프고 돈도 벌지 못하니, 이제 우리 집은 집을 살 수 없다고 했다. 아이들이 너희 집만 집이 없다고 하고 안집 여자가 자기네 계 한다고 나가라고 했다고 했다. 자기네 계 한다고, 선이네는 엄연히 돈을 주고 살고 있는데, 거저 사는 것이 아닌데, 왜 방에 얌전히 앉아 공부하는 아이에게 나가라고 하느냐. 한 번은 미장원 갔다 오니까 집 안보고 어디를 돌아다니느냐고, 젊은 여자와 그 집 어린 아들이 같이 욕을 퍼부었다. 그것을 민우가 다 봤다. 민우는 밥을 먹지 못하고 앓았다. 그 뒤로 민우는 중국집 볶음밥만 먹어서 돈이 없어 한 그릇 값만 주어서 현우와 같이 중국집에 보냈다. 현우는 민우가 다 먹도록 그냥 먹는 모습만 보다가 왔다고 했다. 그러나 그는 아이들이 그런 병을 왜? 걸리느냐고 아들을 병신취급만 했다. 추석 전날 병원에 갔다가 영등포시장에서 민우에게 밥을 사주면서 앉아서 생각하니 한심스러웠다. 남들은 추석명절이라고 분주했다. 선이는 아들이 아파서 병원이나 다니고 언제 나을지도 모르니 죄 많은 엄마를 만난 아들이 불쌍해서 하늘을 쳐다봤다.

두 칸짜리 방을 간신히 얻으니 큰형은 자기 딸 데리고 있으라 하고, 선이 고모는 자기 자식 데리고 있으라 했다. 그렇게 덕보고 싶은 사람들이 선이네를 잘 살지 못하게 했더란 말이냐. 전세살이 하면서 젊은 여자에게 설움도 많이 받았다.

그래도 젊은 집주인도 선이가 남편에게 너무 당하는 것 같았나 보다. 선이가 창피해서 밖에 나가서 말을 하지 않아도, 그가 자주 소리치고 욕하고 때려 부수는 소리가 밖으로 들려서 내용을 알고있는 것 같다.

"아줌마. 아줌마는 뭐가 부족해서 아저씨에게 그렇게 당해요? 아줌마도 같이 싸워요. 그렇게 참으니까 아줌마를 함부로 하는 거예요. 내가 답답해서 죽겠네."

그런 속에서도 그는 염병(장질부사)에 걸려서 선이가 보건소에 보내지 않고 집에서 그릇들을 삶아가면서, 치료해 주었다. 보건소에 가기 싫다고 해서 선이는 집에서 잘못하면 옮을 수도 있는데, 그는 가족이 옮으면 고생을 할 것이라는 생각은 없다. 다행히 치료를 잘 했지만, 얼마동안 집에만 있었다. 큰형은 동생이 아파서 집에만 있는데 한 번도 문병은 오지 않았지만, 사고를 쳤다고 그를 찾아와서 굉장히 급하게 서두르면서 해결해 달라고 오니, 그 몸으로 날마다 쫓아 다녔다. 무슨 일인지는 모르지만, 그의 힘이 있어야만 했던 모양이다. 선이는 그를 치료하느라고 힘들었는데, 몸이 약해진 그가 다시 병이 날까 겁이 났다. 이용은 하지만 그에게 영양제 한 병 사 줄 큰형이 아니다.

그러다가 보증금 칠만 원만 주면, 회사에 들어갈 수 있다고 해서 칠만 원을 얻어주었다. 그때 전세는 십만 원짜리 살고 있었다. 그러더니 자꾸 늘어나고 이십 이만 원이 들어갔다. 웬 돈이 그렇게 들어가느냐고 했지만, 자꾸만 졸라서 다 얻어주었다. 일 년이 지나도록 말을 하지 않아 따졌더니, 큰형이 그 돈을 가로채서 노름을 했다고 했다. 선이는 빚 얻어다 그의 큰형 노름 돈을 대주고 있었다. 도대체 이 사람들이 사람인가. 정말 맞아 죽더라도 가서 따지고 싶었다. 그러나 이미 없어진 돈이고 줄 사람이 아니다. 달라고 한다고 주는 사람은 어떤 사람이고, 그 돈을 얻어주는 선이도 사람이 아니다.

하루는 이종사촌 시누이가 물건을 팔아준다고 오라고 했다. 고마워서 갔다. 전에 이유 없이 시집 식구들과 욕을 하고 볶아대던 사람이라 반갑지 않은데, 그가 가자고 해서 갔었다. 한강이 내려다보이는 크고 전망 좋은 아파트에 살고 있었다. 물건을 보더니 놓고 가라고 했다. 며칠 있다가 가짜를 가지고 사기 치려고 했다고, 장사하더니 질이 나쁜 여자가 되었다고, 욕하고 소리치면서 아주 개망신을 시켰다. 선이는 그에게 물건을 팔아달라고 한 적도 없는데, 왜 열심히 살려고 뛰는 여자의 뒤통수를 몽둥이로 치고 짓밟는가? 분하고 억울해서 밥을 먹을 수가 없어 미음을 먹고도 속이 쓰리고 가슴 아파서 오랫동안 고생했다. 그는 한 번도 선이가 장사하는 것을 도와주지 않고, 이렇게 힘들게 했다. 시누이는 아내 편들지 말라고, 미리 말을 못하게 했다. 그는 원래 선이 편들어 준 적 없다. 저렇게 선이 편 들을까봐, 진작부터 단속을 하고 있었다. 그런다고 남의 편, 드는 놈은 어떤 놈인가. 동냥은 주지 않더라도 자루까지 찢으면 벌 받지.

그는 선이가 장사하는데 도움을 준 적 없지만, 한 번은 마음에 들지 않은 입지 못할 검은색 한복감을 사왔다. 친구가 장사해서 팔아주느라고 사왔다고 했다. 또 한 번은 무슨 약을 사왔다. 그것도 친구가 장사해서 사 주느라고 사왔다고 했다. 그것들은 선이가 팔러 다니는 것들이다. 그가 선이에게 옷감을 사주는 사람이 아니고 약을 사 줄 사람이 아니지만, 친구의 물건을 팔아주느라고 사왔다.

세 번째 집

세 번째 집

　힘든 고통 속에서 선이는 잠을 못자고 밥을 먹지 못해도, 기어서라도 남 볼 때는 웃으면서 장사를 했다. 그 많은 빚을 갚고 방이 셋이고, 부엌이 둘이고, 다락이 둘 있고, 마루가 있고, 마당과 조그만 정원이 있는 작은집을 방 하나 전세 끼고 샀다. 지하에 목욕탕도 하나 만들었다. 선이가 그에게 말했다.
　"지금까지 당신이 참견해서 좋은 일이 없었으니 당신은 이번에 나서지 말아요?"
　"알았어."
　몇 번을 다짐했다. 그도 그런다고 철석같이 약속했다. 잔금 지불하던 날, 그가 돈만 갖다 주는 것이니 자기가 간다고 자꾸만 말했다.

설마 그거야 실수하지 않겠지, 하고 잔금을 주었다. 그런데 등기권리증을 찾으러 법무사 사무실에 갔더니 법무사가 선이를 쳐다보고 말했다.

"어떻게 집을 사면서 잔금을 주는데, 돈만 주고 도장도 받지 않고 영수증을 받지 않아요. 나는 지금까지 그런 사람은 처음 봤네요?"

선이는 깜짝 놀랐다. 또 큰일 날 뻔했다. 어떻게 그런 사람도 있는지 이해가 되지 않았다.

"왜. 영수증도 받지 않고 돈만 주고 왔어?"

"잔금 지불 하는 것인데 그럼 어때."

"아는 사람에게 샀으니 망정이지 안 받았다고 하면 어쩔 뻔 했어."

"또 그것 가지고 잔소리냐. 내가 하는 것은 다 말이 많으니 니가 나를 서방으로 알기는 하냐. 지겹다. 그렇다고 집이 날아갔냐?"

소리를 지르고 욕을 퍼부었다. 말이 통하지 않았다. 이사하고 성병을 옮아와서 당장 그것부터 치료해 주어야 했다. 뻔뻔하게도 그는 그런 일이 절대로 없었다고 했다. 그럴 때는 선이에게 도움을 받으려고 아이들에게 돈을 주었다. 아이들은 아무것도 모르고 좋아했다. 치료하고 나면 그는 다시 늑대로 변했다. 그는 콩나물국도 된장국도 싫고 고기도 국은 싫고 볶아 주어야 하고, 밥상에 생선은 꼭 있어야 했다. 도대체 무슨 돈으로 그렇게 하라는 것인지, 이해가 되지 않지만, 선이와 아이들은 굶더라도 해달라고 하는 것을 시끄럽게 싸우기 싫어서 다해 주려고 애를 썼지만, 언제나 반찬 맛없다고 짜증이었다. 언제 철이 들려나 모르겠다. 선이는 큰 병원에 한 번 가봤으면 좋겠다.

돈이 부족해서 방 하나 전세를 놓으려는데 선이네 아이들이 공부하는데 지장이 있을까봐 돈을 적게 받더라도 두 식구인 사람을 찾았다. 신혼부부가 와서 계약을 하고 있는데, 숙모가 왔다.

"안 돼. 내가 전세 놨어."

왜 숙모가 선이네 집을 자기마음대로 전세를 놓는가. 그것도 아이들이 많은 집이었다. 숙모는 십 원도 보태주지 않는데, 선이네 집도 자기마음대로 했다.

작은 삼촌은 돈을 빌려가더니 다섯 달이 지났는데 주지 않았다. 그것을 주지 않으면 당장 선이가 살기가 힘들어 편지를 썼다. 선이가 돈이 많아 이자를 준 것도 아닌데, 선이를 힘들게 하고 있다.

앞집 여자가 채양이 자기 집과 가깝다고 자르라고 했다. 선이가 우리 집 안에 있는 것이니 그 집과 상관없는 것이라고 했다. 그 집은 담을 칠 수 없도록 여유분 없이 지어서 비가 오면 벽에 튄다는 것이었다. 선이가 담을 치라고 했다. 벽에 붙은 땅은 선이네 땅이다. 그 집 기와지붕에서 떨어지는 물이 선이네 마당에 흘렀다.

"아저씨에게 말해야지."

그 여자는 선이보다 두 배는 무거운 몸으로 뒤뚱뒤뚱 걸어 그에게 가더니 채양을 잘라 달라고 말했다. 그 여자는 원래 먼저 집을 지을 때의 조합장의 동생이었고 같이 한 것으로 알고 있다. 선이네가 집을 산 이후로 그 여자가 그 집을 사서 전세를 놨었다. 그가 그들의 말을 들어 돈이 많이 들어서 집을 팔았지만, 한 푼도 없이 빚을 지고 나가게 했던 사람들이다. 그가 그들의 말만 듣지 않았어도 이렇게 어렵게 살지는 않을 것이다. 그는 당장 사다리를 가지고 올라갔다.

"여보 이만큼 잘라줄까?"

"그것은 우리 집 채양인데, 왜 잘라. 여기 다 우리 땅이야."

"그래도 하라는 대로 해줘야지."

그는 채양을 비틀 바틀 잘라 거지를 만들어 놨다. 선이가 부탁하는 것은 들리지 않아도 남이 말하면 어쩌면 그렇게 잘 들리는지, 듣는 즉시 졸병이 대장의 명령을 듣는 것인지 빨리도 실천했다. 그 채양은 원래 있던 것이 낡아서 산뜻하게 새로 다시 한 것이다. 그는 집을 살 때마다 도움을 주지 못했지만 고맙다거나 미안한 생각이 없다. 그 여자가 그와 무슨 관계인데, 아내 말을 듣지 않고 집을 거지꼴로 만들어 놓나? 그는 무조건 집이 망하거나 말거나 선이 말보다는 남의 말을 들어야 했다. 바라보던 민우가 선이에게 말했다.

"도대체 아빠는 누구편이야."

무서워서 아버지에게는 따지지 않고 뒤에서 조용히 말했다. 그가 선이를 하찮게 대하니 동네 사람들이 선이를 함부로 대했다. 옆방에 전세든 아기 엄마가 선이가 안타까워서 옆구리를 꾹꾹 찔렀다.

"그러면 안돼요. 아줌마는 아저씨가 함부로 해도 왜 다 들어줘요. 소리치면 아줌마도 소리쳐요. 어이구, 답답해. 듣는 내가 미쳐 죽겠어요."

집에 흙이 쌓여서 그것을 다 파서 산에 가져다 버렸지만 그는 한 번도 같이 해 주지 않았다. 싱크대를 사고 싶지만 못하게 하고, 솜씨도 없으면서 가스대를 하나 나무로 짜주었다. 보기도 싫고 쓰러질 것 같이 엉성해서 영 마음에 들지 않지만 그가 한 것이라 그냥 썼더니, 친구들이 와보고 선이에게 주변머리가 없다고 했다. 그렇지만 그에게 잘한다고 추켜주웠더니 집에 페인트칠을 혼자 다 했다. 지하에 있는 문도 선이와 같이 만들었다. 선이는 그에게서 칭찬을 들어본 적 없지만, 선이는 그가 무엇을 하면 마음에 들지 않아도 잘한다고 칭찬했다.

"와. 솜씨 좋다. 당신 숨은 기술이 있었네."

네 번째 집

네 번째 집

그 집에서 오래 살고 아파트에 이사 와서도 고질병은 고치지 못했다. 어떤 때는 여자와 놀다 와서는 문을 빨리 열지 않았다고 소리 지르고, 또 어떤 때는 이유 없이 장사 갔다가 와서 힘든 선이를 때려죽인다고 했다. 늦게 오게 되면 그가 좋아하는 것을 꼭 사가지고 왔다. 별 보고 갔다가 별 보고 들어왔다. 한 번은 영하 17도가 되는 겨울밤에 선이가 짠 스웨터를 입고 버스를 기다리는데, 배는 고프고 너무 추어서 참으려고 해도 입속에서 딱딱 소리가 났다. 옆에 사람에게 창피해서 아무리 입을 오므려도 이가 부딪치는 소리는 여전했다. 뱃속에서는 꼬르륵 소리가 나는데, 자주 오지도 않는 시외버스타고 전철 타고 다시 시내버스로 갈아타고 세 시간 반 만에, 간신히 열 시 반에 집 앞까지 왔지만, 늦었다고 춥기는 한데 현관문을 열어주지 않아 애를 먹었다.

한 번은 장사 갔을 때, 요로결석이 일어나서 전화로 역에 나와 달라고 했다. 전철을 타고 한 시간도 더 걸려서 역에 내렸다. 그는 보이지 않고 너무 아파 걸어가도 되는 가까운 거리를 택시 타고 병원에 가는데, 그때서 어슬렁어슬렁 나오는 것이 보였다. 그가 보이지만 차 세우라고 할 수 없어 혼자 병원에 갔었고, 그것이 요로 결석이라 진통제를 몇 번 맞고 있다가 나왔다. 그는 병원에 가서 찾지 못하고 그냥 갔다고 해서 혼자 집에 왔다. 몇 년이 지나고 또 다시 요로 결석이 일어났는데, 가서 택시 좀 잡아달라고 했다. 그는 욕실에 들어가더니 선이가 방에 토하고 몸을 뒤틀고 난리가 났는데, 한 시간도 더 지나서 나오더니 시간이 지나서 병원에 못 간다고 했다. 뭐 했느냐고 했더니 목욕하고 머리 드라이 했다고 했다. 지금 목욕하지 않고 드라이 하지 않으면 안 되느냐고 했더니 소리를 질렀다.

"쌍년이 목욕도 못하게 하네. 아주 되져버려. 너 아픈 것 하고 나하고 무슨 상관이냐."

선이는 그동안 너무 아파 지쳐서 정말 나가기도 힘들지만, 기어서 택시를 잡아서 병원에 갔다. 병실에서 전화는 받을 수도 없는데, 전화기는 울려 댔다. 빨리 받지 않았다고 성질을 부리면서 어디냐고 물어봤다. 어디라고 가르쳐 주었더니 찾지 못했다고 갔다. 이튿날 다시 그 병원에 갔더니 간호사들이 수군거렸다.

"저 아줌마가 어제는 진통제 주사를 몇 번이나 맞았는지 알아? 처음 봤어."

무슨 주사를 맞았는지 나중에 그 주사 맞고 가라앉았다고 했다. 그 뒤로 선이는 진통제를 상비약으로 가지고 다녔다.

마무리

마무리

 민우가 그에게 핸드폰을 사주고 다시 스마트폰으로 바꿔주고 요금도 민우가 냈다. 선이가 스마트폰을 쓰니까 민우는 아버지도 어머니처럼 스마트폰을 사줘야 한다고 생각한 모양이다. 선이는 장사하느라고 스마트폰이 필요했다. 그는 기능이 많은 스마트폰을 이용하지 못한다. 스마트폰을 아들이 바꿔주고 쓰는 법을 가르쳐 주었다. 나갔다 오면 선이 앞에다 스마트폰을 내동댕이쳤다.
 "어디서 이따위 것을 사다 주고 쓰라고? 하도 좋은 것을 사다 주어서 쓸 수도 없다."
 "쓸 줄 몰라서 그렇지. 그거 좋은 거야?"
 "너무 좋아서 쓰지도 못한다."

"자식이 사다 주면 고마워해야지. 왜 그렇게 말해?"
"자식이 내 자식인지 네 자식인지. 알게 뭐야."
"무슨 소리야. 남자가 바람을 피우면 자식도 바뀌나?"
"너는 바람피우지 않았냐?"

환장하겠다. 결혼하고 얼마 안 되었을 때는 집에 오지 않는 날 낮에, 조용히 와서 느닷없이 문을 확 열어보기도 했었다. 목걸이를 소매치기 당한 적이 있었다. 선이더러 어떤 놈을 주었다고 했다. 돈 벌기 위해서 장사 나갔다 오면 바람피우고 오는 것으로 보이는지 신경질을 부렸다. 세상에! 선이는 정말 억울했다. 누구에게 호소해야 하나? 세상에는 다 저 같은 사람만 있나? 구더기 눈에는 금붕어도 구더기로만 보이나 보다. 선이는 이렇게 의심까지 받아가면서 누구를 위해서 미련하게 바보로 살았나? 정말 세상에는 선이처럼 미련하게 사는 사람이 없을 것 같다. 아무도 믿어주는 사람은 없지만, 선이는 자기 자신만을 믿고 힘들게 살았다. 어른이 된 자식들이 오순도순 서로 아껴주고 믿어주면서 즐기면서 행복하게 사는 것만 봐도 마음이 흐뭇하다. 등산도 같이 가고, 여행도 같이 다니고, 극장도 같이 다닌다고 했다. 정말 선이가 바라던 일이다.

그는 다시 선이 앞에 스마트폰을 던졌다. 저러다 깨지면 어쩌나 불안하다. 그에게 선이는 결혼하고 깍듯이 존댓말만 썼다. 그는 욕만 퍼붓다 보니 미안한지 반말 좀 하라고, 존댓말이 듣기 싫다고 했다. 그는 코를 심하게 골았다. 코고는 것도 참기 힘든데, 텔레비전 볼륨을 크게 틀고 그냥 잤다. 선이는 17~25 정도만 해도 되는데 그는 볼륨을 65까지 틀고 너무 크다고 하면 35쯤으로 줄여놓고 잤다. 그의 귀는 선이보다 밝아서 조용히 말하는 소리도 잘 들으면서 왜 그러는지 모르겠다. 시끄럽지도 않은가 보다. 들리지 않는다고 해서 아들이 보청기를 사 주었더니 필요 없다고 했다.

그가 잠이 든 것 같아서 선이가 살짝 끄면, 보고 있는데 끈다고 밤새 틀어야 했다. 할 수 없이 다른 방을 썼다. 몸이 많이 아플 때는, 자존심이 상하지만 신음소리가 선이도 모르게 나왔다. 그가 들으면 욕을 하니까 부담스러워 참느라고 힘이 들었다. 방을 따로 썼더니 마음대로 신음소리를 자유스럽게 낼 수 있었다. 어차피 옆에 있어봤자 머리도 만져주지 않고 냉수 한잔 떠다 주지 않을 사람이다. 그는 자기 생각만 하고 다른 방을 쓴다고 죽인다고 했다. 같은 방을 쓸 때에, 언젠가부터 그가 방청소를 해 주었다. 고맙게 생각 했다. 그런데 감추었던 돈이 계속 없어졌지만 말을 하지 못했다. 하루는 그가 선이에게 백만 원을 주었다.

"이게 무언데?"

"응. 방에서 주운 거야."

"……."

방바닥에 던져둔 것도 아닌데, 집안을 청소한다고 뒤져서 조금씩 떼어낸 것이다. 물건을 사러 가야 하기 때문에 항상 현금이 있어야 했다. 다 가져가지 않은 것만 고맙게 생각했다. 각방을 쓰면서는 어쩌다 해주던 거실 청소도 하지 않았다. 장사 갔다가 온 선이에게 자주 청소 하지 않는다고 신경질을 부렸다. 그가 돈을 벌고 싶다고 해서 집안 청소나 해달라고 했더니, '니 방 청소도 하지 못하게 하면서, 청소를 아내가 있는데, 왜 남자가 골이 비었냐' 고 했다. 회사를 나와서 쉬다가 어디 넣어 달라고 해서, 선이가 아는 사람에게 부탁해서 취직을 했다. 기술이 없어서 누구에게 부탁하기가 참 어려웠지만, 아주 적성에 맞는다고 좋아서 다니면서도, 누구와 자주 싸움을 하고 다녔다. 그 회사에 다니면서 어떤 여자와 사귀는지, 낌새가 이상했지만 참았다. 하루는 등기권리증을 찾아서 왜 찾느냐고 했더니 볼일이 있다고 했다. 그러다가 그의 핸드폰을 보게 되었다.

"선생님. 집으로 오지 말고 그때 그곳으로 와요?"

핸드폰에 뜬 이름을 말하며 아무개가 누구냐고 물었다.

"아무도 아니야. 그냥 밥집 하는 여자야."

"그래."

"나이도 어린데. 뭘."

겁이 났다. 이 집을 어떻게 샀는데, 그의 체면을 살리기 위해서 그의 앞으로 해 줬더니 뺏길 것 같다. 이제는 집이 없으면 안 된다.

"이 집을 내 앞으로 해야겠어."

"왜? 이 집은 내 집인데."

"이 집, 누가 샀어?"

"내가 샀지."

"뭐라구? 솔직하게 말해봐. 이 집을 당신이 샀다구?"

"그래. 니가 샀어."

"그럼 위임장을 써줘. 선이가 산 집이고 당신은 보태지 않았다구."

선이가 위임장을 써서 그대로 베끼라고 했다. 그리고 지장과 인감도장을 찍었다. 그길로 법무사 사무실에 갔고 돈이 많이 들어 아깝지만, 선이 앞으로 등기를 했다. 진작 그렇게 했어야 했다. 그 뒤로 여자가 집 없는 것을 알았는지, 날마다 이 집은 내 집이라고 성질을 냈다. 왜 당신 집이냐고 내가 벌어서 샀다고 했다. 그럼 지금까지 내가 벌은 돈은 어디 갔느냐고 그가 선이에게 말했다. 기가 막히다. 누가 들으면 정말 돈 벌어서 선이에게 다 갖다 바친 줄 알겠다. 시어머니도 그의 큰형도 돈 벌어서 다 갖다 바치면, 선이가 다 썼다고 했었다. 이런 소리 들으면 선이는 미치겠다. 자식들에게도 말을 다하지 않았으니, 아버지가 돈 벌어 집 사는데, 같이 산 줄 알겠다. 자식들은 선이가 하는 말을 골치 아프다고 들으려고도 하지 않았다. 정말 그가 도와주었으면 지금까지 그렇게 고생하지 않았을 것이다. 처음에 집 샀을 때도, 그가 십 원도 보태지 않았는데, 그 집 판돈이 어디로 갔는지, 어디다 썼는지 육만 원짜리 전세만 얻었다. 집 팔고 돈을 주지 않아 달라고 했더니, 성질만 부리기에 주겠지, 하다가 시간이 지나고 말을 하면 말도 안 되는 소리로 선이에게 겁을 주어 말을 하지 못하게 했다. 지금도 그 돈이 어떻게 없어졌는지 궁금하다. 어쩌려고 그랬는지, 등기부등본을 찾아다가 감췄는데, 그의 광증은 심해지고 그

것이 어느 날 없어졌다. 아무리 찾아도 없었는데, 집수리를 할 때, 짐을 이삿짐센터에 맡겼다가 오고 얼마가 지나서 등기부등본이 어디를 갔다가 왔는지 제자리에 있었다. 그에게 물었더니 그는 모르는 일이라고 했다. 아마도 그 여자는 그에게 돈 없는 줄을 알고 떠났는지도 모른다. 그래서 그는 더 선이를 죽이고 싶었을 것이다. 아들들이 어려서는 지겹다고 아버지와 이혼하라고 했었다. 정말 그렇게 하고 싶었다. 아들들은 요즘 들어 제 아버지가 놀고 있는 것이 불쌍했는지, 그와 선이가 싸우면 자식들이 그의 편을 들었다. 뭘 모르는 며느리들도 아파트가 그의 앞으로 있을 때, 선이가 깔 보였는지 시아버지 편을 들었다.

"어머니가 잘못했어요."

그와 방을 따로 쓰는 것을 보고 며느리가 말했다. 선이는 며느리와 싸우기 싫었다. 선이는 분하지만 너희가 어떻게 아느냐고 혼자 새겼다. 아들들은 그가 아무리 성질을 부려도 다 들어주었다.

"왜 아파트를 엄마 앞으로 해요. 엄마 탓도 있지 뭘 그래요? 왜 아빠 비위 하나 못 맞추고, 엄마는 엄마 마음대로 살잖아요. 엄마는 날마다 나가면서 아빠는 그럼 뭘 하고 살아요?"

아버지 편을 들어 아버지만 편하게 하면, 어머니는 괴로워 정신병으로 고생해도 괜찮은 모양이다. 선이에게 그렇게 말하면서 아들들은 아버지와 사는 것은 싫다고 했다. 지금이라도 도망가고 싶지만 아들들에게 못할 노릇이라 참는다.

허리 병이 생기면서 의사가 수영을 하라고 했으나 여러 가지 어려운 점이 많아 못했었다. 정신신경과에서는 취미활동을 하라고 했다. 아파트로 이사하면서 수영을 하고 그림도 그렸다. 원래 운동도 잘했고, 미술도 좋아했기에 그런 것들을 하면서 사람들과 친하게 지낼 수 있게 되었다. 공부가 하고 싶어 대학에 들어갔고, 시인이 되었고 시집도 내게 되었다. 장사하면서 그런 것들을 하는 것이 힘이 들었지만 재미도 있었다. 처음에는 그의 허락을 받고 시작했지만, 여간 심술을 부리는 것이 아니었다. 선이는 그가 그런 것들을 하게 된다면 막지 않을 것이지만, 같이 하는 것은 싫다. 왜냐하면 수영을 같이 하면서 여자들만 보면 미치는 사람을, 안 보면 모르지만 신경이 쓰여서 선이가 너무 힘이 들기 때문이다. 그런 소리를 고종사촌 동생 남편 있는 곳에서 했다. 그랬더니 동생 남편이 선이 같은 사람은 싫다고 했다. 아들들도 선이가 문화생활을 하는 것이 못마땅한 것이다. 그가 선이 때문에 나가지 못하는 것도 아닌데, 아들들은 어머니가 아버지 시중만 들기를 바라고 있었나 보다. 선이가 돈을 벌어 의사의 지시에 따라 문화 활동을 하는 것인데, 모두들 마음에 들지 않아 했다. 딸이 있었으면 선이 편을 들지 않았을까? 선이는 생각해 봤다. 사람들이 말하는데 딸들은 어머니 편을 든다고 했다. 딸이 있었다면 선이의 억울함을 이해했을지도 모르겠다.

선이가 장사를 하지 않았으면 지금까지 살지도 못했을 것이고 집을 산다는 것은 어림도 없다. 더욱이 아들들을 대학교까지 가르칠 수 없었다. 물론 용돈을 적게 주고, 비싼 옷을 사주지 못하고 싸구려 옷만 사주었다. 좋은 옷을 못 사 주어 겨울에 춥게 지내고 용돈을 적게 주어 친구들과 같은 생활을 할 수 없었기에 생각하면 안타깝기만 했다. 아들들은 아르바이트를 해서 용돈을 보태 썼다. 그는 이종누나 자식들 등록금은 선이에게 얻어주라고 했지만, 아들들 대학에 들어갈 때는 그들에게 돈 달라고 해 본 적도 없다. 제 자식 등록금은 한 번도 신경 쓰지 않고 오히려 선이가 마련해 놓으면 훔쳐다 여자들과 놀고 왔다. 그는 아들들이 대학에 합격할 때마다 친구들에게 한 턱씩 냈다. 선이는 쓰고 싶지만 그러지 못했다. 지금도 선이가 벌어서 살고 있다. 두 번의 집을 선이가 하자는 대로 했으면, 지금쯤은, 지금보다 더 윤택하게 살 수 있을 수 있고, 그렇게까지 심한 고생을 하지 않고, 선이도 더 일찍부터 문화생활을 하면서 편하게 살 수 있었을 것이다. 그도 고생하지 않고 돈 걱정 없이 편하게 살 수 있었지 않았을까?

그가 하루는 선이에게 말했다.

"당신이니까 아이들 대학을 가르쳤지. 나는 고등학교는커녕 중학교도 가르칠 수 없었겠다."

"알기는 아네."

"그럼, 아무리 염치없어도 그거는 알지."

정말 선이네 형편에 아이들 셋을 대학교까지 가르치기는 쉽지 않았다. 장사하면서 굶기도 많이 했고 굴욕적인 일도 많았다. 그 모든 것을 이겨낸 것은 오직 선이가 낳은 자식들을 가르치려는 마음 때문이었다. 장사가 안 될 때는 집에 있어도 불안해서 일을 할 수 없었다.

아들들이 대학에 입학할 때마다 선이는 정말 고마웠다. 누가 무슨 소리를 해도 그 생각만 하면 마음이 흐뭇했다. 선이는 지금까지 가족 아닌 다른 사람을 생각하고 산 적이 없다. 돈을 벌어서 가족을 위해서만 썼다. 남편이 아플 때는 정성을 다해서 치료해 주었다. 몸도 마음도 약한 선이는 오랫동안 당한 고통에서 병이 들었다. 내과 의사가 신경과에 가보라고 했다. 날마다 가슴이 아팠고 머리가 아팠고 소화가 되지 않았고 갑자기 여기저기서 튀어나오는 병들이 생겨났다. 아들들은 선이가 아프다고 하면 전화를 끊었다.

"엄마는 왜 그렇게 병이 많아? 없는 병이 없네. 쓸데없는 생각하지 말고 편하게 살아. 속이 좁으면 병만 생기지. 마음을 넓게 가지라고."

숙모가 속이 좁아서 자살한다고 선이에게 흉을 봤다. 숙모는 속이 넓어서 그런 생각 하지 않는다고 선이를 괴롭혔다. 그런데 돈을 너무 엄청나게 떼이니 감당할 수 없으니, 자살한다고 왜 선이에게 통보하고 살려달라고 했는지 모른다. 죽을 테면 소리 없이 죽던지 하지.

삼촌과 숙모는 숙모가 굉장한 미인인 것처럼 말하면서 남의 여자가 잘 된 사람을 보면 못난 것들이 복이 많다고 했다. 그 사람들이 들으면 코웃음을 치겠다.

선이가 허리통증으로 병원에 간다고 하니까, 아들이 하던 말이 생각났다. 선이는 병원에 가면서 아무에게도 말하지 않고 갔다. 그들은 그 아버지의 아들들이기도 했다. 선이는 아들 며느리를 보기만 해도 고마워서 자랑했다. 친구들의 아들딸들도 정말 잘하는 것을 알고 있지만, 그들은 선이를 부러워했다. 선이는 장수하는 유전인자가 있어 지금까지 살아있다. 정신병원에 갈 뻔은 했지만, 다행히 입원은 하지 않고 지금까지 살았다. 아들들은 누가 무어라고 해도 누구의 아들이 아니고 오직 선이 자신의 아들들이라고 생각했다. 아들들이 없었으면 선이는 지금까지 이 세상에 존재하지 않는다.

아들들이 있었기에 행복했다. 아들들에게 남들처럼 잘해주지 못해서 고생하게 했을 때 괴로웠다. 아들들은 정말 잘 참아주었다. 지금은 누구의 어머니라고 내세우게 해준 고마운 은인들이다. 그는 아들들이 결혼하거나 방을 얻거나 비용이 얼마나 드는지 관심이 없다. 오히려 전세방을 얻어주는 것을 아까워했다. 선이는 아들들이 결혼할 때, 방 두 칸짜리 전세방을 얻어주었지만, 그들은 알뜰하게 모아서 자기들이 사는 보금자리를 마련했다. 선이는 아들들이 결혼할 때마다 행복하게 살아달라고 빌었다. 아들들은 자기들이 원하는 짝을 만나 서로 위해주면서 살고 있는 것 같다.

정말 바라던 일이고 고맙다. 선이도 이제는 남의 집에 돈 꾸러 가지 않고 입고 싶은 것을 입을 수 있고, 먹고 싶은 것을 마음대로 먹을 수 있어 넉넉하게 살 수 있다. 그가 뺏고 싶어 하지만, 조금의 용돈은 주어도 이제는 그렇게 호락호락하게 많은 돈은 뺏기지 않는다.

아들과 며느리는 아버지가 말만 하면 다 들어주었다. 사람은 약한

쪽 보다 강한 쪽을 택하는 것 같다. 그는 아들들이 자라면서 아들들 옷을 다려 주었다.

그가 아들들에게 선이가 잘못한다고 전화하면, 당장에 쳐들어와서 아버지에게 잘못한다고 선이에게 따지고 들었다. 아들이 취직해서 금반지를 똑같이 서 돈을 해 준다고 하니까 그가 자기 것은 다섯 돈을 사달라고 했다. 구두 상품권을 가지고 오니까 그가 얼른 가져갔다. 선이 구두는 떨어졌고, 그는 구두 산 지 며칠 되지 않았다. 선이는 장사해서 먹고 사느라고 손자들을 봐주지 못했다. 잠시 잠깐 아기 낳았을 때만 봐주었다. 며느리들은 자기도 사회 활동을 하고 싶은데, 할머니면서 손자를 봐주지 않는다고 선이를 원망했다. 아들과 며느리는 목돈이 필요할 때만 선이를 찾아왔다.

그는 나갔다가 술이 취해 들어오면, 현관문을 '쾅' 닫고 들어와 선이를 때려죽이려고 했다. "쾅"하는 문소리만 들려도 선이는 두려움에 떤다. 그가 나갔다가 늦게 오는 날이면 무서워서 몽둥이를 방문 앞에 놓았다. 선이가 맞아 죽어도 아들들은 알지 못할 것이다. 그에게 맞아 죽을 것만 같다.

1366 번호를 외웠다. 맞아 죽기는 싫다.

현관문소리가 났다. 가슴이 뛴다. 들어오는 발소리가 거칠다.

"이년아, 문 열어. 내가 잡아 먹냐? 문 안 열어? 이년을 그냥 모가지를 비틀어 죽여 버릴 것이다."

문을 흔들고 발길로 차는 소리가 났다. 선이는 얼굴을 감싸고 있다.
"쿵…."
조용하다. 그가 넘어졌는지, 쓰러졌는지 나가야 하나 말아야 하나. 선이의 가슴은 벌렁벌렁 뛰고 있다.

계간문예작가선 105
문소리

초판 인쇄 | 2020년 7월 31일
초판 발행 | 2020년 8월 10일

지 은 이 | 최정순
회   장 | 서정환
발 행 인 | 정종명
편집주간 | 차윤옥

펴낸곳 | 도서출판 **계간문예**
편집부 | 03132 서울 종로구 삼일대로 30길 21 종로오피스텔 1209호
주소 | 03132 서울 종로구 삼일대로 32길 36 운현신화타워 305호
전화 | 02-3675-5633, 070-8806-4052
팩스 | 02-766-4052
이메일 | munin5633@naver.com
등록 | 2005년 3월 9일 제300-2005-34호
ISBN 978-89-6554-223-0 04810
ISBN 978-89-6554-133-2 (세트)

값 13,000원

이 도서의 국립중앙도서관 출판예정도서목록(CIP)은 서지정보유통지원시스템 홈페이지
(http://seoji.nl.go.kr)와 국가자료공동목록시스템(http://www.nl.go.kr/kolisnet)에서 이용
하실 수 있습니다. (CIP제어번호: 2020031386)